静山社ペガサス文庫

JN108192

ハリー・ポッターと炎(ほのお)のゴブレット〈4-2〉

J.K.ローリング 作　松岡佑子 訳

ハリー・ポッターと炎のゴブレット4-2　もくじ

第15章　ボーバトンとダームストラング……7
第16章　炎のゴブレット……40
第17章　四人の代表選手……78
第18章　杖調べ……106
第19章　ハンガリー・ホーンテール……148

第20章 第一の課題……188
第21章 屋敷しもべ妖精解放戦線……231
第22章 予期せぬ課題……268
第23章 クリスマス・ダンスパーティ……298
第24章 リータ・スキーターの特ダネ……351
第25章 玉子と目玉……393

ハリー・ポッターと炎のゴブレット4-2 人物紹介

ハリー・ポッター
ホグワーツ魔法魔術学校の四年生。緑の目に黒い髪、額には稲妻形の傷。幼いころに両親を亡くし、マグル(人間)界で育ったので、十一歳になるまで自分が魔法使いであることを知らなかった

マッド-アイ・ムーディ
「闇の魔術に対する防衛術」の新しい先生。かつては優秀な「闇祓い」として活躍した

コーネリウス・ファッジ
魔法大臣。細じまのマントにライム色の山高帽をかぶった風変わりな人物

ルード・バグマン
魔法省魔法ゲーム・スポーツ部部長。元クィディッチ選手で、人気チームの名ビーターだった

バーテミウス・クラウチ
魔法省国際魔法協力部部長。ロンの兄のパーシーが敬愛する上司

セドリック・ディゴリー
ハッフルパフ寮の監督生で、クィディッチのシーカー。ハリーが唯一負けた試合の対戦相手

チョウ・チャン
レイブンクロー寮のシーカー。ハリーの一学年上の美少女

ドビー
ハリーが自由を与えた、元屋敷しもべ妖精。マルフォイ家に仕えていた

ウィンキー
クラウチ家の屋敷しもべ妖精だったが、ある事件で解雇された

吸魂鬼
アズカバンの看守。ヒトの幸福な気持ちを吸い尽くす、穢れた生き物

死喰い人
ヴォルデモート卿に従い、忠誠を誓った魔法使いと魔女の呼び名

ヴォルデモート（例のあの人）
最強の闇の魔法使い。多くの魔法使いや魔女を殺したが、なぜかハリーには呪いが効かなかった

To Peter Rowling
in memory of Mr. Ridley
and to Susan Sladden,
who helped Harry out of his cupboard

ロナルド・リドリー氏の追悼のために、
父、ピーター・ローリングに。
そして、ハリーを物置から引っ張り出してくれた
スーザン・スラドンに

Original Title: HARRY POTTER AND THE GOBLET OF FIRE

First published in Great Britain in 2000
by Bloomsburry Publishing Plc, 50 Bedford Square, London WC1B 3DP

Text © J.K. Rowling 2000

Wizarding World is a trade mark of Warner Bros. Entertainment Inc.
Wizarding World Publishing and Theatrical Rights © J.K. Rowling

Wizarding World characters, names and related indicia are TM and © Warner Bros.
Entertainment Inc. All rights reserved

All characters and events in this publication, other than those
clearly in the public domain, are fictitious and any resemblance
to real persons, living or dead, is purely coincidental.

No part of this publication may be reproduced, stored
in a retrieval system, or transmitted, in any form, or by any means, without
the prior permission in writing of the publisher, nor be otherwise circulated
in any form of binding or cover other than that in which it is published
and without a similar condition including this condition being
imposed on the subsequent purchaser.

Japanese edition first published in 2002
Copyright © Say-zan-sha Publications, Ltd. Tokyo

This book is published in Japan by arrangement with
the author through The Blair Partnership

第15章 ボーバトンとダームストラング

翌朝、早々と目が覚めたハリーの頭の中には、まるで眠っている脳みそが、夜通しずっと考えていたかのように、完全な計画ができ上がっていた。起きだして薄明かりの中で着替え、ロンを起こさないように寝室を出て、ハリーは誰もいない談話室に戻った。まだ「占い学」の宿題が置きっ放しになっているテーブルから、羊皮紙を一枚取り、ハリーは手紙を書いた。

シリウスおじさん

傷痕が痛んだというのは、僕の思い過ごしで、この間手紙を書いたときは半分寝ぼけていたようです。こちらに戻ってくるのはむだです。こちらは何も問題はありません。僕のことは心配しないでください。僕の頭はまったく普通の状態ですから。

ハリーより

それから、肖像画の穴をくぐり、静まり返った城の中を抜け（五階の廊下の中ほどで、ピーブズが大きな花瓶をひっくり返してハリーにぶつけようとしたことで、ちょっと足止めを食ったが）、ハリーは西塔のてっぺんにあるふくろう小屋にたどり着いた。

小屋は円筒形の石造りで、かなり寒く、すきま風が吹き込んでいた。どの窓にもガラスがはまっていないせいだ。床は、藁やふくろうのフン、ふくろうが吐き出したハツカネズミやハタネズミの骨などで埋まっていた。塔のてっぺんまでびっしりと取りつけられた止まり木に、ありとあらゆる種類のふくろうが、何百羽も止まっている。ほとんどが眠っていたが、ちらりほらりと琥珀色の丸い目が、片目だけを開けてハリーをにらんでいた。ヘドウィグがメンフクロウとモリフクロウの間にいるのを見つけ、ハリーは、フンだらけの床で少し足をすべらせながら、急いでヘドウィグに近寄った。

ヘドウィグを起こして、ハリーのほうを向かせるのに、ずいぶんてこずった。何しろヘドウィグは、止まり木の上でゴソゴソ動き、ハリーにしっぽを向け続けるばかりだった。昨夜、ハリーが感謝の礼を尽くさなかったことに、まだ腹を立てているのだ。ついにハリーが、ヘドウィグはつかれているだろうから、ロンに頼んでピッグウィジョンを貸してもらおうかな、とほのめかすと、ヘドウィグはやっと脚を突き出し、ハリーに手紙をくくりつけることを許した。

「きっとシリウスを見つけておくれ、いいね？」
ハリーは、ヘドウィグを腕に乗せ、壁の穴まで運びながら、背中をなでて頼んだ。
「吸魂鬼より先に」
ヘドウィグはハリーの指を甘がみした。どうやら、いつもよりかなり強めのかみ方だったが、それでも、お任せくださいとばかりに、静かにホーと鳴いた。それから両の翼を広げ、ヘドウィグは朝日に向かって飛んだ。その姿が見えなくなるまで見送りながら、ハリーは、いつもの不安感がまた胃袋を襲うのを感じた。シリウスから返事が来れば、きっと不安はやわらぐだろうと信じていたのに。かえってひどくなるとは。

「ハリー、それって、うそでしょう」
朝食のとき、ハーマイオニーとロンに打ち明けると、ハーマイオニーは厳しく言った。
「傷痕が痛んだのは、勘ちがいじゃないわ。知ってるくせに」
「だからどうだっていうんだい？」
ハリーが切り返した。
「僕のせいでシリウスをアズカバンに逆戻りさせてなるもんか」

ハーマイオニーは、反論しようと口を開きかけた。

「やめろよ」

ロンがピシャリと言った。ハーマイオニーは、この時ばかりはロンの言うことを聞き、押しだまった。

それから数週間、ハリーは、シリウスのことを心配しないように努めた。もちろん、毎朝ふくろう便が着くたびに、心配で、どうしてもふくろうたちを見回してしまうし、夜遅く眠りに落ちる前に、シリウスがロンドンの暗い通りで吸魂鬼に追いつめられている、恐ろしい光景が目に浮かんでしまうのも、どうしようもなかった。しかし、それ以外は、名付け親のシリウスのことを考えないように努めた。ハリーは、クィディッチができれば気晴らしになるのにと思った。心配事がある身には、激しい特訓ほどよく効く薬はない。一方、授業はますます難しく、苛酷になってきた。特に、「闇の魔術に対する防衛術」がそうだった。

驚いたことに、ムーディ先生は「服従の呪文」を生徒一人一人にかけて呪文の力を示し、はたして生徒がその力に抵抗できるかどうかを試すと発表した。

ムーディは杖を一振りして机を片づけ、教室の中央に広いスペースを作った。その時、ハーマイオニーが、どうしようかと迷いながら言った。

「でも――でも、先生、それは違法だとおっしゃいました。たしか――同類であるヒトにこれを使用することは――」

「ダンブルドアが、これがどういうものかを、体験的におまえたちに教えてほしいというのだ」

ムーディの「魔法の目」が、ぐるりと回ってハーマイオニーを見すえ、瞬きもせず、無気味なまなざしで凝視した。

「もっと厳しいやり方で学びたいというのであれば――誰かがいつかおまえにこの呪文をかけ、完全に支配したその時に学びたいというのであれば――わしは一向にかまわん。授業を免除する。出ていくがよい」

ムーディは、節くれだった指で出口を差した。ハーマイオニーは赤くなり、出ていきたいと思っているわけではありません、らしきことをボソボソと言った。ハリーとロンは、顔を見合わせてニヤッと笑った。二人にはよくわかっていた。ハーマイオニーは、こんな大事な授業を受けられないくらいなら、むしろ腫れ草の膿を飲むほうがましだと思うだろう。

ムーディは生徒を一人一人呼び出して、「服従の呪文」をかけはじめた。呪いのせいで、クラスメートが次々と世にもおかしなことをするのを、ハリーはじっと見ていた。ディーン・トーマスは、国歌を歌いながら片足ケンケン跳びで教室を三周した。ラベンダー・ブラウンは、リスのまねをした。ネビルは、普通だったらとうていできないような見事な体操を、立て続けにやってのけた。誰一人として呪いに抵抗できた者はいない。ムーディが呪いを解いたとき、初めて我に返るのだった。

「ポッター」ムーディがうなるように呼んだ。

「次だ」

ハリーは教室の中央、ムーディが机を片づけて作ったスペースに進み出た。ムーディが杖を上げ、ハリーに向け、唱えた。

「インペリオ！　服従せよ！」

最高にすばらしい気分だった。すべての思いも悩みもやさしくぬぐい去られ、つかみどころのない、漠然とした幸福感だけが頭に残り、ハリーはふわふわと浮かんでいるような心地がした。ハリーはすっかり気分がゆるみ、周りのみんなが自分を見つめていることを、ただぼんやりと意識しながらその場に立っていた。

すると、マッドーアイ・ムーディの声が、うつろな脳みそのどこか遠くの洞に響き渡るように聞こえてきた。

机に飛び乗れ……机に飛び乗れ……。

ハリーはひざを曲げ、跳躍の準備をした。

机に飛び乗れ……。

待てよ。なぜ？

頭のどこかで、別の声が目覚めた。そんなこと、ばかげている。その声が言った。

机に飛び乗れ……。

いやだ。そんなこと、僕、気が進まない。もう一つの声が、前よりもややきっぱりと言った。

……いやだ。僕、そんなこと、したくない……。

飛べ！　今すぐだ！

次の瞬間、ハリーはひどい痛みを感じた。飛び上がると同時に、飛び上がるのを自分で止めようとしたのだ――その結果、机にまともにぶつかり、机をひっくり返していた。そして、両脚の感覚からすると、ひざこぞうの皿が割れたようだ。

「よーし、**それだ！**　それでいい！」

ムーディのうなり声がして、突然ハリーは、頭の中の、うつろな、こだまするような感覚が消えるのを感じた。自分に何が起こっていたかを、ハリーははっきり覚えていた。そして、ひざの痛みが倍になったように思えた。

「おまえたち、見たか……ポッターが戦った！　戦って、そして、もう少しで打ち負かすところだった！　もう一度やるぞ、ポッター。あとの者はよく見ておけ――ポッターの目をよく見ろ。その目に鍵がある――いいぞ、ポッター。まっこと、いいぞ！　やつらは、おまえを支配するのにはてこずるだろう！」

「ムーディの言い方ときたら――」

一時間後、「闇の魔術に対する防衛術」の教室からふらふらになって出てきたハリーが言った（ムーディは、ハリーの力量を発揮させると言い張り、四回も続けて練習させ、ついにはハリーが完全に呪文を破るところまで続けさせた）。

「――まるで、僕たち全員が、今にも襲われるんじゃないかと思っちゃうよね」

「ウン、そのとおりだ」

ロンは一歩おきにスキップしていた。ムーディは昼食時までには呪文の効果は消えるとロンに請け合ったのだが、ロンはハリーに比べてずっと呪いに弱かったのだ。

「被害妄想だよな……」

ロンは不安げにちらりと後ろを振り返り、ムーディが声の届く範囲にいないことをたしかめてから話を続けた。

「魔法省が、ムーディがいなくなって喜んだのも無理ないよ。ムーディがシェーマスに聞かせてた話を聞いたか？　エイプリルフールにあいつの後ろから『バーッ』って脅かした魔女に、ムーディがどういう仕打ちをしたか聞いたろう？　それに、こんなにいろいろやらなきゃいけないことがあるのに、その上『服従の呪文』への抵抗について何か読めだなんて、いつ読みゃいいんだ？」

四年生は、今学年にやらなければならない宿題の量が、明らかに増えていることに気づいていた。マクゴナガル先生の授業で、先生が出した変身術の宿題の量に、ひときわ大きいうめき声が上がったとき、先生は、なぜそうなのか説明した。

「みなさんは今、魔法教育の中で最も大切な段階の一つに来ています！」

先生の目が、四角いめがねの奥でキラリと危険な輝きを放った。

「『普通魔法レベル試験』、一般に『O・W・L』と呼ばれる試験が近づいています――」

「『O・W・L』を受けるのは五年生になってからです！」

ディーン・トーマスが憤慨した。

「そうかもしれません、トーマス。しかし、いいですか。みなさんは十二分に準備をしないといけません！　このクラスでハリネズミをまともな針山に変えることができたのは、ミス・グレンジャーただ一人です。お忘れではないでしょうね、トーマス、あなたの針山は、何度やっても、誰かが針を持って近づくと、怖がって丸まってばかりいたでしょう！」

ハーマイオニーはまたほおを染め、あまり得意げに見えないよう努力しているようだった。

次の「占い学」の授業のときに、トレローニー先生が、ハリーとロンの宿題が最高点を取ったと言ったので、二人ともとてもゆかいだった。先生は二人の予言を長々と読み上げ、待ち受ける恐怖の数々を、二人がひるまずに受け入れたことをほめ上げた――ところが、その次の一か月についても同じ宿題を出され、二人のゆかいな気持ちもしぼんでしまった。二人とも、もう悲劇はネタ切れだった。

一方、「魔法史」を教えるゴーストのビンズ先生は、十八世紀の「小鬼の反乱」についてのレポートを毎週提出させた。スネイプ先生は、解毒剤を研究課題に出した。クリスマスが来るまでに、誰か生徒の一人に毒を飲ませて、みんなが研究した解毒剤が効くかどうかを試すと、スネイプがほのめかしたので、みんな真剣に取り組んだ。フリットウィック先生は、「呼び寄せ呪文」の授業に備えて、三冊も余計に参考書を読むように命じた。

ハグリッドまでが、生徒の仕事を増やしてくれた。「尻尾爆発スクリュート」は、何が好物かをまだ誰も発見していないのに、すばらしいスピードで成長していた。ハグリッドは大喜びで、「プロジェクト」の一環として、生徒が一晩おきにハグリッドの小屋に来て、スクリュートを観察し、その特殊な生態についての観察日記をつけることにしようと提案したのだ。ハグリッドは、まるでサンタクロースが袋から特大のおもちゃを取り出すような顔をした。

「僕はやらない」

ドラコ・マルフォイがピシャリと言った。

「こんな汚らしいもの、授業だけでたくさんだ。お断りだ」

ハグリッドの顔から笑いが消し飛んだ。

「言われたとおりにしろ」ハグリッドがうなった。

「じゃねえと、ムーディ先生のしなさったことを、俺もやるぞ……おまえさん、なかなかいいケナガイタチになるっていうでねえか、マルフォイ」

グリフィンドール生が大爆笑した。マルフォイは怒りで真っ赤になったが、ムーディにしおきされたときの痛みをまだ充分覚えているらしく、口応えしなかった。ハリー、ロン、ハーマイオニーは、授業のあと、意気揚々と城に帰った。昨年、マルフォイがハグリッドをクビにしようとして、あの手この手を使ったことを思うと、ハグリッドがマルフォイをやり込めたことで、ことさらいい気分になった。

玄関ホールに着くと、それ以上先に進めなくなった。大理石の階段の下に立てられた掲示板の周りに、大勢の生徒が群れをなして右往左往していた。三人の中で一番のっぽのロンがつま先立ちして、前の生徒の頭越しに、二人に掲示を読んで聞かせた。

三大魔法学校対抗試合

ボーバトンとダームストラングの代表団が、十月三十日、金曜日、午後六時に到着する。授業は三十分早く終了し――

「いいぞ！」ハリーが声を上げた。

「金曜の最後の授業は、『魔法薬学』だ。スネイプは、僕たち全員に毒を飲ませたりする時間がない！」

全校生徒はかばんと教科書を寮に置き、「歓迎会」の前に城の前に集合し、お客様を出迎えること。

「たった一週間後だ！」

ハッフルパフのアーニー・マクミランが、目を輝かせて群れから出てきた。

「セドリックのやつ、知ってるかな？　僕、知らせてやろう……」

「セドリック？」

アーニーが急いで立ち去るのを見送りながら、ロンが放心したように言った。

「ディゴリーだ」ハリーが言った。「きっと、対抗試合に名乗りを上げるんだ」

「あのウスノロが、ホグワーツの代表選手？」

ペチャクチャとしゃべる群れをかき分けて階段のほうに進みながら、ロンが言った。

「あの人はウスノロじゃないわ。クィディッチでグリフィンドールを破ったものだから、あなたがあの人を嫌いなだけよ」

ハーマイオニーが言った。

「あの人、とっても優秀な学生だそうよ――その上、監督生です！」

ハーマイオニーは、これで決まりだ、という口調だった。

「君は、あいつがハンサムだから好きなだけだろ」ロンが痛烈に皮肉った。

「お言葉ですが、私、誰かがハンサムだというだけで好きになったりいたしませんわ」

ハーマイオニーは憤然とした。

ロンはコホンと大きな空咳をしたが、それがなぜか「ロックハート！」と聞こえた。

玄関ホールの掲示板の出現は、城の住人たちにはっきりと影響を与えた。それから一週間、どこへ行っても、たった一つの話題、「三校対抗試合」の話で持ち切りだった。生徒から生徒へと、まるで感染力の強い細菌のようにうわさが飛び交った。誰がホグワーツの代表選手に立候補するか、試合はどんな内容か、ボーバトンとダームストラングの生徒は自分たちとどうちがうのか、などなど。

城がことさら念入りに大掃除されているのにも、ハリーは気づいた。すすけた肖像画の何枚かが「汚れ落とし」された。描かれた本人たちはこれが気に入らず、額縁の中で背中を丸めて座り込み、ブツブツ文句を言っては、赤むけになった顔をさわってぎくりとしていた。甲冑たちも突然ピカピカになり、動くときもギシギシきしまなくなった。管理人のアーガス・フィルチは、生徒が靴の汚れを落とし忘れると、凶暴極まりない態度で脅したので、一年生の女子が二人、ヒステリー状態になってしまった。

ほかの先生方も、妙に緊張していた。

「ロングボトム、お願いですから、ダームストラングの生徒たちの前で、あなたが簡単な『取り替え呪文』さえ使えないなどと、暴露しないように！」

授業の終わりにマクゴナガル先生がどなった。一段と難しい授業で、ネビルがうっかり自分の耳をサボテンに移植してしまったのだ。

十月三十日の朝、朝食に下りていくと、大広間はすでに前の晩に飾りつけがすんでいた。壁には各寮を示す巨大な絹の垂れ幕がかけられている――グリフィンドールは赤地に金のライオン、レイブンクローは青にブロンズの鷲、ハッフルパフは黄色に黒い穴熊、スリザリンは緑にシルバーの蛇だ。教職員テーブルの背後には、一番大きな垂れ幕があり、ホグワーツ校の紋章が描かれていた。大きなHの文字の周りに、ライオン、鷲、穴熊、蛇が団結している。

ハリー、ロン、ハーマイオニーは、フレッドとジョージがグリフィンドールのテーブルに着いているのを見つけた。めずらしいことに、今度もまたほかから離れて座り、小声で何か話している。ロンが三人の先頭に立って、双子のそばに行った。

「そいつは、たしかに当て外れさ」

ジョージが憂うつそうにフレッドに言った。
「だけど、あいつが自分で直接俺たちに話す気がないなら、結局、俺たちが手紙を出さなくちゃならないだろう。じゃなきゃ、やつの手に押しつける。いつまでも俺たちをさけることはできないよ」
「誰がさけてるんだい？」
ロンが二人の隣に腰かけながら聞いた。
「おまえがさけてくれりゃいいのになぁ」
じゃまが入っていらいらしたようにフレッドが言った。
「当て外れって、何が？」ロンがジョージに聞いた。
「おまえみたいなおせっかいを弟に持つことがだよ」ジョージが言った。
「三校対抗試合って、どんなものか、何かわかったの？」ハリーが聞いた。
「エントリーするのに、何かもっと方法を考えた？」
「マクゴナガルに、代表選手をどうやって選ぶのか聞いたけど、教えてくれねえんだ」
ジョージが苦々しそうに言った。
「マクゴナガル女史ったら、だまってアライグマを変身させる練習をなさい、ときたもんだ」

「いったいどんな課題が出るのかなぁ？」ロンが考え込んだ。
「だってさ、ハリー、僕たちきっと課題をこなせるよ。これまでも危険なことをやってきたもの……」
「審査員の前では、やってないぞ」フレッドが言った。
「マクゴナガルが言うには、代表選手が課題をいかにうまくこなすかによって、点数がつけられるそうだ」
「誰が審査員になるの？」ハリーが聞いた。
「そうね、参加校の校長は必ず審査員になるわね」
ハーマイオニーだ。みんな、かなり驚いていっせいに振り向いた。
「一七九二年の試合で、選手が捕まえるはずだった怪物の『コカトリス』が大暴れして、校長が三人とも負傷してるもの」
みんなの視線に気づいたハーマイオニーは、私の読んだ本を、ほかの誰も読んでいないなんて……という、いつもの歯がゆそうな口調で言った。
「『ホグワーツの歴史』に全部書いてあるわよ。もっともこの本は完全には信用できないけど。『改訂ホグワーツの歴史』のほうがより正確ね。または、『偏見に満ちた、選択的ホグワーツの歴史――イヤな部分を塗りつぶした歴史』もいいわ」
「何が言いたいんだい？」
ロンが聞いたが、ハリーにはもう答えがわかっていた。
「屋敷しもべ妖精！」
ハーマイオニーが声を張り上げ、答えはハリーの予想どおりだった。
「『ホグワーツの歴史』は千ページ以上あるのに、百人もの奴隷の圧制に、私たち全員が共謀してるなんて、一言も書いてない！」
ハリーはやれやれと首を振り、炒り卵を食べはじめた。
ハリーもロンも冷淡だったのに、屋敷しもべ妖精の権利を追求するハーマイオニーの決意は、露ほどもくじけはしなかった。たしかに、二人ともS・P・E・Wバッジに二シックルずつ出したが、それはハーマイオニーをだまらせるためだけだった。
二人のシックルはどうやらむだだったらしい。かえってハーマイオニーの鼻息を荒くしてしまった。それからというもの、ハーマイオニーは二人にしつこく迫った。まずは二人にバッジをつけるように言い、それからほかの生徒にもそうするように説得しなさいと言った。ハーマイオニー自身も、毎晩グリフィンドールの談話室を精力的にかけ回り、みんなを追いつめては、その鼻先で寄付集めの空き缶を振った。

「ベッドのシーツを替え、暖炉の火をおこし、教室を掃除し、料理をしてくれる魔法生物たちが、無給で奴隷働きしているのを、みなさんご存じですか？」

ハーマイオニーは激しい口調でそう言い続けた。

ネビルなど何人かは、ハーマイオニーにらみつけられるのがいやで二シックルを出した。何人かは、ハーマイオニーの言うことに少し関心を持ったようだが、それ以上積極的に運動にかかわることには乗り気でなかった。生徒の多くは、冗談扱いしていた。

ロンのほうは、おやおやと天井に目を向けた。秋の陽光が天井から降り注ぎ、みんなを包んでいた。フレッドは急にベーコンを食べるのに夢中になった（双子は二人ともS・P・E・Wバッジを買うことを拒否していた）。一方、ジョージは、ハーマイオニーのほうに身を乗り出してこう言った。

「まあ、聞け、ハーマイオニー。君は厨房に下りていったことがあるか？」

「もちろん、ないわ」

ハーマイオニーがそっけなく答えた。

「学生が行くべき場所とはとても考えられないし――」

「俺たちはあるぜ」
ジョージはフレッドのほうを指差しながら言った。
「何度もある。食べ物を失敬しに。そして、俺たちは連中に会ってるが、連中は幸せなんだ。世界一いい仕事を持ってると思ってる――」
「それは、あの人たちが教育も受けてないし、洗脳されてるからだわ！」
ハーマイオニーは熱くなって話しはじめた。その時突然、頭上でサーッと音がして、ふくろう便が到着したことを告げ、ハーマイオニーの言葉はその音に飲み込まれてしまった。急いで見上げたハリーは、ヘドウィグがこちらに向かって飛んでくるのを見つけた。ハーマイオニーはパッと話をやめた。ヘドウィグがハリーの肩に舞い降り、羽をたたみ、つかれた様子で脚を突き出すのを、ハーマイオニーもロンも心配そうに見つめた。
ハリーはシリウスの返事を引っ張るようにはずし、ヘドウィグにベーコンの外皮をやった。ヘドウィグはうれしそうにそれをついばんだ。フレッドとジョージが三校対抗試合の話に没頭していて安全なのをたしかめ、ハリーはシリウスの手紙を、ロンとハーマイオニーにヒソヒソ声で読んで聞かせた。

無理するな、ハリー。
私はもう帰国して、ちゃんと隠れている。ホグワーツで起こっていることはすべて知らせてほしい。ヘドウィグは使わないように。次々ちがうふくろうを使いなさい。私のことは心配せずに、自分のことだけを注意していなさい。君の傷痕について私が言ったことを忘れないように。

シリウス

「どうしてふくろうを次々取り替えなきゃいけないのかなぁ？」ロンが低い声で聞いた。
「ヘドウィグじゃ注意を引きすぎるからよ」
ハーマイオニーがすぐに答えた。
「目立つもの。白ふくろうがシリウスの隠れ家に――どこだかは知らないけど――何度も何度も行ったりしてごらんなさい……だって、もともと白ふくろうはこの国の鳥じゃないでしょ？」
ハリーは手紙を丸め、ローブの中にすべり込ませた。心配事が増えたのか減ったのか、わからなかった。とりあえず、シリウスが何とか捕まりもせず戻ってきただけでも、上出来だとすべきなのだろう。それに、シリウスがずっと身近にいると思うと、心強いのもたしかだった。少なくとも、手紙を書くたびに、あんなに長く返事を待つ必要はないだろう。

「ヘドウィグ、ありがとう」

ハリーはヘドウィグをなでてやった。ヘドウィグはホーと眠そうな声で鳴き、ハリーのオレンジジュースのコップにちょっとくちばしを突っ込み、すぐまた飛び立った。ふくろう小屋でぐっすり眠りたくて仕方がないにちがいない。

その日は心地よい期待感があたりを満たしていた。夕方にボーバトンとダームストラングからお客が到着することに気をとられ、誰も授業に身が入らない。「魔法薬学」でさえ、いつもより三十分短いので、たえやすかった。早めの終業ベルが鳴り、ハリー、ロン、ハーマイオニーは急いでグリフィンドール塔に戻って、指示されていたとおりかばんと教科書を置き、マントを着て、また急いで階段を下り、玄関ホールに向かった。

各寮の寮監が、生徒たちを整列させていた。

「ウィーズリー、帽子が曲がっています」

マクゴナガル先生からロンに注意が飛んだ。

「ミス・パチル、髪についているばかげた物をお取りなさい」

パーバティは顔をしかめて、三つ編みの先につけた大きな蝶飾りを取った。

「ついておいでなさい」マクゴナガル先生が命じた。
「一年生が先頭です……押さないで……」
みんな並んだまま正面の石段を下り、城の前に整列した。晴れた、寒い夕方だった。夕闇が迫り、禁じられた森の上に、青白く透きとおるような月がもう輝きはじめていた。ハリーは前から四列目に並び、ロンとハーマイオニーを両脇にして立っていたが、デニス・クリービーが、ほかの一年生たちにまじって、期待で体中震わせているのが見えた。
「まもなく六時だ」
ロンは時計を眺めてから、正門に続く馬車道を、遠くのほうまでじっと見た。
「どうやって来ると思う？　汽車かな？」
「ちがうと思う」ハーマイオニーが言った。
「じゃ、何で来る？　箒かな？」
ハリーが星の瞬きはじめた空を見上げながら言った。
「ちがうわね……ずっと遠くからだし……」
「『移動キー』かな？」
ロンが意見を述べた。

「さもなきゃ、『姿あらわし』術かも――どこだか知らないけど、あっちじゃ、十七歳未満でも使えるんじゃないか？」

「ホグワーツの校内では『姿あらわし』はできません。何度言ったらわかるの？」

ハーマイオニーはいらいらした。

誰もが興奮して、暗闇の迫る校庭を矯めつ眇めつ眺めたが、何の気配もない。すべてがいつもどおり、静かに、ひっそりと、動かなかった。ハリーはだんだん寒くなってきた。早く来てくれ……外国人学生はあっと言わせる登場を考えてるのかも……。ハリーは、ウィーズリーおじさんがクィディッチ・ワールドカップの始まる前、あのキャンプ場で言ったことを思い出していた――「毎度のことだ。大勢集まると、どうしても見栄を張りたくなるらしい」

その時、ダンブルドアが、先生方の並んだ最後列から声を上げた。

「ほっほー！　わしの目に狂いがなければ、ボーバトンの代表団が近づいてくるぞ！」

「どこ？　どこ？」

生徒たちがてんでばらばらな方向を見ながら熱い声を上げた。

「あそこだ！」

六年生の一人が、森の上空を指差して叫んだ。

何か大きなもの、箒よりずっと大きなものだ――いや、箒百本分より大きい何かが――濃紺の空を、ぐんぐん大きくなりながら、城に向かって疾走してくる。

「ドラゴンだ！」

すっかり気が動転した一年生の一人が、金切り声を上げた。

「バカ言うなよ……あれは空飛ぶ家だ！」デニス・クリービーが言った。

デニスの推測のほうが近かった……巨大な黒い影が「禁じられた森」の梢をかすめたとき、城の窓明かりがその影をとらえた。巨大な、パステル・ブルーの馬車が姿を現した。大きな館ほどの馬車が、十二頭の天馬に引かれて、こちらに飛んでくる。天馬は金銀に輝くパロミノで、それぞれが象ほども大きい。

馬車がぐんぐん高度を下げ、猛烈なスピードで着陸体勢に入ったので、前三列の生徒が後ろに下がった――すると、ドーンという衝撃音とともに（ネビルが後ろに吹っ飛んで、スリザリンの五年生の足を踏んづけた）――ディナー用の大皿より大きな天馬のひづめが地をけった。その直後、馬車も着陸した。巨大な車輪がバウンドし、金色の天馬は、太い首をぐいっともたげ、火のように赤く燃える大きな目をグリグリさせた。

馬車の戸が開くまでのほんの短い時間に、ハリーはその戸に描かれた紋章を見た。金色の杖が交差し、それぞれの杖から三個の星が飛んでいる。

淡い水色のローブを着た少年が馬車から飛び降り、前かがみになって馬車の底をゴソゴソいじっていたが、すぐに金色の踏み台を引っ張り出した。少年がうやうやしく飛びのいた。すると、馬車の中から、ピカピカの黒いハイヒールが片方現れた——子供のソリほどもある靴だ——。続いて、ほとんど同時に現れた女性は、ハリーが見たこともないような大きさだった。馬車の大きさ、天馬の大きさも、たちまち納得がいった。何人かがあっと息をのんだ。

この女性ほど大きい人を、ハリーはこれまでにたった一人しか見たことがない。ハグリッドだ。背丈も、三センチとちがわないのではないかと思った。しかし、なぜか——たぶん、ハリーがハグリッドに慣れてしまったせいだろう——この女性は（今、踏み台の下に立ち、目を見張って待ち受ける生徒たちを見回していたが）ハグリッドよりも、とてつもなく大きく見えた。玄関ホールからあふれる光の中に、その女性が足を踏み入れたとき、顔が見えた。小麦色のなめらかな肌にキリッとした顔つき、大きな黒いうるんだ瞳、鼻はツンととがっている。髪は引っ詰め、低い位置につやつやした髷を結っている。頭からつま先まで、黒繻子をまとい、何個もの見事なオパールが襟元と太い指で光を放っていた。

ダンブルドアが拍手した。それにつられて、生徒もいっせいに拍手した。この女性をもっとよく見たくて、背伸びしている生徒がたくさんいた。
女性は表情をやわらげ、優雅にほほ笑んだ。そしてダンブルドアに近づき、きらめく片手を差し出した。ダンブルドアも背は高かったが、手に接吻するのに、ほとんど体を曲げる必要がなかった。
「これはこれは、マダム・マクシーム」
ダンブルドアが挨拶した。
「ようこそホグワーツへ」
「ダンブリー－ドール」
マダム・マクシームが、深いアルトで答えた。
「おかわりーありませーんか？」
「おかげさまで、上々じゃ」ダンブルドアが答えた。
「わたーしのせいとです」
マダム・マクシームは巨大な手の片方を無造作に後ろに回して、ひらひら振った。
マダム・マクシームのほうにばかり気を取られていたハリーは、十数人もの男女学生が――顔つきからすると、みんな十七、八歳以上に見えたが――馬車から現れて、マダム・マクシームの背後に立っているのにはじめて気づいた。みんな震えている。無理もない。着ているローブは薄物の絹のようで、マントを着ている者は一人もいない。何人かはスカーフをかぶったりショールを巻いたりしていた。顔はほんのわずかしか見えなかったが（みんな、マダム・マクシームの巨大な影の中に立っていたので）、ハリーは、みんなが不安そうな表情でホグワーツを見つめているのを見て取った。

「カルカロフはまだきーませんか？」マダム・マクシームが聞いた。

「もうすぐ来るじゃろう」ダンブルドアが答えた。

「外でお待ちになってお出迎えなさるかな？　それとも城中に入られて、ちと、暖を取られますかな？」

「あたたまりたーいです。でも、ウーマは――」

「こちらの『魔法生物飼育学』の先生が喜んでお世話するじゃろう」

ダンブルドアが言った。

「ただ、今は、あー――別の仕事ではずしておるが。少し面倒があってのう。片づきしだいすぐに」

「スクリュートだ」ロンがニヤッとしてハリーにささやいた。

「わたーしのウーマたちのせわは――あー――ちからいりまーす」
マダム・マクシームは、ホグワーツの「魔法生物飼育学」の先生にそんな仕事ができるかどうか、疑っているような顔だった。
「ウーマたちは、とてもつよーいです……」
「ハグリッドなら大丈夫。やりとげましょう。わしが請け合いますぞ」
ダンブルドアがほほ笑んだ。
「それはどーも」マダム・マクシームは軽く頭を下げた。
「どうぞ、そのアグリッドに、ウーマはシングルモルト・ウィスキーしかのまなーいと、おつたえくーださいますか？」
「かしこまりました」ダンブルドアもおじぎした。
「おいで」
マダム・マクシームは威厳たっぷりに生徒を呼んだ。ホグワーツ生の列が割れ、マダムと生徒が石段を上れるよう、道をあけた。
「ダームストラングの馬はどのくらい大きいと思う？」
シェーマス・フィネガンが、ラベンダーとパーバティのむこうから、ハリーとロンのほうに身を乗り出して話しかけた。
「うーん、こっちの馬より大きいんなら、ハグリッドでも扱えないだろうな」
ハリーが言った。
「それも、ハグリッドがスクリュートに襲われていなかったらの話だけど。いったい何が起こったんだろう？」
「もしかして、スクリュートが逃げたかも」ロンはそうだといいのに、という言い方だ。
「あぁ、そんなこと言わないで」
ハーマイオニーが身震いした。
「あんな連中が校庭にうじゃうじゃしてたら……」
ダームストラング一行を待ちながら、みんな少し震えて立っていた。生徒の多くは、期待を込めて空を見つめていた。数分間、静寂を破るのはマダム・マクシームの巨大な馬の鼻息と、地をけるひづめの音だけだった。だが――。
「何か聞こえないか？」突然ロンが言った。
ハリーは耳を澄ました。闇の中からこちらに向かって、大きな、言いようのない不気味な音が伝わってきた。まるで巨大な掃除機が川底をさらうような、くぐもったゴロゴロという音、吸い込む音……。

「湖だ！」

リー・ジョーダンが指差して叫んだ。

「湖を見ろよ！」

そこは、芝生の一番上で、校庭を見下ろす位置だったので、湖の黒くなめらかな水面がはっきり見えた――その水面が、突然乱れた。中心の深いところで何かがざわめいている。ボコボコと大きな泡が表面に湧き出し、波が岸の泥を洗った――そして、湖の真ん真ん中が渦巻いた。まるで湖底の巨大な栓が抜かれたかのように……。

渦の中心から、長い、黒い竿のようなものが、ゆっくりとせり上がってきた……そして、ハリーの目に、帆桁が……。

「あれは帆柱だ！」

ハリーがロンとハーマイオニーに向かって言った。

ゆっくりと、堂々と、月明かりを受けて船は水面に浮上した。まるで引き上げられた難破船のような、どこかがいこつのような感じがする船だ。丸い船窓からチラチラ見えるほの暗いかすんだ灯りが、幽霊の目のように見えた。

ザバーッと大きな音を立てて、ついに船全体が姿を現し、水面を波立たせて船体を揺すり、岸に向かってすべりだした。数分後、浅瀬に錨を投げ入れる水音が聞こえ、タラップを岸に下ろすドスッという音がした。

乗員が下船してきた。船窓の灯りをよぎるシルエットが見えた。ハリーは、全員が、クラッブ、ゴイル並みの体つきをしているらしいことに気づいた……。しかし、だんだん近づいてきて、芝生を登りきり、玄関ホールから流れ出る明かりの中に入るのを見たとき、大きな体に見えたのは、実はもこもことした分厚い毛皮のマントを着ているせいだとわかった。城まで全員を率いてきた男だけは、ちがう物を着ている。男の髪と同じく、なめらかで銀色の毛皮だ。

「ダンブルドア！」

坂道を上りながら、男がほがらかに声をかけた。

「やあやあ。しばらく。元気かね」

「元気いっぱいじゃよ。カルカロフ校長」

ダンブルドアが挨拶を返した。

カルカロフの声は、耳に心地よく、上すべりに愛想がよかった。城の正面扉からあふれ出る明かりの中に歩み入ったとき、ダンブルドアと同じくやせた、背の高い姿が見えた。しかし、銀髪は短く、先の縮れた山羊ひげは、貧相なあごを隠しきれていなかった。カルカロフはダンブルドアに近づき、両手で握手した。

「なつかしのホグワーツ城」

カルカロフは城を見上げてほほ笑んだ。歯が黄ばんでいた。それに、ハリーは、目が笑っていないことに気づいた。冷たい、抜け目のない目のままだ。

「ここに来られたのはうれしい。実にうれしい……ビクトール、こっちへ。暖かい所へ来るがいい……ダンブルドア、かまわないかね？　ビクトールは風邪気味なので……」

カルカロフは生徒の一人を差し招いた。その青年が通り過ぎたとき、ハリーはちらりと顔を見た。曲がった目立つ鼻、濃い、黒い眉。ロンから腕にパンチを食わされるまでもない。耳元でささやかれる必要もない。紛れもない横顔だ。

「ハリー――クラムだ！」

第16章 炎のゴブレット

「まさか！」ロンがぼうぜんとして言った。

ダームストラング一行のあとについて、ホグワーツの学生が、整列して石段を上る途中だった。

「クラムだぜ、ハリー！　ビクトール・クラム！」

「ロン、落ち着きなさいよ。たかがクィディッチの選手じゃない」ハーマイオニーが言った。

「たかがクィディッチの選手？」

ロンは耳を疑うという顔でハーマイオニーを見た。

「ハーマイオニー――クラムは世界最高のシーカーの一人だぜ！　まだ学生だなんて、考えてもみなかった！」

ホグワーツの生徒にまじり、再び玄関ホールを横切り、大広間に向かう途中、ハリーはリー・ジョーダンがクラムの頭の後ろだけでもよく見ようと、つま先立ちでピョンピョン跳び上がっているのを見た。六年生の女子学生が数人、歩きながら夢中でポケットを探っている――「ああ、どうしたのかしら。私、羽根ペンを一本も持ってないわ――」「ねえ、あの人、私の帽子に口紅でサインしてくれると思う？」

「まったく、もう」

今度は口紅のことでごたごた言い合っている女の子たちを追い越しながら、ハーマイオニーがツンと言い放った。

「サインもらえるなら、僕が、もらうぞ」ロンが言った。

「ハリー、羽根ペン持ってないか？　ン？」

「ない。寮の鞄の中だ」ハリーが答えた。

三人はグリフィンドールのテーブルまで歩き、腰かけた。ロンはわざわざ入口の見えるほうに座った。クラムやダームストラングのほかの生徒たちが、どこに座ってよいかわからないらしく、まだ入口付近に固まっていたからだ。ボーバトンの生徒たちは、レイブンクローのテーブルを選んで座っていた。みんなむっつりした表情で、大広間を見回している。その中の三人が、まだ頭にスカーフやショールを巻きつけ、しっかり押さえていた。

「そこまで寒いわけないでしょ」

観察していたハーマイオニーが、いらいらした。

「あの人たち、どうしてマントを持ってこなかったのかしら？」
「こっち！　こっちに来て座って！」
ロンが歯を食いしばるように言った。
「こっちだ！　ハーマイオニー、そこどいて。席を空けてよ――」
「どうしたの？」
「遅かった」ロンが悔しそうに言った。
ビクトール・クラムとダームストラングの生徒たちが、スリザリンのテーブルに着いていた。マルフォイ、クラッブ、ゴイルのいやに得意げな顔を、ハリーは見た。見ているうちに、マルフォイがクラムのほうに乗り出すようにして話しかけた。
「おう、おう、やってくれ、マルフォイ。おべんちゃらべたべた」ロンが毒づいた。
「だけど、クラムは、あいつなんかすぐお見透しだぞ……。きっといつも、みんながじゃれついてくるんだから……。あの人たち、どこに泊まると思う？　僕たちの寝室に空きを作ったらどうかな、ハリー……僕のベッドをクラムにあげたっていい。僕は折りたたみベッドで寝るから」
ハーマイオニーがフンと鼻を鳴らした。
「あの人たち、ボーバトンの生徒よりずっと楽しそうだ」ハリーが言った。

ダームストラング生は分厚い毛皮を脱ぎ、興味津々で星の瞬く黒い天井を眺めていた。何人かは金の皿やゴブレットを持ち上げては、感心したように眺め回していた。

教職員テーブルに、管理人のフィルチが椅子を追加している。晴れの席にふさわしく、古ぼけたかび臭い燕尾服を着込んでいた。ダンブルドアの両脇に二席ずつ、四脚も椅子を置いたので、ハリーは驚いた。

「だけど、二人増えるだけなのに」ハリーが言った。

「どうしてフィルチは椅子を四つも出したのかな？　あとは誰が来るんだろう？」

「はあ？」ロンはあいまいに答えた。まだクラムに熱い視線を向けている。

全校生が大広間に入り、それぞれの寮のテーブルに着くと、教職員が入場し、一列になって上座のテーブルに進み、着席した。列の最後はダンブルドア、カルカロフ校長、マダム・マクシームだ。ボーバトン生は、マダムが入場するとパッと起立した。ホグワーツ生の何人かが笑った。しかし、ボーバトン生は平然として、マダム・マクシームがダンブルドアの左手に着席するまでは席に座らなかった。ダンブルドアのほうは立ったままだった。大広間が水を打ったようになった。

「こんばんは。紳士、淑女、そしてゴーストのみなさん。そしてまた――今夜は特に――客人のみなさん」

ダンブルドアは外国からの学生全員に向かって、ニッコリした。

「ホグワーツへのおいでを、心から歓迎いたしますぞ。本校での滞在が、快適で楽しいものになることを、わしは希望し、また確信しておる」

ボーバトンの女子学生で、まだしっかりとマフラーを頭に巻きつけたままの子が、まちがいなく嘲笑と取れる笑い声を上げた。

「あなたなんか、誰も引き止めやしないわよ！」

ハーマイオニーが、その学生をねめつけながらつぶやいた。

「三校対抗試合は、この宴が終わると正式に開始される」ダンブルドアが続けた。

「さあ、それでは、大いに飲み、食い、かつくつろいでくだされ！」

ダンブルドアが着席した。ハリーが見ていると、カルカロフ校長が、すぐに身を乗り出して、ダンブルドアと話しはじめた。

目の前の皿が、いつものように満たされた。厨房の屋敷しもべ妖精が、今夜は無制限の大盤振る舞いにしたらしい。目の前に、ハリーがこれまで見たことがないほどのいろいろな料理が並び、はっきり外国料理とわかるものもいくつかあった。

「あれ、何だい？」
ロンが指差したのは、大きなキドニーステーキ・パイの横にある、貝類のシチューのようなものだった。
「ブイヤベース」ハーマイオニーが答えた。
「今、くしゃみした？」ロンが聞いた。
「フランス語よ」ハーマイオニーが言った。
「去年の夏休み、フランスでこの料理を食べたの。とってもおいしいわ」
「ああ、信じましょう」
ロンが、ブラッド・ソーセージをよそいながら言った。
たかだか二十人、生徒が増えただけなのに、大広間はなぜかいつもよりずっと混み合っているように見えた。たぶん、ホグワーツの黒いローブの中で、ちがう色の制服がパッと目に入るせいだろう。毛皮のコートを脱いだダームストラング生は、その下に血のような深紅のローブを着ていた。
歓迎会が始まってから二十分ほどたったころ、ハグリッドが、教職員テーブルの後ろのドアから横すべりで入ってきた。テーブルの端の席にそっと座ると、ハグリッドはハリー、ロン、ハーマイオニーに手を振った。包帯でぐるぐる巻きの手だ。
「ハグリッド、スクリュートは大丈夫なの？」ハリーが呼びかけた。
「ぐんぐん育っちょる」ハグリッドがうれしそうに声を返した。
「ああ、そうだろうと思った」ロンが小声で言った。
「あいつら、ついに好みの食べ物を見つけたらしいな。ほら、ハグリッドの指さ」
その時、誰かの声がした。
「あのでーすね、ブイヤベース食べなーいのでーすか？」
ダンブルドアの挨拶のときに笑った、あのボーバトンの女子学生だった。やっとマフラーを取っていた。長いシルバーブロンドの髪が、さらりと腰まで流れていた。大きな深いブルーの瞳、真っ白できれいな歯並びだ。
ロンは真っ赤になった。美少女の顔をじっと見つめ、口を開いたものの、わずかにゼイゼイとあえぐ音が出てくるだけだった。
「ああ、どうぞ」ハリーが美少女のほうに皿を押しやった。
「もう食べ終わりまーしたでーすか？」
「ええ」ロンが息も絶え絶えに答えた。「ええ、おいしかったです」

美少女は皿を持ち上げ、こぼさないようにレイブンクローのテーブルに運んでいった。ロンは、これまで女の子を見たことがないかのように、穴の開くほど美少女を見つめ続けていた。ハリーが笑いだした。その声でロンはハッと我に返ったようだった。

「あの女、ヴィーラだ！」ロンはかすれた声でハリーに言った。

「いいえ、ちがいます！」ハーマイオニーがバシッと言った。

「マヌケ顔で、ポカンと口を開けて見とれてる人は、ほかに誰もいません！」

しかし、ハーマイオニーの見方は必ずしも当たっていなかった。美少女が大広間を横切る間、たくさんの男の子が振り向いたし、何人かは、ロンと同じように、一時的に口がきけなくなったようだった。

「まちがいない！　あれは普通の女の子じゃない！」

ロンは体を横に倒して、美少女をよく見ようとした。

「ホグワーツじゃ、ああいう女の子は作れない！」

「ホグワーツだって、女の子はちゃんと作れるよ」

ハリーは反射的にそう言った。シルバーブロンド美少女から数席離れたところに、たまたまチョウ・チャンが座っていた。

「お二人さん、お目々がお戻りになりましたら」ハーマイオニーがきびきびと言った。「たった今誰が到着したか、見えますわよ」

ハーマイオニーは教職員テーブルを指差していた。空いていた二席がふさがっている。ルード・バグマンがカルカロフ校長の隣に、パーシーの上司のクラウチ氏がマダム・マクシームの隣に座っていた。

「いったい何しにきたのかな？」ハリーは驚いた。

「三校対抗試合を組織したのは、あの二人じゃない？」ハーマイオニーが言った。

「始まるのを見たかったんだと思うわ」

次のコースが皿に現れた。なじみのないデザートがたくさんある。ロンは何だか得体の知れない淡い色のブラマンジェをしげしげ眺め、それをそろそろと数センチくらい自分の右側に移動させ、レイブンクローのテーブルからよく見えるようにした。しかし、ヴィーラらしき美少女は、もう充分食べたという感じで、ブラマンジェを取りにこようとはしなかった。

金の皿が再びピカピカになると、ダンブルドアが再び立ち上がった。心地よい緊張感が、今しも大広間を満たしていた。何が起こるかと、ハリーは興奮でゾクゾクした。ハリーの席から数席むこうでフレッドとジョージが身を乗り出し、全神経を集中してダンブルドアを見つめている。

「時は来た」

ダンブルドアが、いっせいに自分を見上げている顔、顔、顔に笑いかけた。

「三大魔法学校対抗試合はまさに始まろうとしておる。『箱』を持ってこさせる前に、二言、三言説明しておこうかの――」

「箱って？」ハリーがつぶやいた。

ロンが「知らない」とばかり肩をすくめた。

「――今年はどんな手順で進めるのかを明らかにしておくためじゃが。その前に、まだこちらのお二人を知らない者のためにご紹介しよう。国際魔法協力部部長、バーテミウス・クラウチ氏――儀礼的な拍手がパラパラと起こった――「そして、魔法ゲーム・スポーツ部部長、ルード・バグマン氏じゃ」

クラウチのときよりもずっと大きな拍手があった。ビーターとして有名だったからかもしれないし、ずっと人好きのする容貌のせいかもしれなかった。バグマンは、陽気に手を振って拍手に応えた。バーテミウス・クラウチは、紹介されたとき、ニコリともせず、手を振りもしなかった。クィディッチ・ワールドカップでのスマートな背広姿を覚えているハリーにとって、魔法使いのローブがクラウチ氏とちぐはぐな感じがした。ちょびひげもぴっちり分けた髪も、ダンブルドアの長い白髪とあごひげの隣では、際立って滑稽に見えた。
「バグマン氏とクラウチ氏は、この数か月というもの、三校対抗試合の準備に骨身を惜しまず尽力されてきた」
ダンブルドアの話は続いた。
「そして、お二方は、カルカロフ校長、マダム・マクシーム、それにこのわしとともに、代表選手の健闘ぶりを評価する審査委員会に加わってくださる」
「代表選手」の言葉が出たとたん、熱心に聞いていた生徒たちの耳が一段と研ぎ澄まされた。
ダンブルドアは、生徒が急にしんとなったのに気づいたのか、ニッコリしながらこう言った。
「それでは、フィルチさん、箱をこれへ」
大広間の隅に、誰にも気づかれず身をひそめていたフィルチが、今こそと、宝石をちりばめた大きな木箱を捧げ、ダンブルドアのほうに進み出た。かなり古いものらしい。見つめる生徒たちから、いったい何だろうと、興奮のざわめきが起こった。デニス・クリービーは、よく見ようと椅子の上に立ち上がったが、それでも、あまりにチビで、みんなの頭よりちょっぴり上に出ただけだった。
「代表選手たちが今年取り組むべき課題の内容は、すでにクラウチ氏とバグマン氏が検討し終えておる」ダンブルドアが言った。

フィルチが、木箱をうやうやしくダンブルドアの前のテーブルに置いた。

「さらに、お二方は、それぞれの課題に必要な手配もしてくださった。課題は三つあり、今学年一年間にわたって、間を置いて行われ、代表選手はあらゆる角度から試される――魔力の卓越性――果敢な勇気――論理・推理力――そして、言うまでもなく、危険に対処する能力などじゃ」

この最後の言葉で、大広間が完璧に沈黙した。息する者さえいないかのようだった。

「みなも知ってのとおり、試合を競うのは三人の代表選手じゃ」

ダンブルドアは静かに言葉を続けた。

「参加三校から各一人ずつ。選手は課題の一つ一つをどのように巧みにこなすかで採点され、三つの課題の総合点が最も高い者が、優勝杯を獲得する。代表選手を選ぶのは、公正なる選者……『炎のゴブレット』じゃ」

ここでダンブルドアは杖を取り出し、木箱のふたを三度軽くたたいた。ふたはきしみながらゆっくりと開いた。ダンブルドアは手を差し入れ、中から大きな荒けずりの木のゴブレットを取り出した。一見まるで見栄えのしない杯だったが、ただ、その縁からはあふれんばかりに青白い炎が踊っていた。

ダンブルドアは木箱のふたを閉め、その上にそっとゴブレットを置き、大広間の全員によく見えるようにした。

「代表選手に名乗りを上げたい者は、羊皮紙に名前と所属校名をはっきりと書き、このゴブレットの中に入れなければならぬ。立候補の志ある者は、これから二十四時間のうちに、その名を提出するよう。明日、ハロウィーンの夜に、ゴブレットは、各校を代表するに最もふさわしいと判断した三人の名前を、返してよこすであろう。このゴブレットは、今夜玄関ホールに置かれる。我と思わん者は、自由に近づくがよい」

「年齢に満たない生徒が誘惑にかられることのないよう」ダンブルドアが続けた。

「『炎のゴブレット』が玄関ホールに置かれたなら、その周囲にわしが『年齢線』を引くことにする。十七歳に満たない者は、何人もその線を越えることはできぬ」

「最後に、この試合で競おうとする者にはっきり言うておこう。軽々しく名乗りを上げぬことじゃ。『炎のゴブレット』がいったん代表選手と選んだ者は、最後まで試合を戦い抜く義務がある。ゴブレットに名前を入れるということは、魔法契約によって拘束されることじゃ。代表選手になったからには、途中で気が変わるということは許されぬ。じゃから、心底、競技する用意があるのかどうか確信を持った上で、ゴブレットに名前を入れるのじゃぞ。さて、もう寝る時間じゃ。みな、おやすみ」

「『年齢線』か！」

みんなと一緒に大広間を横切り、玄関ホールに出るドアのほうへと進みながら、フレッド・ウィーズリーが目をキラキラさせた。

「うーん。それなら『老け薬』でごまかせるな？　いったん名前をゴブレットに入れてしまえば、もうこっちのもんさ――十七歳かどうかなんて、ゴブレットにはわかりゃしないさ！」

「でも、十七歳未満じゃ、誰も戦いおおせる可能性はないと思う」

ハーマイオニーが言った。

「まだ勉強が足りないもの……」

「君はそうでも、俺はちがうぞ」

ジョージがぶっきらぼうに言った。

「ハリー、君はやるな？　立候補するんだろ？」

十七歳に満たない者は立候補するべからず、というダンブルドアの強い言葉を、ハリーは一

瞬 思い出した。しかし、自分が三校対抗試合に優勝する晴れがましい姿が、またしても胸いっぱいに広がった……十七歳未満の誰かが、「年齢線」を破るやり方をほんとうに見つけてしまったら、ダンブルドアはどれほど怒るだろう……。

「どこへ行っちゃったのかな？」

このやりとりをまったく聞いていなかったロンが言った。クラムはどうしたかと、人混みの中をうかがっていたのだ。

「ダンブルドアは、ダームストラング生がどこに泊まるか、言ってなかったよな？」

しかし、その答えはすぐにわかった。ちょうどその時、ハリーたちはスリザリンのテーブルまで進んで来ていたのだが、カルカロフが生徒を急き立てている最中だった。

「それでは、船に戻れ」カルカロフがそう言ったところだった。

「ビクトール、気分はどうだ？　充分に食べたか？　厨房から薬用ホットワインでも持ってこさせようか？」

クラムがまた毛皮を着ながら、首を横に振ったのを、ハリーは見た。

「校長先生、僕、ヴァインが欲しい」

ダームストラングの男子生徒が一人、物欲しそうに言った。

「おまえに言ったわけではない、ポリアコフ」

カルカロフがかみつくように言った。やさしい父親のような雰囲気は一瞬にして消えていた。

「おまえは、また食べ物をべたべたこぼして、ローブを汚したな。しょうのないやつだ――」

カルカロフはドアのほうに向きを変え、生徒を先導した。ドアのところでちょうどハリー、ロン、ハーマイオニーとかち合い、三人が先をゆずった。

「ありがとう」

カルカロフはなにげなくそう言って、ハリーをちらと見た。

とたんにカルカロフが凍りついた。ハリーのほうを振り向き、我が目を疑うという表情で、カルカロフはハリーをまじまじと見た。校長の後ろについていたダームストラング生も急に立ち止まった。カルカロフの視線が、ゆっくりとハリーの顔を移動し、傷痕の上にくぎづけになった。ダームストラング生も不思議そうにハリーを見つめた。そのうち何人かがハッと気づいた表情になったのを、ハリーは目の片隅で感じた。ローブの胸が食べこぼしでいっぱいの男の子が、隣の女の子をつっつき、おおっぴらにハリーの額を指差した。

「そうだ。ハリー・ポッターだ」後ろから、声がとどろいた。

カルカロフ校長がくるりと振り向いた。マッドーアイ・ムーディが立っている。ステッキに体を預け、「魔法の目」が瞬きもせず、ダームストラングの校長をギラギラと見すえていた。ハリーの目の前で、カルカロフの顔からサッと血の気が引き、怒りと恐れの入りまじったすさまじい表情に変わった。

「おまえは！」

カルカロフは、亡霊でも見るような目つきでムーディを見つめた。

「わしだ」すごみのある声だった。

「ポッターに何か言うことがないなら、カルカロフ、どくがよかろう。出口をふさいでいるぞ」

たしかにそうだった。大広間の生徒の半分がその後ろで待たされ、何がじゃましているのだろうと、あちこちから首を突き出して前をのぞいていた。

一言も言わず、カルカロフ校長は、自分の生徒をかき集めるようにして連れ去った。ムーディはその姿が見えなくなるまで、「魔法の目」でその背中をじっと見ていた。傷だらけのゆがんだ顔に激しい嫌悪感が浮かんでいた。

翌日は土曜日で、普段なら、遅い朝食をとる生徒が多いはずだった。しかし、ハリー、ロン、ハーマイオニーは、この週末はいつもよりずっと早く起きた。早起きはハリーたちだけではなかった。三人が玄関ホールに下りていくと、二十人ほどの生徒がうろうろしているのが見えた。トーストをかじりながらの生徒もいて、みんなが「炎のゴブレット」を眺め回していた。ゴブレットはホールの真ん中に、いつもは「組分け帽子」をのせる丸椅子の上に置かれていた。床には細い金色の線で、ゴブレットの周りに半径三メートルほどの円が描かれていた。

「もう誰か名前を入れた？」

ロンがうずうずしながら三年生の女の子に聞いた。

「ダームストラングが全員。だけど、ホグワーツからは、私は誰も見てないわ」

「きのうの夜のうちに、みんなが寝てしまってから入れた人もいると思うよ」ハリーが言った。

「僕だったら、そうしたと思う……。みんなに見られたりしたくないもの。ゴブレットが、名前を入れたとたんに吐き出してきたりしたらいやだろ？」

ハリーの背後で誰かが笑った。振り返ると、フレッド、ジョージ、リー・ジョーダンが急いで階段を下りてくるところだった。三人ともひどく興奮しているようだ。

「やったぜ」

フレッドが勝ち誇ったようにハリー、ロン、ハーマイオニーに耳打ちした。

「今飲んできた」

「何を？」ロンが聞いた。
「『老け薬』だよ。鈍いぞ」フレッドが言った。
「一人一滴だ」
有頂天で、両手をこすり合わせながら、ジョージが言った。
「俺たちはほんの数か月分、年をとればいいだけだからな」
「三人のうち誰かが優勝したら、一千ガリオンは山分けにするんだ」
リーもニヤーッと歯を見せた。
「でも、そんなにうまくいくとは思えないけど」
ハーマイオニーが警告するように言った。
「ダンブルドアはきっとそんなこと考えてあるはずよ」
フレッド、ジョージ、リーは、聞き流した。
「いいか？」武者震いしながら、フレッドがあとの二人に呼びかけた。
「それじゃ、いくぞ――俺が一番乗りだ――」
フレッドが「フレッド・ウィーズリー――ホグワーツ」と書いた羊皮紙メモをポケットから取り出すのを、ハリーはドキドキしながら見守った。フレッドはまっすぐに線の際まで行って、そこで立ち止まり、十五メートルの高みから飛び込みをするダイバーのように、つま先立って前後に体を揺すった。そして、玄関ホールのすべての目が見守る中、フレッドは大きく息を吸い、線の中に足を踏み入れた。

一瞬、ハリーは、うまくいったと思った——ジョージもきっとそう思ったのだろう。やった、という叫び声とともに、フレッドのあとを追って飛び込んだのだ——が、次の瞬間、ジュッという大きな音とともに、双子は二人とも金色の円の外に放り出された。見えない砲丸投げ選手が二人を押し出したかのようだった。二人は、三メートルほども吹っ飛び、冷たい石の床にたたきつけられた。泣きっ面に蜂ならぬ恥、ポンと大きな音がして、二人ともまったく同じ白い長いあごひげが生えてきた。

玄関ホールが大爆笑に沸いた。フレッドとジョージでさえ、立ち上がってお互いのひげを眺めたとたん、笑いだした。

「忠告したはずじゃ」

深みのある声がした。おもしろがっているような調子だ。みんなが振り向くと、大広間からダンブルドア校長が出てくるところだった。目をいたずらっぽくキラキラさせてフレッドとジョージを観賞しながら、ダンブルドアが言った。

「二人とも、マダム・ポンフリーのところへ行くがよい。すでに、レイブンクローのミス・フォーセット、ハッフルパフのミスター・サマーズもお世話になっておる。二人とも少しばかり年を取る決心をしたのでな。もっとも、あの二人のひげは、君たちのほど見事ではないがの」

ゲラゲラ笑っているリーに付き添われ、フレッドとジョージが医務室に向かい、ハリー、ロン、ハーマイオニーも、クスクス笑いながら朝食に向かった。

大広間の飾りつけが、今朝はすっかり変わっていた。ハロウィーンなので、生きたコウモリが群がって、魔法のかかった天井の周りを飛び回っていたし、何百というくり抜きかぼちゃが、あちこちの隅でニターッと笑っていた。ハリーが先に立って、ディーンとシェーマスのそばに行くと、二人は、十七歳以上の生徒で誰がホグワーツから立候補しただろうか、と話しているところだった。

「うわさだけどさ、ワリントンが早起きして名前を入れたって」ディーンがハリーに話した。

「あの、スリザリンの、でっかいナマケモノみたいなやつがさ」

クィディッチでワリントンと対戦したことがあるハリーは、むかついて首を振った。

「スリザリンから代表選手を出すわけにはいかないよ！」

「それに、ハッフルパフじゃ、みんなディゴリーのことを話してる」

シェーマスが軽蔑したように言った。
「だけど、あいつ、ハンサムなお顔を危険にさらしたくないんじゃないでしょうかね」
「ちょっと、ほら、見て！」ハーマイオニーが急に口を挟んだ。
玄関ホールのほうで、歓声が上がった。椅子に座ったまま振り向くと、アンジェリーナ・ジョンソンが、少しはにかんだように笑いながら、大広間に入ってくるところだった。グリフィンドールのチェイサーの一人、背の高い黒人のアンジェリーナは、ハリーたちのところへやってきて、腰かけるなり言った。
「そう、私、やったわ！　今、名前を入れてきた！」
「ほんとかよ！」ロンは感心したように言った。
「それじゃ、君、十七歳なの？」ハリーが聞いた。
「そりゃ、もち、そうさ。ひげがないだろ？」ロンが言った。
「先週が誕生日だったの」アンジェリーナが言った。
「うわぁ、私、グリフィンドールから誰か立候補してくれて、うれしいわ」
ハーマイオニーが言った。
「あなたが選ばれるといいな、アンジェリーナ！」

「ありがとう、ハーマイオニー」アンジェリーナがハーマイオニーにほほ笑みかけた。
「ああ、かわいこちゃんのディゴリーより、君のほうがいい」
シェーマスの言葉を、テーブルのそばを通りがかった数人のハッフルパフ生が聞きつけて、怖い顔でシェーマスをにらんだ。
「じゃ、今日は何して遊ぼうか？」
朝食が終わって、大広間を出るとき、ロンがハリーとハーマイオニーに聞いた。
「まだハグリッドのところに行ってないね」ハリーが言った。
「オーケー。スクリュートに僕たちの指を二、三本寄付しろって言わないんなら、行こう」
ロンが言った。
ハーマイオニーの顔が、興奮でパッと輝いた。
「今気づいたけど――私、まだハグリッドにS・P・E・Wに入会するように頼んでなかったわ！」
ハーマイオニーの声がはずんだ。
「待っててくれる？　ちょっと上まで行って、バッジを取ってくるから」
「あいつ、いったい、どうなってるんだ？」

ハーマイオニーが大理石の階段をかけ上がっていくのを、ロンはあきれ顔で見送った。

「おい、ロン」ハリーが突然声をかけた。「君のオトモダチ……」

ボーバトン生が、校庭から正面の扉を通ってホールに入ってくるところだった。その中に、あのヴィーラ美少女がいた。「炎のゴブレット」を取り巻いていた生徒たちが、一行を食い入るように見つめながら、道をあけた。

マダム・マクシームが生徒のあとからホールに入り、みんなを一列に並ばせた。ボーバトン生は一人ずつ「年齢線」をまたぎ、青白い炎の中に羊皮紙のメモを投じた。名前が入るごとに、炎は一瞬赤くなり、火花を散らした。

「選ばれなかった生徒はどうなると思う？」

ヴィーラ美少女が羊皮紙を「炎のゴブレット」に投じたとき、ロンがハリーにささやいた。

「学校に帰っちゃうと思う？　それとも残って試合を見るのかな？」

「わかんない。残るんじゃないかな……マダム・マクシームは残って審査するだろ？」

ボーバトン生が全員名前を入れ終えると、マダム・マクシームは再び生徒をホールから連れ出し、校庭へと戻っていった。

「あの人たちは、どこに泊まってるのかな？」

あとを追って扉のほうへ行き、一行をじっと見送りながら、ロンが言った。
背後でガタガタと大きな音がして、ハーマイオニーがS・P・E・Wバッジの箱を持って戻ってきたことがわかった。
「おっ、いいぞ。急ごう」
ロンが石段を飛び降りた。その目は、マダム・マクシームと一緒に芝生の中ほどを歩いているヴィーラ美少女の背中に、ぴったりと張りついていた。
禁じられた森の端にあるハグリッドの小屋に近づいたとき、ボーバトン生がどこに泊まっているかの謎が解けた。乗ってきた巨大なパステル・ブルーの馬車が、ハグリッドの小屋の入口から二百メートルほどむこうに置かれ、生徒たちはその中へと上っていくところだった。馬車を引いてきた象ほどもある天馬は、今は、その脇にしつらえられた急ごしらえのパドックで、草を食んでいる。
ハリーがハグリッドの戸をノックすると、すぐに、ファングの低く響くほえ声がした。
「よう、久しぶりだな！」
ハグリッドが勢いよくドアを開け、ハリーたちを見つけて言った。
「俺の住んどるところを忘れっちまったかと思ったぞ！」

「私たち、とっても忙しかったのよ、ハグ――」

ハーマイオニーは、そう言いかけて、ハグリッドを見上げたとたん、ぴたっと口を閉じた。言葉を失ったようだった。

ハグリッドは、一張羅の（しかも、悪趣味の）毛がモコモコの茶色い背広を着込み、これでもかとばかり、黄色とだいだい色の格子じまネクタイをしめていた。極めつきは、髪を何とかなでつけようとしたらしく、車軸用のグリースかと思われる油をこってりと塗りたくっていたことだ。髪は今や、二束にくくられて垂れ下がっている――たぶん、ビルと同じようなポニーテールにしようとしたのだろうが、髪が多過ぎて一つにまとまらなかったのだろう。どう見てもハグリッドには似合わなかった。一瞬、ハーマイオニーは目を白黒させてハグリッドを見ていたが、結局何も意見を言わないことに決めたらしく、こう言った。

「えーと――スクリュートはどこ？」

「外のかぼちゃ畑の脇だ」ハグリッドがうれしそうに答えた。

「でっかくなったぞ。もう一メートル近いな。ただな、困ったことに、お互いに殺し合いを始めてなぁ」

「まあ、困ったわね」ハーマイオニーはそう言うと、ハグリッドのキテレツな髪形をまじまじ見て何か言いそうに口を開いたロンに、すばやく「ダメよ」と目配せした。
「そうなんだ」ハグリッドは悲しそうに言った。
「ンでも、大丈夫だ。もう別々の箱に分けたからな。まーだ、二十匹は残っちょる」
「うわ、そりゃ、おめでたい」
ロンの皮肉が、ハグリッドには通じなかった。
ハグリッドの小屋は一部屋しかなく、その一角に、パッチワークのカバーをかけた巨大なベッドが置いてある。暖炉の前には、これも同じく巨大な木のテーブルと椅子があり、その上の天井から、燻製ハムや鳥の死がいがたくさんぶら下がっていた。
ハグリッドがお茶の準備を始めたので、三人はテーブルに着き、すぐにまた三校対抗試合の話題に夢中になった。ハグリッドも同じように興奮しているようだった。
「見ちょれ」ハグリッドがニコニコした。
「待っちょれよ。見たこともねえもンが見られるぞ。イッチ（一）番目の課題は……おっと、言っちゃいけねえんだ」
「言ってよ！　ハグリッド！」
ハリー、ロン、ハーマイオニーがうながしたが、ハグリッドは笑って首を横に振るばかりだった。

「おまえさんたちの楽しみをだいなしにはしたくねえ」ハグリッドが言った。

「だがな、すごいぞ。それだけは言っとく。代表選手はな、課題をやりとげるのは大変だぞ。生きてるうちに三校対抗試合の復活を見られるとは、思わんかったぞ！」

結局三人は、ハグリッドと昼食を食べたが、あまりたくさんは食べなかった――ハグリッドはビーフシチューだと言って出したが、ハーマイオニーが中から大きな鉤爪を発見してしまったあとは、三人ともがっくりと食欲を失ったのだ。それでも、試合の種目が何なのか、あの手この手でハグリッドに言わせようとしたり、立候補者の中で代表選手に選ばれるのは誰だろうと推測したり、フレッドとジョージのひげはもう取れただろうかなどと話したりして、三人は楽しく過ごした。

昼すぎから小雨になった。暖炉のそばに座り、パラパラと窓を打つ雨の音を聞きながら、ハグリッドが靴下をつくろうかたわら、ハーマイオニーとしもべ妖精論議をするのを傍で見物するのは、のんびりした気分だった――ハーマイオニーがS・P・E・Wバッジを見せたとき、ハグリッドはきっぱり入会を断ったのだ。

「そいつは、ハーマイオニー、かえってあいつらのためにならねえ」

ハグリッドは、骨製の巨大な縫い針に、太い黄色の糸を通しながら、重々しく言った。
「ヒトの世話をするのは、連中の本能だ。それが好きなんだ。ええか？　仕事を取り上げっちまったら、連中を不幸にするばっかしだし、給料を払うなんちゅうのは、侮辱もええとこだ」
「だけど、ハリーはドビーを自由にしたし、ドビーは有頂天だったじゃない！」
ハーマイオニーが言い返した。
「それに、ドビーは、今ではお給料を要求してるって聞いたわ！」
「そりゃな、オチョウシモンはどこにでもいる。俺はなンも、自由を受け入れる変わりモンのしもべ妖精がいねえとは言っちょらん。だが、連中の大多数は、けっしてそんな説得は聞かねえぞ――ウンニャ、骨折り損だ。ハーマイオニー」
ハーマイオニーはひどく機嫌をそこねた様子で、バッジの箱をマントのポケットに戻した。
五時半になると、暗くなりはじめた。ロン、ハリー、ハーマイオニーは、ハロウィーンの晩餐会に出るのに城に戻る時間だと思った――それに、もっと大切な、各校の代表選手の発表があるはずだ。
「俺も一緒に行こう」
ハグリッドがつくろい物を片づけながら言った。

「ちょっくら待ってくれ」
ハグリッドは立ち上がり、ベッド脇の整理だんすのところまで行き、何か探しはじめた。三人は気にもとめなかったが、とびっきりひどい臭いが鼻をついて、初めてハグリッドに注目した。
ロンが咳き込みながら聞いた。
「ハグリッド、それ、何？」
「はぁ？」ハグリッドが巨大な瓶を片手に、こちらを振り返った。
「気に入らんか？」
「ひげそりローションなの？」ハーマイオニーものどが詰まったような声だ。
「あー――オー・デ・コロンだ」ハグリッドがもごもご言った。赤くなっている。
「ちとやり過ぎたかな」
ぶっきらぼうにそう言うと「落としてくる。待っちょれ……」と、ハグリッドはドスドスと小屋を出ていった。窓の外にある桶で、ハグリッドが乱暴にゴシゴシ顔を洗っているのが見えた。
「オー・デ・コロン？」ハーマイオニーが目を丸くした。
「ハグリッドが？」
「それに、あの髪と背広は何だい？」ハリーも声を低めて言った。

「見て！」ロンが突然窓の外を指差した。

ちょうど、ハグリッドが体を起こして振り返ったところだった。さっき赤くなったのもたしかだが、今の赤さに比べれば何でもない。三人が、ハグリッドに気づかれないよう、そっと立ち上がり、窓からのぞくと、マダム・マクシームとボーバトン生が馬車から出てくるところだった。晩餐会に行くにちがいない。ハグリッドが何と言っているかは聞こえなかったが、マダム・マクシームに話しかけているハグリッドの表情は、うっとりと、目がうるんでいる。ハリーは、ハグリッドがそんな顔をするのをたった一度しか見たことがなかった——赤ちゃんドラゴンのノーバートを見るときの、あの顔だった。

「ハグリッドったら、あの人と一緒にお城に行くわ！」ハーマイオニーが憤慨した。

「私たちを待たせてるはずじゃなかったの？」

小屋を振り返りもせず、ハグリッドはマダム・マクシームと一緒に校庭をてくてく歩きはじめた。二人が大股で過ぎ去ったあとを、ボーバトン生がほとんどかけ足で追っていった。

「ハグリッド、あの人に気があるんだ！」ロンは信じられないという声だ。

「まあ、二人に子供ができたら、世界記録だぜ——あの二人の赤ん坊なら、きっと重さ一トンはあるな」

三人は小屋を出て戸を閉めた。外は驚くほど暗かった。マントをしっかり巻きつけて、三人は芝生の斜面を登りはじめた。

「ちょっと見て！　あの人たちよ！」ハーマイオニーがささやいた。

ダームストラングの一行が湖から城に向かって歩いていくところだった。ビクトール・クラムはカルカロフと並び、あとのダームストラング生は、その後ろからバラバラと歩いていた。ロンはわくわくしながらクラムを見つめたが、クラムのほうは、ハーマイオニー、ロン、ハリーより少し先に正面扉に到着し、周囲には目もくれずに中に入った。

三人が中に入ったときには、ろうそくの灯りに照らされた大広間は、ほぼ満員だった。「炎のゴブレット」は、今は教職員テーブルの、まだ空席のままのダンブルドアの席の正面に移されていた。フレッドとジョージが――ひげもすっかりなくなり――失望を乗り越えて調子を取り戻したようだった。

「アンジェリーナだといいな」

ハリー、ロン、ハーマイオニーが座ると、フレッドが声をかけた。

「私もそう思う！」ハーマイオニーも声をはずませた。

「さあ、もうすぐはっきりするわ！」

ハロウィーン・パーティはいつもより長く感じられた。二日続けての宴会だったせいかもしれないが、ハリーも、準備された豪華な食事に、いつもほど心を奪われなかった。大広間の誰もかれもが、首を伸ばし、待ちきれないという顔をし、「ダンブルドアはまだ食べ終わらないのか」とそわそわしたり、立ち上がったりしている。ハリーもみんなと同じ気持ちで、早く皿の中身が片づけられて、誰が代表選手に選ばれたのか聞けるといいのにと思っていた。

ついに、金の皿がきれいさっぱりと、もとの真っさらな状態になり、大広間のガヤガヤが急に大きくなったが、ダンブルドアが立ち上がると、一瞬にして静まり返った。ダンブルドアの両脇に座っているカルカロフ校長とマダム・マクシームも、みんなと同じように緊張と期待感に満ちた顔だった。ルード・バグマンは、生徒の誰にということもなく、笑いかけ、ウィンクしている。しかし、クラウチ氏はまったく無関心で、ほとんどうんざりした表情だった。

「さて、ゴブレットは、ほぼ決定したようじゃ」

ダンブルドアが言った。

「わしの見込みでは、あと一分ほどじゃの。さて、代表選手の名前が呼ばれたら、その者たちは、大広間の一番前に来るがよい。そして、教職員テーブルに沿って進み、隣の部屋に入るよう――」

ダンブルドアは教職員テーブルの後ろの扉を示した。

「――そこで、最初の指示が与えられるであろう」

ダンブルドアは杖を取り、大きく一振りした。とたんに、くり抜きかぼちゃを残してあとのろうそくがすべて消え、部屋はほとんど真っ暗になった。「炎のゴブレット」は、今や大広間の中でひときわ明々と輝き、キラキラした青白い炎が、目に痛いほどだった。すべての目が、見つめ、待った……何人かがちらちら腕時計を見ている……。

「来るぞ」

ハリーから二つ離れた席のリー・ジョーダンがつぶやいた。

ゴブレットの炎が、突然また赤くなった。火花が飛び散りはじめた。次の瞬間、炎がメラメラと宙をなめるように燃え上がり、炎の舌先から、焦げた羊皮紙が一枚、はらりと落ちてきた――全員が固唾をのんだ。

ダンブルドアがその羊皮紙を捕らえ、再び青白くなった炎の明かりで読もうと、腕の高さに差し上げた。

「ダームストラングの代表選手は」

力強い、はっきりした声で、ダンブルドアが読み上げた。

「ビクトール・クラム」
「そうこなくっちゃ！」
ロンが声を張り上げた。大広間中が拍手の嵐、歓声の渦だ。ビクトール・クラムがスリザリンのテーブルから立ち上がり、前かがみにダンブルドアのほうに歩いていくのを、ハリーは見ていた。右に曲がり、教職員テーブルに沿って歩き、その後ろの扉から、クラムは隣の部屋へと消えた。
「ブラボー、ビクトール！」
カルカロフの声がとどろいた。拍手の音にもかかわらず、全員が聞きとれるほどの大声だった。
「わかっていたぞ。君がこうなるのは！」
拍手とおしゃべりが収まった。今や全員の関心は、数秒後に再び赤く燃え上がったゴブレットに集まっていた。炎に巻き上げられるように、二枚目の羊皮紙が中から飛び出した。
「ボーバトンの代表選手は」
ダンブルドアが読み上げた。
「フラー・デラクール！」
「ロン、あの女だ！」

ハリーが叫んだ。ヴィーラに似た美少女が優雅に立ち上がり、シルバーブロンドの豊かな髪をサッと振って後ろに流し、レイブンクローとハッフルパフのテーブルの間をすべるように進んだ。

「まあ、見てよ。みんながっかりしてるわ」

残されたボーバトン生のほうをあごで指し、騒音を縫ってハーマイオニーが言った。

「がっかり」では言い足りない、とハリーは思った。選ばれなかった女の子が二人、ワッと泣きだし、腕に顔をうずめてしゃくり上げていた。

フラー・デラクールも隣の部屋に消えると、また沈黙が訪れた。今度は興奮で張り詰めた沈黙が、ひしひしと肌に食い込むようだった。次はホグワーツの代表選手だ……。

そして三度、「炎のゴブレット」が赤く燃えた。あふれるように火花が飛び散った。炎が空をなめて高く燃え上がり、その舌先から、ダンブルドアが三枚目の羊皮紙を取り出した。

「ホグワーツの代表選手は」

ダンブルドアが読み上げた。

「セドリック・ディゴリー！」

「ダメ！」

ロンが大声を出したが、ハリーのほかには誰にも聞こえなかった。隣のテーブルからの大歓声がものすごかったのだ。ハッフルパフ生が総立ちになり、叫び、足を踏み鳴らした。セドリックがニッコリ笑いながら、その中を通り抜け、教職員テーブルの後ろの部屋へと向かった。セドリックへの拍手があまりに長々と続いたので、ダンブルドアが再び話しだすまでにしばらく間を置かなければならないほどだった。

「けっこう、けっこう！」

大歓声がやっと収まり、ダンブルドアがうれしそうに呼びかけた。

「さて、これで三人の代表選手が決まった。選ばれなかったボーバトン生も、ダームストラング生もふくめ、みんな打ちそろって、あらんかぎりの力を振りしぼり、代表選手たちを応援してくれることと信じておる。選手に声援を送ることで、みんながほんとうの意味で貢献でき――」

ダンブルドアが突然言葉を切った。何が気を散らせたのか、誰の目にも明らかだった。

「炎のゴブレット」が再び赤く燃えはじめたのだ。火花がほとばしった。突然、空中に炎が伸び上がり、その舌先にまたしても羊皮紙をのせている。

ダンブルドアが反射的に――と見えたが――長い手を伸ばし、羊皮紙を捕らえた。ダンブルドアはそれを掲げ、そこに書かれた名前をじっと見た。両手で持った羊皮紙を、ダンブルドアはそれからしばらく眺めていた。長い沈黙――大広間中の目がダンブルドアに集まっていた。

やがてダンブルドアが咳払いし、そして読み上げた――。

「ハリー・ポッター」

第17章 四人の代表選手

大広間のすべての目がいっせいに自分に向けられるのを感じながら、ハリーはただ座っていた。驚いたなんてものじゃない。しびれて感覚がない。夢を見ているにちがいない。きっと聞きちがいだったのだ。

誰も拍手しない。怒った蜂の群れのように、ワンワンという音が大広間に広がりはじめた。凍りついたように座ったままのハリーを、立ち上がってよく見ようとする生徒もいる。

上座のテーブルでは、マクゴナガル先生が立ち上がり、ルード・バグマンとカルカロフ校長の後ろをサッと通り、せっぱ詰まったように何事かダンブルドアにささやいた。ダンブルドアはかすかに眉を寄せ、マクゴナガル先生のほうに体を傾け、耳を寄せていた。

ハリーはロンとハーマイオニーのほうを振り向いた。そのむこうに、長いテーブルの端から端まで、グリフィンドール生全員が口をあんぐり開けてハリーを見つめていた。

「僕、名前を入れてない」

ハリーが放心したように言った。
「僕が入れてないこと、知ってるだろう」
二人とも、放心したようにハリーを見つめ返した。
上座のテーブルでダンブルドア校長がマクゴナガル先生に向かってうなずき、体を起こした。
「ハリー・ポッター！」
ダンブルドアがまた名前を呼んだ。
「ハリー！　ここへ、来なさい！」
「行くのよ」
ハーマイオニーが、ハリーを少し押すようにしてささやいた。
ハリーは立ち上がりざま、ローブのすそを踏んでよろめいた。グリフィンドールとハッフルパフのテーブルの間を、ハリーは進んだ。とてつもなく長い道のりに思えた。上座のテーブルが、全然近くならないように感じた。そして、何百という目が、まるでサーチライトのように、いっせいにハリーに注がれているのを感じていた。
ワンワンという音がだんだん大きくなる。まるで一時間もたったのではないかと思われたとき、ハリーはダンブルドアの真ん前にいた。先生方の目がいっせいに自分に向けられているのを感じた。

「さあ……あの扉から。ハリー」

ダンブルドアはほほ笑んでいなかった。

ハリーは教職員テーブルに沿って歩いた。ハグリッドが一番端に座っていた。ハリーにウィンクもせず、手も振らず、いつもの挨拶の合図を何も送ってはこない。ハリーがそばを通っても、ほかのみんなと同じように、驚ききった顔でハリーを見つめるだけだった。

ハリーは大広間から出る扉を開け、魔女や魔法使いの肖像画がずらりと並ぶ小さな部屋に入った。ハリーのむかい側で、暖炉の火がごうごうと燃え盛っていた。

部屋に入っていくと、肖像画の目がいっせいにハリーを見た。しわしわの魔女が自分の額を飛び出し、セイウチのような口ひげの魔法使いが描かれた隣の額に入るのを、ハリーは見た。しわしわ魔女は、隣の魔法使いに耳打ちを始めた。

ビクトール・クラム、セドリック・ディゴリー、フラー・デラクールは、暖炉の周りに集まっていた。炎を背にした三人のシルエットは、不思議に感動的だった。クラムは、ほかの二人から少し離れ、背中を丸め、暖炉に寄りかかって何か考えていた。セドリックは背中で手を組み、じっと炎を見つめている。フラー・デラクールは、ハリーが入っていくと、振り向いて、長いシルバーブロンドの髪を、サッと後ろに振った。
「どうしまーしたか？」フラーが聞いた。
「わたーしたちに、広間にもどりなさーいということでーすか？」
ハリーが伝言を伝えにきたと思ったらしい。何事が起こったのか、どう説明してよいのか、ハリーにはわからなかった。ハリーは三人の代表選手を見つめて、突っ立ったままだった。三人ともずいぶん背が高いことに、ハリーは初めて気づいた。
ハリーの背後でせかせかした足音がし、ルード・バグマンが部屋に入ってきた。バグマンはハリーの腕をつかむと、みんなの前に引き出した。
「すごい！」
バグマンがハリーの腕をギュッと押さえてつぶやいた。
「いや、まったくすごい！　紳士諸君……淑女もお一人」
バグマンは暖炉に近づき、三人に呼びかけた。
「ご紹介しよう――信じがたいことかもしれんが――三校対抗代表選手だ。**四人目の**」
ビクトール・クラムがピンと身を起こした。むっつりした顔が、ハリーを眺め回しながら暗い表情になった。セドリックはとほうにくれた顔だ。バグマンを見て、ハリーに目を移し、またバグマンを見た。バグマンの言ったことを、自分が聞きちがえたにちがいないと思っているかのようだった。しかし、フラー・デラクールは、髪をパッと後ろになびかせ、ニッコリと言った。

「おお、とてーも、おもしろーいジョークです。ミースター・バーグマン」

「ジョーク？」

バグマンが驚いてくり返した。

「いやいや、とんでもない！　ハリーの名前が、たった今『炎のゴブレット』から出てきたのだ！」

クラムの太い眉が、かすかにゆがんだ。セドリックは礼儀正しく、しかしまだ当惑している。フラーが顔をしかめた。

「でも、なにかーのまちがいにちがいありませーん」

軽蔑したようにバグマンに言った。

「このいとは、競技できませーん。このいと、若過ぎまーす」

「さよう……驚くべきことだ」

バグマンはひげのないあごをなでながら、ハリーを見下ろしてニッコリした。

「しかし、知ってのとおり、年齢制限は、今年にかぎり、特別安全措置として設けられたものだ。

そして、ゴブレットからハリーの名前が出た……。つまり、この段階で逃げ隠れはできないだろう……これは規則であり、従う義務がある……。ハリーは、とにかくベストを尽くすほかあるまいと――」

背後の扉が再び開き、大勢の人が入ってきた。ダンブルドア校長を先頭に、すぐ後ろからクラウチ氏、カルカロフ校長、マダム・マクシーム、マクゴナガル先生、スネイプ先生だ。マクゴナガル先生が扉を閉める前に、壁のむこう側で、何百人という生徒がワーワー騒ぐ音が聞こえた。

「マダム・マクシーム！」

フラーがマクシーム校長を見つけ、つかつかと歩み寄った。

「この小さい男の子も競技に出ると、みんな言っていまーす！」

信じられない思いで、しびれた感覚のどこかで、怒りがビリビリッと走るのを、ハリーは感じた。**小さい男の子？**

マダム・マクシームは、背筋を伸ばし、全身の大きさを十二分に見せつけた。きりっとした頭のてっぺんが、ろうそくの立ち並んだシャンデリアをこすり、黒繻子のドレスの下で、巨大な胸がふくれ上がった。

「ダンブリー－ドール、これは、どういうこーとですか？」威圧的な声だった。

「私もぜひ、知りたいものですな、ダンブルドア」
カルカロフ校長も言った。冷徹な笑いを浮かべ、ブルーの目が氷のかけらのようだった。
「ホグワーツの代表選手が二人とは？　開催校は二人の代表選手を出してもよいとは、誰からもうかがってはいないようですが――それとも、私の規則の読み方が浅かったのですかな？」
カルカロフ校長は、短く、意地悪な笑い声を上げた。
「セ・タアンポシーブル」
マダム・マクシームは豪華なオパールに飾られた巨大な手を、フラーの肩にのせて言った。
「オグワーツが二人も代表選手を出すことはできませーん。そんなことは、とーても正しくなーいです」
「我々としては、あなたの『年齢線』が、年少の立候補者をしめ出すだろうと思っていたわけですがね、ダンブルドア」
カルカロフの冷たい笑いはそのままだったが、目はますます冷ややかさを増していた。
「そうでなければ、当然ながら、わが校からも、もっと多くの候補者を連れてきてもよかった」
「誰の咎でもない。ポッターのせいだ、カルカロフ」
スネイプが低い声で言った。暗い目が底意地悪く光っている。

「ポッターが、規則は破るものと決めてかかっているのを、ダンブルドアの責任にすることはない。ポッターは本校に来て以来、決められた線を越えてばかりいるのだ――」

「もうよい、セブルス」

ダンブルドアがきっぱりと言った。スネイプはだまって引き下がったが、その目は、油っこい黒い髪のカーテンの奥で、毒々しく光っていた。

ダンブルドア校長は、今度はハリーを見下ろした。ハリーはまっすぐにその目を見返し、半月めがねの奥にある目の表情を読み取ろうとした。

「ハリー、君は『炎のゴブレット』に名前を入れたのかね？」

ダンブルドアが静かに聞いた。

「いいえ」

ハリーが言った。全員がハリーをしっかり見つめているのを充分意識していた。スネイプは、薄暗がりの中で、「信じるものか」とばかり、いらいら低い音を立てた。

「上級生に頼んで、『炎のゴブレット』に君の名前を入れたのかね？」

スネイプを無視して、ダンブルドア校長が尋ねた。

「いいえ」

ハリーが激しい口調で答えた。
「ああ、でもこのいとはうそついてまーす」
マダム・マクシームが叫んだ。スネイプは口元に薄ら笑いを浮かべ、今度は首を横に振って、不信感をあからさまに示していた。
「この子が『年齢線』を越えることはできなかったはずです」
マクゴナガル先生がビシッと言った。
「そのことについては、みなさん、異論はないと――」
「ダンブリードールが『線』をまちがーえたのでしょう」
マダム・マクシームが肩をすくめた。
「もちろん、それはありうることじゃ」
ダンブルドアは、礼儀正しく答えた。
「ダンブルドア、まちがいなどないことは、あなたが一番よくご存じでしょう！」
マクゴナガル先生が怒ったように言った。
「まったく、バカバカしい！　ハリー自身が『年齢線』を越えるはずはありません。また、上級生を説得してかわりに名を入れさせるようなことも、ハリーはしていないと、ダンブルドア校長は信じていらっしゃいます。それだけで、みなさんには充分だと存じますが！」
マクゴナガル先生は怒ったような目で、スネイプ先生をキッと見た。
「クラウチさん……バグマンさん」
カルカロフの声が、へつらい声に戻った。
「お二方は、我々の――えー――中立の審査員でいらっしゃる。こんなことは異例だと思われますでしょうな？」
バグマンは少年のような丸顔をハンカチでふき、クラウチ氏を見た。暖炉の灯りの輪の外で、クラウチ氏は影の中に顔を半分隠して立っていた。何か不気味で、半分暗がりの中にある顔は年より老けて見え、ほとんどがいこつのようだった。しかし、話しだすと、いつものきびきびした声だ。
「規則に従うべきです。そして、ルールは明白です。『炎のゴブレット』から名前が出てきた者は、試合で競う義務がある」
「いやぁ、バーティは規則集を隅から隅まで知り尽くしている」
バグマンはニッコリ笑い、これでけりがついたという顔で、カルカロフとマダム・マクシームのほうを見た。

「私のほかの生徒に、もう一度名前を入れさせるように主張する」
カルカロフが言った。ねっとりしたへつらい声も、笑みも、今やかなぐり捨てていた。まさに醜悪な形相だった。
「『炎のゴブレット』をもう一度設置していただこう。そして各校二名の代表選手になるまで、名前を入れ続けるのだ。ダンブルドア、それが公平というものだ」
「しかし、カルカロフ、そういう具合にはいかない」バグマンが言った。
「『炎のゴブレット』は、たった今、火が消えた――次の試合まではもう、火がつくことはない――」
「――次の試合に、ダームストラングが参加することはけっしてない！」
カルカロフが怒りを爆発させた。
「あれだけ会議や交渉を重ね、妥協したのに、このようなことが起こるとは、思いもよらなかった！　今すぐにでも帰りたい気分だ！」
「はったりだな。カルカロフ」
扉の近くでうなるような声がした。
「代表選手を置いて帰ることはできまい。選手は競わなければならん。選ばれた者は全員、競わなければならんのだ。ダンブルドアも言ったように、魔法契約の拘束力だ。都合のいいことにな。え？」

ムーディが部屋に入ってきたところだった。足を引きずって暖炉に近づき、右足を踏み出すごとに、コツッと大きな音を立てた。

「都合がいい？」

カルカロフが聞き返した。

「何のことかわかりませんな。ムーディ」

カルカロフが、ムーディの言うことは聞くに値しないとでも言うように、わざと軽蔑した言い方をしていることが、ハリーにはわかった。カルカロフは、言葉とは裏腹に、固く拳を握りしめていた。

「わからん？」

ムーディが低い声で言った。

「カルカロフ、簡単なことだ。ゴブレットから名前が出てくればポッターが戦わなければならぬと知っていて、誰かがポッターの名前をゴブレットに入れた」

「もちろーん、誰か、オグワーツにリンゴを二口もかじらせよーうとしたのでーす！」

「おっしゃるとおりです。マダム・マクシーム」カルカロフがマダムに頭を下げた。
「私は抗議しますぞ。魔法省と、それから国際連盟――」
「文句を言う理由があるのは、まずポッターだろう」ムーディがうなった。
「しかし……おかしなことよ……ポッターは、一言も何も言わん……」
「なんで文句言いまーすか？」
フラー・デラクールが地団駄を踏みながら言った。
「このいと、戦うチャンスありまーす。私たち、みんな、何週間も、何週間も、選ばれたーいと願っていました！　学校の名誉かけて！　賞金の一千ガリオンかけて――みんな死ぬおどおしいチャンスでーす！」
「ポッターが死ぬことを欲した者がいるとしたら」
ムーディの低い声は、いつものうなり声とは様子がちがっていた。
息苦しい沈黙が流れた。
ルード・バグマンは、ひどく困った顔で、いらいらと体を上下に揺すりながら、「おい、おい、ムーディ……何を言いだすんだ！」と言った。
「みなさんご存じのように、ムーディ先生は、朝から昼食までの間に、ご自分を殺そうとするくわだてを少なくとも六件は暴かないと気がすまない方だ」

カルカロフが声を張り上げた。

「先生は今、生徒たちにも、暗殺を恐れよとお教えになっているようだ。『闇の魔術に対する防衛術』の先生になる方としては奇妙な資質だが、あなたには、ダンブルドア、あなたなりの理由がおありになったのでしょう」

「わしの妄想だとでも？」ムーディがうなった。

「ありもしないものを見るとでも？　え？　あのゴブレットにこの子の名前を入れるような魔法使いは、腕のいいやつだ……」

「おお、どんな証拠があると言うのでーすか？」

マダム・マクシームが、バカなことを言わないで、とばかり、巨大な両手をパッと開いた。

「なぜなら、強力な魔力を持つゴブレットの目をくらませたからだ！」

ムーディが言った。

「あのゴブレットをあざむき、試合には三校しか参加しないということを忘れさせるには、並はずれて強力な『錯乱の呪文』をかける必要があったはずだ……わしの想像では、ポッターの名前を、四校目の候補者として入れ、四校目はポッター一人しかいないようにしたのだろう……」

「この件にはずいぶんとお考えをめぐらされたようですな、ムーディ」
カルカロフが冷たく言った。
「それに、実に独創的な説ですな――しかし、聞きおよぶところでは、最近あなたは、誕生祝いのプレゼントの中に、バジリスクの卵が巧妙に仕込まれていると思い込み、粉々に砕いたとか。ところがそれは馬車用の置時計だと判明したとか。これでは、我々があなたの言うことを真に受けないのも、ご理解いただけるかと……」
「なにげない機会をとらえて悪用する輩はいるものだ」
ムーディが威嚇するような声で切り返した。
「闇の魔法使いの考えそうなことを考えるのがわしの役目だ――カルカロフ、君なら身に覚えがあるだろうが……」
「アラスター！」
ダンブルドアが警告するように呼びかけた。ハリーは一瞬、誰に呼びかけたのかわからなかった。しかし、すぐに「マッドーアイ」がムーディの実名であるはずがないと気がついた。ムーディは口をつぐんだが、それでも、カルカロフの様子を楽しむように眺めていた――カルカロフの顔は燃えるように赤かった。

「どのような経緯でこんな事態になったのか、我々は知らぬ」
ダンブルドアは部屋に集まった全員に話しかけた。
「しかしじゃ、結果を受け入れるほかあるまい。セドリックもハリーも試合で競うように選ばれた。したがって、試合にはこの二名の者が……」
「おお、でもダンブリー－ドール――」
「まあまあ、マダム・マクシーム、何かほかにお考えがおありなら、喜んでうかがいますがの」
ダンブルドアは答えを待ったが、マダム・マクシームは何も言わなかった。ただにらむばかりだった。マダム・マクシームだけではない。スネイプは憤怒の形相だし、カルカロフは青筋を立てていた。しかし、バグマンは、むしろうきうきしているようだった。
「さあ、それでは、開始といきますかな？」
バグマンはニコニコ顔でもみ手しながら、部屋を見回した。
「代表選手に指示を与えないといけませんな？　バーティ、主催者としてのこの役目を務めてくれるか？」
何かを考え込んでいたクラウチ氏は、急に我に返ったような顔をした。
「フム」クラウチ氏が言った「指示ですな。よろしい……最初の課題は……」

クラウチ氏は暖炉の灯りの中に進み出た。近くでクラウチ氏を見たハリーは、病気ではないか、と思った。目の下に黒いくま、薄っぺらな紙のような、しわしわの皮膚、こんな様子は、クィディッチ・ワールドカップのときには見られなかった。

「最初の課題は、君たちの勇気を試すものだ」

クラウチ氏は、ハリー、セドリック、フラー、クラムに向かって話した。

「ここでは、どういう内容なのかは教えないことにする。未知のものに遭遇したときの勇気は、魔法使いにとって非常に重要な資質である……非常に重要だ……」

「最初の競技は、十一月二十四日、全生徒、ならびに審査員の前で行われる」

「選手は、競技の課題を完遂するにあたり、どのような形であれ、先生方からの援助を頼むことも、受けることも許されない。選手は、杖だけを武器として、最初の課題に立ち向かう。第一の課題終了の後、第二の課題についての情報が与えられる。試合は過酷で、また時間のかかるものであるため、選手たちは期末テストを免除される」

クラウチ氏はダンブルドアを見て言った。

「アルバス、これで全部だと思うが？」

「わしもそう思う」

ダンブルドアはクラウチ氏をやや気づかわしげに見ながら言った。
「バーティ、さっきも言うたが、今夜はホグワーツに泊まっていったほうがよいのではないかの？」
「いや、ダンブルドア、私は役所に戻らなければならない」
クラウチ氏が答えた。
「今は、非常に忙しいし、極めて難しいときで……。若手のウェーザビーに任せて出てきたのだが……非常に熱心で……実を言えば、熱心過ぎるところがどうも……」
「せめて軽く一杯飲んでから出かけることにしたらどうじゃ？」ダンブルドアが言った。
「さ、そうしろよ、バーティ。私は泊まるんだ！」
バグマンが陽気に言った。
「今や、すべてのことがホグワーツで起こっているんだぞ。役所よりこっちのほうがどんなにおもしろいか！」
「いや、ルード」
クラウチ氏は本来のいらいら振りをちらりと見せた。
「カルカロフ校長、マダム・マクシーム――寝る前の一杯はいかがかな？」

ダンブルドアが誘った。
しかし、マダム・マクシームは、もうフラーの肩を抱き、すばやく部屋から連れ出すところだった。ハリーは、二人が大広間に向かいながら、早口のフランス語で話しているのを聞いた。カルカロフはクラムに合図し、こちらはだまりこくって、やはり部屋を出ていった。
「ハリー、セドリック。二人とも寮に戻って寝るがよい」
ダンブルドアがほほ笑みながら言った。
「グリフィンドールもハッフルパフも、君たちと一緒に祝いたくて待っておるじゃろう。せっかくドンチャン騒ぎをする格好の口実があるのに、ダメにしてはもったいないじゃろう」
ハリーはセドリックをちらりと見た。セドリックがうなずき、二人は一緒に部屋を出た。
大広間にはもう誰もいなかった。ろうそくが燃えて短くなり、くり抜きかぼちゃのニッと笑ったギザギザの歯を、不気味にチロチロと光らせていた。
「それじゃ」
セドリックがちょっとほほ笑みながら言った。
「僕たち、またお互いに戦うわけだ！」
「そうだね」

ハリーはほかに何と言っていいのか、思いつかなかった。誰かに頭の中を引っかき回されたかのように、ごちゃごちゃしていた。

「じゃ……教えてくれよ……」

玄関ホールに出たとき、セドリックが言った。「炎のゴブレット」が取り去られたあとのホールを、松明の灯りだけが照らしていた。

「いったい、どうやって、名前を入れたんだい？」

「入れてない」ハリーはセドリックを見上げた。

「僕、入れてないんだ。僕、ほんとうのことを言ってたんだよ」

「フーン……そうか」

ハリーにはセドリックが信じていないことがわかった。

「それじゃ……またね」とセドリックが言った。

大理石の階段を上らず、セドリックは右側のドアに向かった。ハリーはその場に立ち尽くし、セドリックがドアのむこうの石段を下りる音を聞いてから、のろのろと大理石の階段を上りはじめた。

ロンとハーマイオニーは別として、ほかに誰か、ハリーの言うことを信じてくれるだろうか？

それとも、みんな、ハリーが自分で試合に立候補したと思うだろうか？　しかし、どうしてみんな、そんなふうに考えられるんだろう？　ほかの選手はみんなハリーより三年も多く魔法教育を受けているというのに――取り組む課題は、非常に危険そうだし、しかも何百人という目が見ている中でやりとげなければならないというのに？　そう、ハリーは競技することを頭では考えた……いろいろ想像して夢を見た……しかし、そんな夢は、冗談だし、叶わぬむだな夢だった……。ほんとうに、真剣に立候補しようなど、ハリーは一度も考えなかった……。

それなのに、誰かがそれを考えた……誰かほかの者が、ハリーを試合に出したかった。そしてハリーがまちがいなく競技に参加するように計らった。なぜなんだ？　ほうびでもくれるつもりだったのか？　そうじゃない。ハリーにはなぜかそれがわかる……。

ハリーのぶざまな姿を見るために？　そう、それなら、望みは叶う可能性がある。

しかし、ハリーを殺すためだって？　ムーディのいつもの被害妄想にすぎないのだろうか？　ほんの冗談で、誰かがゴブレットにハリーの名前を入れたということはないのだろうか？　ハリーが死ぬことを、誰かが本気で願ったのだろうか？

答えはすぐに出た。そう、誰かがハリーの死を願った。ハリーが一歳のときからずっとそれを願っている誰かが……ヴォルデモート卿だ。しかし、どうやってまんまとハリーの名前を「炎のゴブレット」に忍び込ませるように仕組んだのだろう？　ヴォルデモートはどこか遠いところに、遠い国に、一人でひそんでいるはずなのに……弱りはて、力尽きて……。

しかし、あの夢、傷痕がうずいて目が覚める直前の、あの夢の中では、ヴォルデモートは一人ではなかった……。ワームテールに話していた……ハリーを殺す計画を……。

急に目の前に「太った婦人」が現れて、ハリーはびっくりした。自分の足が体をどこに運んでいるのか、ほとんど気づかなかった。額の中の婦人が一人ではなかったのにも驚かされた。ほかの代表選手と一緒だったあの部屋で、サッと隣の額に入り込んだあのしわしわの魔女が、今は「太った婦人」のそばにちゃっかり腰を落ち着けていた。七つもの階段に沿ってかけられている、絵という絵の中を疾走して、ハリーより先にここに着いたにちがいない。「しわしわ魔女」も「太った婦人」も、興味津々でハリーを見下ろしていた。

「まあ、まあ、まあ」婦人が言った。

「バイオレットが今しがた全部話してくれたわ。学校代表に選ばれたのは、さあ、どなたさんですか？」

「ばかなこと」ハリーは気のない声で言った。

「絶対たわごとじゃないわさ！」顔色の悪いしわしわ魔女が怒ったように言った。

「ううん、バイ、これ、合言葉なのよ」
「太った婦人」はなだめるようにそう言うと、額の蝶番をパッと開いて、ハリーを談話室の入口へと通した。
肖像画が開いたとたんに大音響がハリーの耳を直撃し、ハリーは仰向けにひっくり返りそうになった。次の瞬間、十人あまりの手が伸び、ハリーをがっちり捕まえて談話室に引っ張り込んだ。
気がつくとハリーは、拍手喝采、大歓声、ピーピー口笛を吹き鳴らしているグリフィンドール生全員の前に立たされていた。
「名前を入れたなら、教えてくれりゃいいのに！」
半ば当惑し、半ば感心した顔で、フレッドが声を張り上げた。
「ひげもはやさずに、どうやってやった？　すっげえなあ！」ジョージが大声で叫んだ。
「僕、やってない」
ハリーが言った。
「わからないんだ。どうしてこんなことに――」
しかし、今度はアンジェリーナがハリーに覆いかぶさるように抱きついた。
「あぁ、私が出られなくても、少なくともグリフィンドールが出るんだわ――」

「ハリー、ディゴリーに、この前のクィディッチ戦のお返しができるわ！」
グリフィンドールのもう一人のチェイサー、ケイティ・ベルがかん高い声を上げた。
「ごちそうがあるわ。ハリー、来て。何か食べて――」
「お腹空いてないよ。宴会で充分食べたし――」
しかし、ハリーが空腹ではないなどと、誰も聞こうとはしなかった。ゴブレットに名前を入れなかったなどと、誰も聞こうとはしなかった。ハリーが祝う気分になれないことなど、誰一人気づく者はいないようだ。……リー・ジョーダンはグリフィンドール寮旗をどこからか持ち出してきて、ハリーにそれをマントのように巻きつけると言ってきかなかった。
ハリーは逃げられなかった。寝室に上る階段のほうにそっとにじり寄ろうとするたびに、人垣が周りを固め、やれバタービールを飲めと無理やり勧め、やれポテトチップを食え、ピーナッツを食えとハリーの手に押しつけた……。誰もが、ハリーがどうやったのかを知りたがった。どうやってダンブルドアの「年齢線」を出し抜き、名前をゴブレットに入れたのかを……。
「僕、やってない」
ハリーは何度も何度もくり返した。
「どうしてこんなことになったのか、わからないんだ」

しかし、どうせ誰も聞く耳を持たない以上、ハリーが何も答えていないも同様だった。
「僕、つかれた！」
三十分もたったころ、ハリーはついにどなった。
「ダメだ。ほんとに。ジョージ――僕、もう寝るよ――」
ハリーは何よりもロンとハーマイオニーに会いたかった。少しでも正気に戻りたかった。しかし、二人とも談話室にはいないようだった。ハリーはどうしても寝ると言い張り、階段の下で小柄なクリービー兄弟がハリーを待ち受けているのを、ほとんど踏みつぶしそうになりながら、やっとのことでみんなを振り切り、寝室への階段をできるだけ急いで上った。
誰もいない寝室に、ロンがまだ服を着たまま一人でベッドに横になっているのを見つけ、ハリーはホッとした。ハリーがドアをバタンと閉めると、ロンがこっちを見た。
「どこにいたんだい？」ハリーが聞いた。
「ああ、やあ」ロンが答えた。
ロンはニッコリしていたが、何か不自然で、無理やり笑っている。ハリーは、リーに巻きつけられた真紅のグリフィンドール寮旗が、まだそのままだったことに気づいた。急いで取ろうとしたが、旗は固く結びつけてあった。ロンはハリーが旗を取ろうともがいているのを、ベッドに横になったまま、身動きもせずに見つめていた。
「それじゃ」
ハリーがやっと旗を取り、隅のほうに放り投げると、ロンが言った。
「おめでとう」
「おめでとうって、どういう意味だい？」
ハリーはロンを見つめた。ロンの笑い方は、絶対に変だ。しかめっ面と言ったほうがいい。
「ああ……ほかに誰も『年齢線』を越えた者はいないんだ」
ロンが言った。
「フレッドやジョージだって。君、何を使ったんだ？――透明マントか？」
「透明マントじゃ、僕は線を越えられないはずだ」ハリーがゆっくり言った。
「ああ、そうだな」
ロンが言った。
「透明マントだったら、君は僕にも話してくれただろうと思うよ……だって、あれなら二人でも入れるだろ？　だけど、君は別の方法を見つけたんだ。そうだろう？」
「ロン」

ハリーが言った。
「いいか。僕はゴブレットに名前を入れてない。ほかの誰かがやったにちがいない」
ロンは眉を吊り上げた。
「何のためにやるんだ？」
「知らない」ハリーが言った。
「僕を殺すために」などと言えば、俗なメロドラマめいて聞こえるだろうと思ったのだ。
ロンは眉をさらにギュッと吊り上げた。あまりに吊り上げたので、髪に隠れて見えなくなるほどだった。
「大丈夫だから、な、僕にだけはほんとうのことを話しても」
ロンが言った。
「ほかの誰かに知られたくないっていうなら、それでいい。だけど、どうしてうそつく必要があるんだい？　名前を入れたからって、別に面倒なことになったわけじゃないんだろう？　あの『太った婦人』の友達のバイオレットが、もう僕たち全員にしゃべっちゃったんだぞ。ダンブルドアが君を出場させるようにしたってことも。賞金一千ガリオン、だろ？　それに、期末テストを受ける必要もないんだ……」

「僕はゴブレットに名前を入れてない！」ハリーは怒りが込み上げてきた。
「フーン……そうかい」
ロンの言い方は、セドリックのとまったく同じで、信じていない口調だった。
「今朝、自分で言ってたじゃないか。自分ならきのうの夜のうちに、誰も見ていないときに入れたろうって……。僕だってバカじゃないぞ」
「バカのものまねがうまいよ」ハリーはバシッと言った。
「そうかい？」
作り笑いだろうが何だろうが、ロンの顔にはもう笑いのひとかけらもない。
「君は早く寝たほうがいいよ、ハリー。明日は写真撮影とかなんか、きっと早く起きる必要があるんだろうよ」
ロンは四本柱のベッドのカーテンをぐいっと閉めた。取り残されたハリーは、ドアのそばで突っ立ったまま、深紅のビロードのカーテンを見つめていた。今、そのカーテンは、まちがいなく自分を信じてくれるだろうと思っていた数少ない一人の友を、覆い隠していた。

第18章 杖調べ

日曜の朝、目が覚めたハリーは、なぜこんなにみじめで不安な気持ちなのか、思い出すまでにしばらく時間がかかった。やがて、昨夜の記憶が一気によみがえってきた。ハリーは起き上がり、四本柱のベッドのカーテンを破るように開けた。ロンに話をし、どうしても信じさせたかった――しかし、ロンのベッドはもぬけの殻だった。もう朝食に下りていったにちがいない。

ハリーは着替えて、らせん階段を談話室へと下りていった。ハリーの姿を見つけるなり、もう朝食を終えてそこにいた寮生たちが、またもやいっせいに拍手した。大広間に下りていけば、ほかのグリフィンドール生と顔を合わせることになる。みんながハリーを英雄扱いするだろうと思うと、気が進まなかった。しかし、それをとるか、それともここで、必死にハリーを招き寄せようとしているクリービー兄弟に捕まるか、どっちかだ。ハリーは意を決して肖像画の穴のほうに向かい、出口を押し開け、外に出た。そのとたん、ばったりハーマイオニーに出会った。

「おはよう」

ハーマイオニーは、ナプキンに包んだトースト数枚を持ち上げて見せた。
「これ、持ってきてあげたわ。……ちょっと散歩しない？」
「いいね」ハリーはとてもありがたかった。
階段を下り、大広間には目もくれずに、すばやく玄関ホールを通り、まもなく二人は湖に向かって急ぎ足で芝生を横切っていた。湖にはダームストラングの船がつながれ、水面に黒い影を落としていた。
肌寒い朝だった。二人はトーストをほお張りながら歩き続け、ハリーは、昨夜グリフィンドールのテーブルを離れてから何が起こったか、ありのままハーマイオニーに話した。ハーマイオニーが何の疑問も差し挟まずに話を受け入れてくれたのには、ハリーは心からホッとした。
「ええ、あなたが自分で入れたんじゃないって、もちろん、わかっていたわ」
大広間の裏の部屋での様子を話し終えたとき、ハーマイオニーが言った。
「ダンブルドアが名前を読み上げたときのあなたの顔ったら！　でも、問題は、いったい誰が名前を入れたかだわ！　だって、ムーディが正しいのよ、ハリー……生徒なんかにできやしない……ゴブレットをだますことも、ダンブルドアを出し抜くことも――」
「ロンを見かけた？」ハリーが話の腰を折った。

ハーマイオニーは口ごもった。
「え……ええ……朝食に来てたわ」
「僕が自分の名前を入れたと、まだそう思ってる？」
「そうね……ううん。そうじゃないと思う……そういうことじゃなくって」
ハーマイオニーは歯切れが悪い。
「『そういうことじゃない』って、それ、どういう意味？」
「ねえ、ハリー、わからない？」
ハーマイオニーは、捨て鉢な言い方をした。
「嫉妬してるのよ！」
「嫉妬してる？」ハリーはまさか、と思った。
「何に嫉妬するんだ？　全校生の前で笑い者になることをかい？」
「あのね」ハーマイオニーが辛抱強く言った。「注目を浴びるのは、いつだって、あなただわ。わかってるわよね。そりゃ、あなたの責任じゃないわ」
ハリーが怒って口を開きかけたのを見て、ハーマイオニーは急いで言葉をつけ加えた。
「何もあなたが頼んだわけじゃない……でも――ウーン――あのね、ロンは家でもお兄さんたちと比較されてばっかりだし、あなたはロンの一番の親友なのに、とっても有名だし――みんながあなたを見るとき、ロンはいつでも添え物扱いだわ。でも、それにたえてきた。一度もそんなことを口にしないで。でも、たぶん、今度という今度は、限界だったんでしょうね……」

「そりゃ、けっさくだ」ハリーは苦々しげに言った。

「ほんとに大けっさくだ。ロンに僕からの伝言だって、伝えてくれ。いつでもお好きなときに入れ替わってやるって。僕がいつでもどうぞって言ってたって、伝えてくれ……どこに行っても、みんなが僕の額をじろじろ見るんだ……」

「私は何にも言わないわ」ハーマイオニーがきっぱり言った。

「自分でロンに言いなさい。それしか解決の道はないわ」

「僕、ロンのあとを追いかけ回して、あいつが大人になるのを手助けするなんてまっぴらだ！」

ハリーがあまりに大きな声を出したので、近くの木に止まっていたふくろうが数羽、驚いて飛び立った。

「僕が首根っこでもへし折られれば、楽しんでたわけじゃないってことを、ロンも信じるだろう――」

「ばかなこと言わないで」ハーマイオニーが静かに言った。

「そんなこと、冗談にも言うもんじゃないわ」とても心配そうな顔だった。
「ハリー、私、ずっと考えてたんだけど――私たちが何をしなきゃならないか、わかってるわね？　すぐによ。城に戻ったらすぐに、ね？」
「ああ、ロンを思いっきりけっとばして――」
「**シリウスに手紙を書くの。**何が起こったのか、シリウスに話さなくちゃ。ホグワーツで起こっていることは全部知らせるようにって、シリウスが言ってたわね……まるで、こんなことが起こるのを予想していたみたい。私、羊皮紙と羽根ペン、ここに持ってきてるの――」
「やめてくれ」
ハリーは誰かに聞かれていないかと周りに目を走らせたが、校庭にはまったく人影がなかった。
「シリウスは、僕の傷痕が少しチクチクしたというだけで、こっちに戻ってきたんだ。誰かが『三校対抗試合』に僕の名前を入れたなんてシリウスに言ったら、それこそ城に乗り込んできちゃう――」
「**あなたが知らせることを、シリウスは望んでいます**」
ハーマイオニーが厳しい口調で言った。
「どうせシリウスにはわかることよ――」

「どうやって？」
「ハリー、これは秘密にしておけるようなことじゃないわ」
ハーマイオニーは真剣そのものだった。
「この試合は有名だし、あなたも有名。『日刊予言者新聞』に、あなたが試合に出場することがまったくのらなかったら、かえっておかしいじゃない……あなたのことは、『例のあの人』について書かれた本の半分に、すでにのってるのよ……どうせ耳に入るものなら、シリウスはあなたの口から聞きたいはずだわ。絶対そうに決まってる」
「わかった、わかった。書くよ」
ハリーはトーストの最後の一枚を湖に放り投げた。二人がそこに立って見ていると、トーストは一瞬プカプカ浮いていたが、すぐに吸盤つきの太い足が一本水中から伸びてきて、トーストをサッとすくって水中に消えた。それから二人は城に引き返した。
「誰のふくろうを使おうか？」階段を上りながらハリーが聞いた。
「シリウスがヘドウィグを二度と使うなって言うし」
「ロンに頼んでごらんなさい。貸してって――」
「僕、ロンには何にも頼まない」ハリーはきっぱりと言った。

「そう。それじゃ、学校のふくろうをどれか借りることね。誰でも使えるから」
二人はふくろう小屋に出かけた。ハーマイオニーはハリーに羊皮紙、羽根ペン、インクを渡すと、止まり木にずらりと並んだありとあらゆるふくろうを見て回った。ハリーは壁にもたれて座り込み、手紙を書いた。

シリウスおじさん
ホグワーツで起こっていることは何でも知らせるようにとおっしゃいましたね。それで、お知らせします――もうお耳に入ったかもしれませんが、今年は「三大魔法学校対抗試合」があって、土曜日の夜、僕が四人目の代表選手に選ばれました。誰が僕の名前を「炎のゴブレット」に入れたのか、わかりません。だって、僕じゃないんです。もう一人のホグワーツ代表はハッフルパフのセドリック・ディゴリーです。

ハリーはここでちょっと考え込んだ。昨晩からずっしりと胸にのしかかって離れない不安な気持ちを、伝えたい思いが突き上げてきた。しかし、どう言葉にしていいのかわからない。そこで、羽根ペンをインク瓶に浸し、ただこう書いた。

おじさんもバックビークも、どうぞお元気で――ハリーより

「書いた」

ハリーは立ち上がり、ローブから藁を払い落としながら、ハーマイオニーに言った。それを合図に、ヘドウィグがバタバタとハリーの肩に舞い降り、脚を突き出した。

「おまえを使うわけにはいかないんだよ」

ハリーは学校のふくろうを見回しながらヘドウィグに話しかけた。

「学校のどれかを使わないといけないんだ……」

ヘドウィグは一声ホーッと大きく鳴き、パッと飛び立った。あまりの勢いに、爪がハリーの肩に食い込んだ。ハリーが大きなメンフクロウの脚に手紙をくくりつけている間中、ヘドウィグはハリーに背を向けたままだった。メンフクロウが飛び去ったあと、ハリーは手を伸ばしてヘドウィグをなでようとしたが、ヘドウィグは激しくくちばしをカチカチ鳴らし、ハリーの手の届かない天井の垂木へと舞い上がった。

「最初はロン、今度はおまえもか」

ハリーは腹立たしかった。

「僕が悪いんじゃないのに」

みんなが、ハリーが代表選手になったことに慣れてくれば、状況はましになるだろうとハリーは考えていた。次の日にはもう、ハリーは自分の読みの甘さに気づかされた。授業が始まると、学校中の生徒の目をさけるわけにはいかなくなった――学校中の生徒が、グリフィンドール生と同じように、ハリーが自分で試合に名乗りを上げたと思っていた。しかし、グリフィンドール生とちがって、ほかの生徒たちは、それを快くは思っていなかった。

ハッフルパフは、いつもならグリフィンドールととてもうまくいっていたのに、グリフィンドール生全員に対してはっきり冷たい態度に出た。たった一度の「薬草学」のクラスで、それが充分にわかった。ハッフルパフ生が、自分たちの代表選手の栄光をハリーが横取りしたと思っているのは明らかだった。ハッフルパフはめったに脚光を浴びることがなかったので、ますます感情を悪化させたのだろう。セドリックは、一度クィディッチでグリフィンドールを打ち負かし、ハッフルパフに栄光をもたらした貴重な人物だった。

アーニー・マクミランとジャスティン・フィンチ－フレッチリーは、普段はハリーとうまくいっているのに、同じ台で「ピョンピョン球根」の植え替え作業をしているときも、ハリーと口をきかなかった――「ピョンピョン球根」が一個ハリーの手から飛び出し、思いっきりハリーの顔にぶつかったときは、笑いはしたが、ふゆかいな笑い方だった。

ロンもハリーに口をきかない。ハーマイオニーが二人の間に座って、何とか会話を成り立たせようとしたが、二人ともハーマイオニーにはいつもどおりの受け答えをしながらも、互いに目を合わさないようにしていた。ハリーは、スプラウト先生までよそよそしいように感じた――もっとも、スプラウト先生はハッフルパフの寮監だ。

普段ならハグリッドに会うのは楽しみだったが、「魔法生物飼育学」は、スリザリンと顔を合わせるということでもあった――代表選手になってからはじめてスリザリン生と顔をつき合わせることになるのだ。

思ったとおり、マルフォイはいつものせせら笑いをしっかり顔に刻んで、ハグリッドの小屋に現れた。

「おい、ほら、見ろよ。代表選手だ」

ハリーに声が聞こえるところまで来るとすぐに、マルフォイがクラッブとゴイルに話しかけた。

「サイン帳の用意はいいか？　今のうちにもらっておけよ。もうあまり長くはないんだから……

対抗戦の選手は半数が死んでいる……君はどのくらい持ちこたえるつもりだい？　ポッター？　僕は、最初の課題が始まって十分だと賭けるね」

クラッブとゴイルがおべっか使いのバカ笑いをした。しかし、マルフォイはそれ以上は続けられなかった。ハグリッドが山のように積み上げた木箱を抱え、ぐらぐらするのをバランスを取りながら、小屋の後ろから現れたからだ。木箱の一つ一つに、でっかい「尻尾爆発スクリュート」が入っている。

それからのハグリッドの説明は、クラス中をぞっとさせた。スクリュートが互いに殺し合うのは、エネルギーを発散しきれていないからで、解決するには生徒が一人一人スクリュートに引き綱をつけて、ちょっと散歩させてやるのがいいというのだ。ハグリッドの提案のおかげで、完全にマルフォイの気がそれてしまったのが、唯一のなぐさめだった。

「こいつに散歩？」

マルフォイは箱の一つをのぞき込み、うんざりしたようにハグリッドの言葉をくり返した。

「それに、いったいどこに引き綱を結べばいいんだ？　毒針にかい？　それとも爆発尻尾とか吸盤にかい？」

「真ん中あたりだ」ハグリッドが手本を見せた。

「あー――ドラゴン革の手袋をしたほうがええな。なに、まあ、用心のためだ。ハリー――こっち来て、このおっきいやつを手伝ってくれ……」

しかしハグリッドは、ほんとうは、みんなから離れたところでハリーと話をしたかったのだ。ハグリッドはみんながスクリュートを連れて散歩に出るのを待って、ハリーのほうに向きなおり、真剣な顔つきで言った。

「そんじゃ――ハリー、試合に出るんだな。対校試合に。代表選手で」

「選手の一人だよ」ハリーが訂正した。

ボサボサ眉の下で、コガネムシのようなハグリッドの目が、ひどく心配そうだった。

「ハリー、誰がおまえの名前を入れたのか、わかんねえのか？」

「それじゃ、僕が入れたんじゃないって、信じてるんだね？」

ハグリッドへの感謝の気持ちが込み上げてくるのを、顔に出さないようにするのは難しかった。

「もちろんだ」ハグリッドがうなるように言った。

「おまえさんが自分じゃねえって言うんだ。俺はおまえを信じる――ダンブルドアもきっとおまえを信じちょる」

「いったい誰なのか、僕が知りたいよ」ハリーは苦々しそうに言った。

二人は芝生を見渡した。生徒たちがあっちこっちに散らばり、みんなさんざん苦労していた。スクリュートは、今や体長一メートルを超え、猛烈に強くなっていた。もはや殻なし、色なしのスクリュートではなく、分厚い、灰色に輝く鎧のようなものに覆われている。巨大なサソリと引き伸ばしたカニをかけ合わせたような代物だ——しかも、どこが頭なのやら、目なのやら、いまだにわからない。とてつもなく強くなり、とても制御できない。

「見ろや。みんな楽しそうだ。な？」

ハグリッドはうれしそうに言った。「みんな」とは、きっとスクリュートのことだろうとハリーは思った。クラスメートのことじゃないのはたしかだ。スクリュートのどっちが頭かしっぽかわからない先端が、ときどき、バンと、びっくりするような音を立てて爆発した。そうするとスクリュートは数メートル前方に飛んだ。腹ばいになって引きずられていく生徒、何とか立ち上がろうともがく生徒は一人や二人ではなかった。

「なあ、ハリー、いってえどういうことなのかなぁ」

ハグリッドは急にため息をつき、心配そうな顔でハリーを見下ろした。

「代表選手か……おまえは、いろんな目にあうなぁ、え？」

ハリーは何も言わなかった。そう。僕にはいろんなことが起こるみたいだ……ハーマイオニーが僕と湖の周りを散歩しながら言ってたのも、だいたいそういうことだった。ハーマイオニーに言わせると、それが原因で、ロンが僕に口をきかないんだ。

それからの数日は、ハリーにとってホグワーツ入学以来最低の日々だった。二年生のとき、学校の生徒の大半が、ハリーがほかの生徒を襲っている、と疑っていた数か月間、ハリーはこれに近い気持ちを味わった。しかし、その時はロンが味方だった。ロンが戻ってくれさえしたら、学校中がどんな仕打ちをしようともたえられる、とハリーは思った。しかし、ロンが自分からそうしようと思わないかぎり、ハリーのほうからロンに口をきいてくれと説得するつもりはなかった。

そうはいっても、四方八方から冷たい視線を浴びせかけられるのは、やはり孤独なものだった。

ハッフルパフの態度は、ハリーにとっていやなものではあったが、それなりに理解できた。自分たちの寮代表を応援するのは当然だ。スリザリンからは、どうしたって、性質の悪い侮辱を受けるだろうと、ハリーは予想していた――今にかぎらず、これまでずっと、ハリーはスリザリンの嫌われ者だった。クィディッチでも寮対抗杯でも、ハリーの活躍で、何度も、グリフィンドールがスリザリンを打ち負かしたからだ。しかし、レイブンクロー生なら、セドリックもハリーも同じように応援するくらいの寛容さはあるだろうと期待していた。見込みちがいだった。レイブンクロー生のほとんどは、ハリーがさらに有名になろうと躍起になって、ゴブレットをだまして自分の名前を入れた、と思っているようだった。

その上、セドリックはハリーよりもずっと、代表選手にぴったりのはまり役だというのも事実だった。鼻筋がすっと通り、黒髪にグレーの瞳というずば抜けたハンサムで、このごろでは、セドリックとクラムのどちらが憧れの的か、いい勝負だった。実際、クラムのサインをもらおうと大騒ぎしていたあの六年生の女子学生たちが、ある日の昼食時、自分のかばんにサインをしてくれとセドリックにねだっているのを、ハリーは目撃している。

一方、シリウスからは何の返事も来なかったし、ヘドウィグはハリーのそばに来ることを拒んでいた。その上、トレローニー先生はこれまでより自信たっぷりに、ハリーの死を予言し続けていた。しかも、フリットウィック先生の授業で、ハリーは「呼び寄せ呪文」のできが悪く、特別に宿題を出されてしまった――宿題を出されたのはハリー一人だけだった。ネビルは別として。

「そんなに難しくないのよ、ハリー」

フリットウィック先生の教室を出るとき、ハーマイオニーが励ました――授業中ずっと、ハーマイオニーは、まるで変な万能磁石になったかのように、黒板消し、紙くずかご、月球儀などをブンブン自分のほうに引き寄せていた。

「あなたは、ちゃんと意識を集中してなかっただけなのよ――」
「なぜそうなんだろうね？」
ハリーは暗い声を出した。ちょうど、セドリック・ディゴリーが、大勢の追っかけ女子学生に取り囲まれてハリーのそばを通り過ぎるところで、取り巻き全員が、まるで特大の「尻尾爆発スクリュート」でも見るような目でハリーを見た。
「これでも――気にするなってことかな。午後から二時限続きの『魔法薬学』の授業がある。お楽しみだ……」
二時限続きの「魔法薬学」の授業ではいつもいやな経験をしていたが、このごろはまさに拷問だった。学校の代表選手になろうなどと大それたことをしたハリーを、ぎりぎり懲らしめてやろうと待ちかまえているスネイプやスリザリン生と一緒に、地下牢教室に一時間半も閉じ込められるなんて、どう考えても、ハリーにとっては最悪だった。もう先週の金曜日に、その苦痛を一回分、ハリーは味わっていた。ハーマイオニーが隣に座り、声を殺して「がまん、がまん、がまん」とお経のように唱えていた。今日も状況がましになっているとは思えない。
昼食のあと、ハリーとハーマイオニーが地下牢のスネイプの教室に着くと、スリザリン生が外で待っていた。一人残らず、ローブの胸に、大きなバッジをつけている。一瞬、面食らったハリーは、「S・P・E・W」バッジをつけているのかと思った――よく見ると、みな同じ文字が書いてある。薄暗い地下廊下で、赤い蛍光色の文字が燃えるように輝いていた。

セドリック・ディゴリーを応援しよう――
ホグワーツの真のチャンピオンを！

「気に入ったかい？　ポッター？」ハリーが近づくと、マルフォイが大声で言った。
「それに、これだけじゃないんだ――ほら！」
マルフォイがバッジを胸に押しつけると、赤文字が消え、緑に光る別な文字が浮かび出た。

汚いぞ、ポッター

スリザリン生がどっと笑った。全員が胸のバッジを押し、「**汚いぞ、ポッター**」の文字がハリーをぐるりと取り囲んでギラギラ光った。ハリーは、首から顔がカッカとほてってくるのを感じた。

「あら、**とってもおもしろいじゃない**」

ハーマイオニーが、パンジー・パーキンソンとその仲間の女子学生に向かって皮肉たっぷりに言った。このグループがひときわ派手に笑っていたのだ。

「ほんとに**おしゃれだわ**」

ロンはディーンやシェーマスと一緒に、壁にもたれて立っていた。笑ってはいなかったが、ハリーのためにつっぱろうともしなかった。

「一つあげようか？　グレンジャー？」

マルフォイがハーマイオニーにバッジを差し出した。

「たくさんあるんだ。だけど、僕の手に今さわらないでくれ。手を洗ったばかりなんだ。『穢れた血』でべっとりにされたくないんだよ」

何日も何日もたまっていた怒りの一端が、ハリーの胸の中でせきを切ったように噴き出した。ハリーは無意識のうちに杖に手をやっていた。周りの生徒たちが、あわててその場を離れ、廊下で遠巻きにした。

「ハリー！」ハーマイオニーが引き止めようとした。

「やれよ、ポッター」

マルフォイも杖を引っ張り出しながら、落ち着き払った声で言った。
「今度は、かばってくれるムーディもいないぞ――やれるものならやってみろ――」
一瞬、二人の目に火花が散った。それからまったく同時に、二人が動いた。
「ファーナンキュラス！　鼻呪い！」ハリーが叫んだ。
「デンソージオ！　歯呪い！」マルフォイも叫んだ。
二人の杖から飛び出した光が、空中でぶつかり、折れ曲がって跳ね返った――ハリーの光線はゴイルの顔を直撃し、マルフォイのはハーマイオニーに命中した。ゴイルは両手で鼻を覆ってわめいた。醜い大きな腫れ物が、鼻にボツボツ盛り上がりつつあった――ハーマイオニーはぴったり口を押さえて、おろおろ声を上げていた。
「ハーマイオニー！」
いったいどうしたのかと、ロンが心配して飛び出してきた。
ハリーが振り返ると、ロンがハーマイオニーの手を引っ張って、顔から離したところだった。見たくない光景だった。ハーマイオニーの前歯が――もともと平均より大きかったが――今や驚くほどの勢いで成長していた。歯が伸びるにつれて、ハーマイオニーはビーバーそっくりになってきた。下唇より長くなり、下あごに迫り――ハーマイオニーはあわてふためいて、歯をさわり、驚いて叫び声を上げた。
「この騒ぎは何事だ？」
低い、冷え冷えとした声がした。スネイプの到着だ。スリザリン生が口々に説明しだした。スネイプは長い黄色い指をマルフォイに向けて言った。
「説明したまえ」
「先生、ポッターが僕を襲ったんです――」
「僕たち同時にお互いを攻撃したんです！」ハリーが叫んだ。
「――ポッターがゴイルをやったんです――見てください――」
スネイプはゴイルの顔を調べた。今や、毒キノコの本にのったらぴったりするだろうと思うような顔になっていた。
「医務室へ、ゴイル」スネイプが落ち着き払って言った。
「マルフォイがハーマイオニーをやったんです！」ロンが言った。「見てください！」
歯を見せるようにと、ロンが無理やりハーマイオニーをスネイプのほうに向かせた――ハーマイオニーは両手で歯を隠そうと懸命になっていたが、もうのど元を過ぎるほど伸びて、隠すのは難しかった。パンジー・パーキンソンも、仲間の女の子たちも、スネイプの陰に隠れてハーマイオニーを指差し、クスクス笑いの声がもれないよう、身をよじっていた。
スネイプはハーマイオニーに冷たい目を向けて言った。
「いつもと変わりない」
ハーマイオニーは泣き声をもらした。そして目に涙をいっぱい浮かべ、くるりと背を向けて走りだした。廊下のむこう端までかけ抜け、ハーマイオニーは姿を消した。
ハリーとロンが同時にスネイプに向かって叫んだ。同時だったのが、たぶん幸運だった。二人の声が石の廊下に大きくこだましたのも幸運だった。ガンガンという騒音で、二人がスネイプを何呼ばわりしたのか、はっきり聞き取れなかったはずだ。それでも、スネイプにはだいたいの意味がわかったらしい。
「さよう」スネイプが最高の猫なで声で言った。
「グリフィンドール、五十点減点。ポッターとウィーズリーはそれぞれ居残り罰だ。さあ、教室に入りたまえ。さもないと一週間居残り罰を与えるぞ」
ハリーは怒りでジンジン耳鳴りがした。あまりの理不尽さに、スネイプに呪いをかけて、べとべとの千切りにしてやりたかった。スネイプの脇を通り抜け、ハリーはロンと一緒に地下牢教室の一番後ろに行き、かばんをバンと机にたたきつけた。

ロンも怒りでわなわな震えていた――一瞬、二人の仲がすべて元どおりになったように感じられた。しかし、ロンはプイとそっぽを向き、ハリー一人をその机に残して、ディーンやシェーマスと一緒に座った。地下牢教室のむこう側で、マルフォイがスネイプに背中を向け、ニヤニヤしながら胸のバッジを押した。「**汚いぞ、ポッター**」の文字が、再び教室のむこうで点滅した。

授業が始まると、ハリーは、スネイプを恐ろしい目にあわせることを想像しながら、じっとスネイプをにらみつけていた。……「磔の呪文」が使えさえしたらなぁ……あのクモのように、スネイプを仰向けにひっくり返し、七転八倒させてやるのに……。

「解毒剤！」

スネイプがクラス全員を見渡した。黒く冷たい目が、不快げに光っている。

「材料の準備はもう全員できているはずだな。それを注意深く煎じるのだ。それから、誰か実験台になる者を選ぶ……」

スネイプの目がハリーの目をとらえた。ハリーには先が読めた。スネイプは僕に毒を飲ませるつもりだ。頭の中で、ハリーは想像した――自分の鍋を抱え上げ、猛スピードで教室の一番前まで走っていき、スネイプのぎとぎと頭をガツンと打つ――。

すると、その時、ハリーの想像の中に、地下牢教室のドアをノックする音が飛び込んできた。

コリン・クリービーだった。ハリーに笑いかけながらそろそろと教室に入ってきたコリンは、一番前にあるスネイプの机まで歩いていった。

「何だ？」スネイプがぶっきらぼうに言った。

「先生、僕、ハリー・ポッターを上に連れてくるように言われました」

スネイプは鉤鼻の上からずいっとコリンを見下ろした。使命に燃えたコリンの顔から笑いが吹き飛んだ。

「ポッターにはあと一時間魔法薬の授業がある」スネイプが冷たく言い放った。

「ポッターは授業が終わってから上に行く」

コリンの顔が上気した。

「先生――でも、バグマンさんが呼んでます」コリンはおずおずと言った。

「代表選手は全員行かないといけないんです。写真を撮るんだと思います……」

「写真を撮る」という言葉をコリンに言わせずにすむのだったら、ハリーはどんな宝でも差し出しただろう。ハリーはちらりとロンを見た。ロンはかたくなに天井を見つめていた。

「よかろう」スネイプがバシリと言った。

「ポッター、持ち物を置いていけ。戻ってから自分の作った解毒剤を試してもらおう」

「すみませんが、先生――持ち物を持っていかないといけません」
コリンがかん高い声で言った。
「代表選手はみんな――」
「よかろう！　ポッター――かばんを持って、とっとと我輩の目の前から消えろ！」
ハリーはかばんを放り上げるようにして肩にかけ、席を立ってドアに向かった。スリザリン生の座っているところを通り過ぎるとき、「汚いぞ、ポッター」の光が四方八方からハリーに向かって飛んできた。
「すごいよね、ハリー？」
ハリーが地下牢教室のドアを閉めるや否や、コリンがしゃべりだした。
「ね、だって、そうじゃない？　君が代表選手だってこと、ね？」
「ああ、ほんとにすごいよ」
玄関ホールへの階段に向かいながら、ハリーは重苦しい声で言った。
「コリン、何のために写真を撮るんだい？」
「『日刊予言者新聞』、だと思う！」
「そりゃいいや」ハリーはうんざりした。

「僕にとっちゃ、まさにおあつらえ向きだよ。大宣伝がね」
二人は指定された部屋に着き、コリンが「がんばって！」と言った。
ハリーはドアをノックして中に入った。
そこはかなり狭い教室だった。机は大部分が部屋の隅に押しやられて、真ん中に大きな空間ができていた。ただし、黒板の前に、机が三卓だけ、横につなげて置いてあり、たっぷりとした長さのビロードのカバーがかけられていた。その机のむこうに、椅子が五脚並び、その一つにルード・バグマンが座って、濃い赤紫色のローブを着た魔女と話をしていた。ハリーには見覚えのない魔女だ。
ビクトール・クラムはいつものようにむっつりして、誰とも話をせず、部屋の隅に立っていた。セドリックとフラーは何か話していた。フラーは今までで一番幸せそうに見える、とハリーは思った。フラーは、しょっちゅう頭をのけぞらせ、長いシルバーブロンドの髪が光を受けるようにしていた。かすかに煙の残る、黒い大きなカメラを持った中年太りの男が、横目でフラーを見つめていた。
バグマンが突然ハリーに気づき、急いで立ち上がってはずむように近づいた。
「ああ、来たな！　代表選手の四番目！　さあ、お入り、ハリー。さあ……何も心配することはない。ほんの『杖調べ』の儀式なんだから。ほかの審査員も追っつけ来るはずだ――」
「杖調べ？」ハリーが心配そうに聞き返した。
「君たちの杖が、万全の機能を備えているかどうか、調べないといかんのでね。つまり、問題がないように、ということだ。これからの課題にはもっとも重要な道具なんでね」
バグマンが言った。
「専門家が今、上でダンブルドアと話している。それから、ちょっと写真を撮ることになる。こちらはリータ・スキーターさんだ」
赤紫のローブを着た魔女を指しながら、バグマンが言った。
「この方が、試合について、『日刊予言者新聞』に短い記事を書く……」
「ルード、そんなに短くはないかもね」リータ・スキーターの目はハリーに注がれていた。
スキーター女史の髪は、念入りにセットされ、奇妙にかっちりしたカールが、角張ったあごの顔つきとは絶妙にちぐはぐだった。宝石で縁が飾られためがねをかけている。ワニ革ハンドバッグをがっちり握った太い指の先は、真っ赤に塗った五センチもの爪だ。
「儀式が始まる前に、ハリーとちょっとお話ししていいかしら？」
女史はハリーをじっと見つめたままでバグマンに聞いた。

「だって、最年少の代表選手ざんしょ……ちょっと味つけにね？」
「いいとも！」バグマンが叫んだ。「いや――ハリーさえよければだが？」
「あのー――」ハリーが言った。
「すてきざんすわ」
言うが早く、リータ・スキーターの真っ赤な長い爪が、ハリーの腕を驚くほどの力でがっちり握り、ハリーをまた部屋の外へとうながし、手近の部屋のドアを開けた。
「あんなガヤガヤしたところにはいたくないざんしょ」女史が言った。
「さてと……あ、いいわね、ここなら落ち着けるわ」
そこは、箒置き場だった。ハリーは目を丸くして女史を見た。
「さ、おいで――そう、そう――すてきざんすわ」
リータ・スキーターは、「すてきざんすわ」を連発しながら、逆さに置いてあるバケツに危なっかしげに腰かけた。ハリーを段ボール箱に無理やり座らせ、ドアを閉めると、二人は真っ暗闇の中だった。
「さて、それじゃ……」
女史はワニ革ハンドバッグをパチンと開け、ろうそくを一握り取り出し、杖を一振りして火をともし、宙に浮かせ、手元が見えるようにした。

「ハリー、自動速記羽根ペンQQQを使っていいざんしょ？　そのほうが、君と自然におしゃべりできるし……」

「えっ？」ハリーが聞き返した。

リータ・スキーターの口元が、ますますニーッと笑った。ハリーは、金歯を三本まで数えた。女史はまたワニ革バッグに手を伸ばし、黄緑色の長い羽根ペンと羊皮紙一巻を取り出した。女史は、「ミセス・ゴシゴシの魔法万能汚れ落とし」の木箱を挟んでハリーと向かい合い、箱の上に羊皮紙を広げた。黄緑の羽根ペンの先を口にふくむと、女史は、見るからにうまそうにちょっと吸い、それから羊皮紙の上にそれを垂直に立てた。羽根ペンはかすかに震えながらも、ペン先でバランスを取って立った。

「テスト、テスト……あたくしはリータ・スキーター、『日刊予言者新聞』の記者です」

ハリーは急いで羽根ペンを見た。リータ・スキーターが話しはじめたとたん、黄緑の羽根ペンは、羊皮紙の上をすべるように、走り書きを始めた。

魅惑のブロンド、リータ・スキーター、四十三歳。その仮借なきペンは多くのでっち上げの名声をペシャンコにした。

「すてきざんすわ」

またしてもそう言いながら、女史は羊皮紙の一番上を破り、丸めてハンドバッグに押し込んだ。

次に、ハリーのほうにかがみ込み、女史が話しかけた。

「じゃ、ハリー……君、どうして三校対抗試合に参加しようと決心したのかな？」

「えーと――」

そう言いかけて、ハリーは羽根ペンに気を取られた。何も言っていないのに、ペンは羊皮紙の上を疾走し、その跡に新しい文章が読み取れた。

悲劇の過去の置き土産、醜い傷痕が、ハリー・ポッターのせっかくのかわいい顔をだいなしにしている。その目は――。

「ハリー、羽根ペンのことは気にしないことざんすよ」

リータ・スキーターがきつく言った。気が進まないままに、ハリーはペンから女史へと目を移した。
「さあ――どうして三校対抗試合に参加しようと決心したの？　ハリー？」
「僕、していません」ハリーが答えた。
「どうして僕の名前が『炎のゴブレット』に入ったのか、僕、わかりません。僕は入れていないんです」
リータ・スキーターは、眉ペンで濃く描いた片方の眉を吊り上げた。
「大丈夫、ハリー。叱られるんじゃないかなんて、心配する必要はないざんすよ。君がほんとうは参加するべきじゃなかったとわかってるざんす。だけど、心配ご無用。読者は反逆者が好きなんざんすから」
「だって、僕、入れてない」ハリーがくり返した。「僕知らない。いったい誰が――」
「これから出る課題をどう思う？」リータ・スキーターが聞いた。
「わくわく？　怖い？」
「僕、あんまり考えてない……うん。怖い、たぶん」
そう言いながら、ハリーは何だか気まずい思いに、胸がのたうった。
「過去に、代表選手が死んだことがあるわよね？」リータ・スキーターがずけずけ言った。

「そのことをぜんぜん考えなかったのかな？」
「えーと……今年はずっと安全だって、みんながそう言ってます」ハリーが答えた。
羽根ペンは二人の間で、羊皮紙の上をスケートするかのように、ヒュンヒュン音を立てて往ったり来たりしていた。
「もちろん、君は、死に直面したことがあるわよね？」
リータ・スキーターが、ハリーをじっと見た。
「それが、君にどういう影響を与えたと思う？」
「えーと」
ハリーはまた「えーと」をくり返した。
「過去のトラウマが、君を自分の力を示したいという気持ちにさせてると思う？　名前に恥じないように？　もしかしたらそういうことかな――三校対抗試合に名前を入れたいという誘惑にかられた理由は――」
「僕、名前を入れてないんです」ハリーはいらいらしてきた。
「君、ご両親のこと、少しは覚えてるのかな？」
ハリーの言葉をさえぎるようにリータ・スキーターが言った。

「いいえ」ハリーが答えた。

「君が三校対抗試合で競技すると聞いたら、ご両親はどう思うかな？　自慢？　心配する？　怒る？」

ハリーはいいかげんうんざりしてきた。両親が生きていたらどう思うかなんて、僕にわかるわけがないじゃないか？　リータ・スキーターがハリーを食い入るように見つめているのを、ハリーは意識していた。ハリーは顔をしかめて女史の視線をはずし、下を向いて羽根ペンが書いている文字を見た。

自分がほとんど覚えていない両親のことに話題が移ると、驚くほど深い緑の目に涙があふれた。

「僕、目に涙なんかない！」ハリーは大声を出した。

リータ・スキーターが何か言う前に、箒置き場のドアが外側から開いた。まぶしい光に目を瞬きながら、ハリーはドアのほうを振り返った。アルバス・ダンブルドアが、物置できゅうくつそうにしている二人を見下ろして、そこに立っていた。

「ダンブルドア！」

リータ・スキーターはいかにもうれしそうに叫んだ――しかし、羽根ペンも羊皮紙も、「魔法万能汚れ落とし」の箱の上からこつぜんと消えたし、女史の鉤爪指が、ワニ革バッグのとめ金をあわててパチンと閉めたのを、ハリーは見逃さなかった。

「お元気ざんすか？」

女史は立ち上がって、大きな男っぽい手をダンブルドアに差し出して、握手を求めた。

「この夏にあたくしが書いた、『国際魔法使い連盟会議』の記事をお読みいただけたざんしょか？」

「魅力的な毒舌じゃった」ダンブルドアは目をキラキラさせた。

「特に、わしのことを『時代遅れの遺物』と表現なさったあたりがのう」

リータ・スキーターは一向に恥じる様子もなく、しゃあしゃあと言った。

「あなたのお考えが、ダンブルドア、少し古くさいという点を指摘したかっただけざんす。それに巷の魔法使いの多くは――」

「慇懃無礼の理由については、リータ、またぜひお聞かせ願いましょうぞ」

ダンブルドアはほほ笑みながら、ていねいに一礼した。

「しかし、残念ながら、その話は後日にゆずらねばならん。『杖調べ』の儀式がまもなく始まるのじゃ。代表選手の一人が、箒置き場に隠されていたのでは、儀式ができんのでの」

リータ・スキーターから離れられるのがうれしくて、ハリーは急いで元の部屋に戻った。ほかの代表選手はもうドア近くの椅子に腰かけていた。ハリーは急いでセドリックの隣に座り、ビロードカバーのかかった机のほうを見た。そこにはもう、五人中四人の審査員が座っていた——カルカロフ校長、マダム・マクシーム、クラウチ氏、ルード・バグマンだ。リータ・スキーターは、隅のほうに陣取った。ハリーが見ていると、女史はまたバッグから羊皮紙をスルリと取り出してひざの上に広げ、自動速記羽根ペンQ Q Qの先を吸い、再び羊皮紙の上にそれを置いた。

「オリバンダーさんをご紹介しましょうかの？」

ダンブルドアも審査員席に着き、代表選手に話しかけた。

「試合に先立ち、みなの杖がよい状態かどうかを調べ、確認してくださるのじゃ」

ハリーは部屋を見回し、窓際にひっそりと立っている、大きな淡い色の目をした老魔法使いを見つけてドキッとした。オリバンダー老人には、以前に会ったことがある——杖職人で、三年前、ハリーもダイアゴン横丁にあるその人の店で杖を買い求めた。

「マドモアゼル・デラクール。まずあなたから、こちらに来てくださらんか？」
オリバンダー翁は、部屋の中央の空間に進み出てそう言った。
フラー・デラクールは軽やかにオリバンダー翁のそばに行き、杖を渡した。
「フゥーム……」
オリバンダー翁が長い指に挟んだ杖を、バトンのようにくるくる回すと、杖はピンクとゴールドの火花をいくつか散らした。それから翁は杖を目元に近づけ、仔細に調べた。
「そうじゃな」翁は静かに言った。
「二十四センチ……しなりにくい……紫檀……芯には……おお、なんと……」
「ヴィーラの髪の毛でーす」フラーが言った。「わたーしのおばーさまのものでーす」
それじゃ、フラーにはやっぱりヴィーラが混じってるんだ、ロンに話してやろうと、ハリーは思った……そして、ロンがハリーに口をきかなくなっていることを思い出した。
「そうじゃな」オリバンダー翁が言った。
「そうじゃ。むろん、わし自身は、ヴィーラの髪を使用したことはないが――わしの見るところ、少々気まぐれな杖になるようじゃ……しかし、人それぞれじゃし、あなたに合っておるなら……」

オリバンダー翁は杖に指を走らせた。傷やデコボコを調べているようだった。それから「オーキデウス！　花よ！」とつぶやくと、杖先にワッと花が咲いた。

「よーし、よし。上々の状態じゃ」

オリバンダー翁は花をつみとり、杖と一緒にフラーに手渡しながら言った。

「ディゴリーさん。次はあなたじゃ」

フラーはふわりと席に戻り、セドリックとすれちがうときにほほ笑みかけた。

「さてと。この杖は、わしの作ったものじゃな？」

セドリックが杖を渡すと、オリバンダー翁の言葉に熱がこもった。

「そうじゃ、よく覚えておる。際立って美しい牡の一角獣のしっぽの毛が一本入っておる……身の丈百六十センチはあった。しっぽの毛を引き抜いたとき、危うく角で突き刺されるところじゃった。三十センチ……トネリコ材……心地よくしなる。上々の状態じゃ……しょっちゅう手入れしているのかね？」

「昨夜磨きました」セドリックがニッコリした。

ハリーは自分の杖を見下ろした。あちこち手あかだらけだ。ローブのひざのあたりをつかんで、こっそり杖をこすってきれいにしようとした。杖先から金色の火花がパラパラと数個飛び散った。

フラー・デラクールが、やっぱり子供ね、という顔でハリーを見たので、ふくのをやめた。
オリバンダー翁は、セドリックの杖先から銀色の煙の輪を次々と部屋に放ち、けっこうじゃと宣言した。それから「クラムさん、よろしいかな」と呼んだ。
ビクトール・クラムが立ち上がり、前かがみで背中を丸め、外またでオリバンダー翁のほうへ歩いていった。クラムは杖をぐいと突き出し、ローブのポケットに両手を突っ込み、しかめっ面で突っ立っていた。
「フーム」オリバンダー翁が調べはじめた。
「グレゴロビッチの作と見たが。わしの目に狂いがなければじゃが？　すぐれた杖職人じゃ。ただ製作様式は、わしとしては必ずしも……それはそれとして……」
オリバンダー翁は杖を掲げ、目の高さで何度もひっくり返し、念入りに調べた。
「そうじゃな……クマシデにドラゴンの心臓の琴線かな？」
翁がクラムに問いかけると、クラムはうなずいた。
「あまり例のない太さじゃ……かなり頑丈……二十六センチ……エイビス！　鳥よ！」
銃を撃つような音とともに、クマシデ杖の杖先から小鳥が数羽、さえずりながら飛び出し、開いていた窓から淡々しい陽光の中へと飛び去った。

「よろしい」オリバンダー翁は杖をクラムに返した。
「残るは……ポッターさん」
ハリーは立ち上がって、クラムと入れちがいにオリバンダー翁に近づき、杖を渡した。
「おぉぉぉー、そうじゃ」オリバンダー翁の淡い色の目が急に輝いた。
「そう、そう、そう。よーく覚えておる」
ハリーもよく覚えていた。まるできのうのことのようにありありと……。
三年前の夏、十一歳の誕生日に、ハグリッドと一緒に、杖を買いにオリバンダーの店に入った。オリバンダー老人は、ハリーの寸法を採り、それから、次々と杖を渡して試させた。店中のすべての杖を試し振りしたのではないかと思ったころ、ついにハリーに合う杖が見つかった――この杖だ。柊、二十八センチ、不死鳥の尾羽根が一枚入っている。オリバンダー老人は、ハリーがこの杖とあまりにも相性がよいことに驚いていた。「不思議じゃ」と、あの時老人はつぶやいた。「……不思議じゃ」と。ハリーが、なぜ不思議なのかと問うと、オリバンダー老人は、初めて教えてくれた。ハリーの杖に入っている不死鳥の尾羽根も、ヴォルデモート卿の杖芯に使われている尾羽根も、まさに同じ不死鳥のものだと。
ハリーはこのことを誰にも話したことがなかった。この杖がとても気に入っていたし、杖がヴォルデモートとつながりがあるのは、杖自身にはどうしようもないことだ――ちょうど、ハリーがペチュニアおばさんとつながりがあるのをどうしようもないのと同じように。しかし、ハリーは、オリバンダー翁がそのことを、この部屋のみんなには言わないでほしいと、真剣にそう願った。そんなことをもらせば、リータ・スキーターの自動速記羽根ペンが、興奮で爆発するかもしれないと、ハリーは変な予感がした。

オリバンダー翁はほかの杖よりずっと長い時間をかけてハリーの杖を調べた。最後に、杖からワインをほとばしり出させ、杖は今も完璧な状態を保っていると告げ、杖をハリーに返した。

「みんな、ごくろうじゃった」審査員のテーブルで、ダンブルドアが立ち上がった。

「授業に戻ってよろしい――いや、まっすぐ夕食の席に下りてゆくほうが手っ取り早いかもしれん。そろそろ授業が終わるしの――」

今日一日の中で、やっと一つだけ順調に終わった、と思いながら、ハリーが行きかけると、黒いカメラを持った男が飛び出してきて、咳払いをした。

「写真。ダンブルドア、写真ですよ！」バグマンが興奮して叫んだ。

「審査員と代表選手全員。リータ、どうかね？」

「えー――まあ、まずそれからいきますか」

そう言いながら、リータ・スキーターの目は、またハリーに注がれていた。

「それから、個人写真を何枚か」

写真撮影は長くかかった。マダム・マクシームがどこに立っても、みんなその影に入ってしまうし、カメラマンがマダムを枠の中に入れようとして後ろに下がったが、下がりきれなかった。

ついに、マダムが座り、みんながその周りに立つことになった。カルカロフは山羊ひげをもっとカールさせようと、しょっちゅう指に巻きつけていたし、クラムは――こんなことには慣れっこだろうとハリーは思っていたのに――コソコソとみんなの後ろに回り、半分隠れていた。カメラマンはフラーを正面に持ってきたくて仕方がない様子だったが、そのたびにリータ・スキーターがしゃしゃり出て、ハリーをより目立つ場所に引っ張っていった。スキーター女史は、それから代表選手全員の個別の写真を撮ると言い張った。そしてやっと、みんな解放された。

ハリーは夕食に下りていった。ハーマイオニーはいなかった――きっとまだ医務室で、歯を治してもらっているのだろう、とハリーは思った。テーブルの隅で、ひとりぼっちで夕食をすませ、「呼び寄せ呪文」の宿題をやらなければと思いながら、ハリーはグリフィンドール塔に戻った。寮の寝室で、ハリーはロンにでくわした。

「ふくろうが来てる」

ハリーが寝室に入っていくなり、ロンがぶっきらぼうに言った。ハリーの枕を指差している。そこに、学校のメンフクロウが待っていた。

「ああ――わかった」ハリーが言った。

「それから、あしたの夜、二人とも居残り罰だ。スネイプの地下牢教室」ロンがつけ加えた。

ロンは、ハリーのほうを見向きもせずに、さっさと寝室を出ていった。一瞬、ハリーはあとを追いかけようと思った――話しかけたいのか、ぶんなぐりたいのか、ハリーにはわからなかった。どっちも相当魅力的だった――しかし、シリウスの返事の魅力のほうが強過ぎた。ハリーは急いでメンフクロウのところに行き、脚から手紙をはずし、くるくる広げた。

ハリー

手紙では言いたいことを何もかも言うわけにはいかない。ふくろうが途中で誰かに捕まったときの危険が大き過ぎる――直接会って話をしなければ。十一月二十二日、午前一時に、グリフィンドール寮の暖炉のそばで、君一人だけで待つようにできるかね？

君が自分一人でもちゃんとやっていけることは、私が一番よく知っている。それに、ダンブルドアやムーディが君のそばにいるかぎり、誰も君に危害を加えることはできないだろう。しかし、誰かが、何か仕掛けようとしている。ゴブレットに君の名前を入れるなんて、非常に危険なことだったはずだ。特にダンブルドアの目が光っているところでは。

ハリー、用心しなさい。何か変わったことがあったら、今後も知らせてほしい。十一月二十二日の件は、できるだけ早く返事が欲しい。

シリウスより

第19章 ハンガリー・ホーンテール

それからの二週間、シリウスと会って話ができるという望みだけが、ハリーを支えていた。これまでになく真っ暗な地平線の上で、それだけが明るい光だった。自分がホグワーツの代表選手になってしまったことのショックは、少し薄らいできたが、何が待ち受けているのだろうという恐怖のほうがじりじりと胸に食い込みはじめた。

第一の課題が確実に迫っていた。それがまるで、ハリーの前にうずくまって、行く手をふさぐ、恐ろしい怪物のように感じられた。こんなに神経がピリピリしたことはいまだかつてない。クィディッチの試合の前よりもずっとひどい。最後の試合、優勝杯をかけたスリザリンとの試合でさえ、こんなにはならなかった。先のことがほとんど考えられない。人生のすべてが第一の課題に向かって進み、そこで終わるような気がした……。

もちろん、何百人という観衆の前で、難しくて危険な、未知の魔法を使わなければならないという状況で、シリウスに会ってもハリーの気持ちが楽になるとは思えなかった。それでも、親しい顔を見るだけで、今は救いだった。

ハリーは、シリウスが指定した時間に、談話室の暖炉のそばで待つと返事を書き、その夜に誰かが談話室にいつまでもぐずぐず残っていたらどうやってしめ出すか、ハーマイオニーと二人で長時間かけて計画を練り上げた。最悪の場合、「クソ爆弾」一袋を投下するつもりだ。しかし、できればそんなことはしたくない――フィルチに生皮をはがれることになりかねない。

そうこうしているうちにも、城の中でのハリーの状況はますます悪くなっていた。リータ・スキーターの三校対抗試合の記事は、試合についてのルポというより、ハリーの人生をさんざん脚色した記事だった。一面の大部分がハリーの写真で埋まり、記事は（二面、六面、七面に続いていた）すべてハリーのことばかりで、ボーバトンとダームストラングの代表選手名は（綴りもまちがっていたし）最後の一行に詰め込まれ、セドリックは名前さえ出ていなかった。

記事が出たのは十日前だったが、そのことを考えるたびに、ハリーはいまだに恥ずかしくて、胃が焼け、吐き気がした。リータ・スキーターは、ハリーがこれまで一度も言った覚えがなく、ましてや、あの箒置き場で言ったはずもないことばかりを、山ほどでっち上げて引用していた。

「僕の力は、両親から受け継いだものだと思います。今、僕を見たら、両親はきっと僕を誇りに思うでしょう……ええ、ときどき夜になると、僕は今でも両親を思って泣きます。それを恥ずかしいとは思いません……。試合では、絶対けがをしたりしないって、僕にはわかっています。だって、両親が僕を見守ってくれていますから……」

リータ・スキーターは、ハリーが言った「えーと」を、長ったらしい、鼻持ちならない文章に変えてしまった。そればかりか、ハリーについてのインタビューまでやっていた。

ハリーはホグワーツでついに愛を見つけた。親友のコリン・クリービーによると、ハリーは、ハーマイオニー・グレンジャーなる人物と離れていることはめったにないという。この人物は、マグル生まれのとびきりかわいい女生徒で、ハリーと同じく、学校の優等生の一人である。

記事がのった瞬間から、ハリーは針のむしろだった。みんなが――特にスリザリン生が――すれちがうたびに記事を持ち出してからかうのに、たえなければならなかった。

「ポッター、ハンカチいるかい？　『変身術』のクラスで泣きだしたときのために？」

「いったい、ポッター、いつから学校の優等生になった？　それとも、その学校っていうのは、君とロングボトムで開校したのかい？」
「ハーイ――ハリー！」
「ああ、そうだとも！」
もううんざりだと、廊下で振り向きざま、ハリーはどなった。
「死んだ母さんのことで、目を泣き腫らしてたところだよ。これから、もう少し……」
「ちがうの――ただ――あなた、羽根ペンを落としたわよ」
チョウ・チャンだった。ハリーは顔が赤くなるのを感じた。
「あ――そう――ごめん」ハリーは羽根ペンを受け取りながら、もごもご言った。
「あの……火曜日はがんばってね」チョウが言った。
「ほんとうに、うまくいくように願ってるわ」
僕、なんてバカなことをしたんだろう、とハリーは思った。
ハーマイオニーも同じようにふゆかいな思いをしなければならなかったが、悪気のない人をどなりつけるようなことはしていない。ハリーは、ハーマイオニーの対処の仕方に感服していた。
「とびきりかわいい？　あの子が？」

リータの記事がのってから初めてハーマイオニーと顔を突き合わせたとき、パンジー・パーキンソンがかん高い声で言った。

「何と比べて判断したのかしら――シマリス？」

「ほっときなさい」

ハーマイオニーは、頭をしゃきっと上げ、スリザリンの女子学生がからかう中を、何も聞こえないかのように堂々と歩きながら、威厳のある声で言った。

「ハリー、ほっとくのよ」

しかし、放ってはおけなかった。スネイプの居残り罰のことをハリーに伝言して以来、ロンは一言もハリーと口をきいていない。スネイプの地下牢教室で、二時間も一緒にネズミの脳みそのホルマリン漬けを作らされる間に、仲なおりができるのではと、ハリーは少し期待していたのだが、ちょうどその日に、リータの記事が出た。ハリーはやっぱり目立つのを楽しんでいるのだと、ロンは確信を強めたようだった。

ハーマイオニーは、二人のことで腹を立てていた。二人の間を往ったり来たりして、何とか互いに話をさせようと努めたが、ハリーも頑固だった。ハリー自身が「炎のゴブレット」に名前を入れたわけではないとロンが認めたなら、そして、ハリーをうそつき呼ばわりしたことを謝るなら、またロンと話をしてもいい。
「僕から始めたわけじゃない」
ハリーはかたくなに言い張った。
「あいつの問題だ」
「ロンがいなくてさびしいくせに！」
ハーマイオニーがいらいらと言った。
「それに、私にはわかってる。ロンもさびしいのよ――」
「ロンがいなくてさびしいくせにだって？」
ハリーがくり返した。
「ロンがいなくてさびしいなんてことは、ない……」
真っ赤なうそだった。ハーマイオニーのことは大好きだったが、ロンとはちがう。ハーマイオニーと親しくても、ロンと一緒のときほど笑うことはないし、図書館をうろうろする時間が多くなる。ハリーはまだ「呼び寄せ呪文」を習得していなかった。ハリーの中で、何かがストップをかけているようだった。ハーマイオニーは、理論を学べば役に立つと主張した。そこで、二人は昼休みを、本に没頭して過ごすことが多かった。

ビクトール・クラムも、しょっちゅう図書館に入り浸っていた。いったい何をしているのか、ハリーはいぶかった。勉強しているのだろうか？　それとも、第一の課題をこなすのに役立ちそうな物を探しているのだろうか？

ハーマイオニーはクラムが図書館にいることで、しばしば文句を言った――何もクラムが二人のじゃまをしたわけではない。しかし、女子学生のグループがしょっちゅうやってきて、忍び笑いをしながら、本棚の陰からクラムの様子をうかがっていた。ハーマイオニーはその物音で気が散るというのだ。

「あの人、ハンサムでも何でもないじゃない！」

クラムの険しい横顔をにらみつけて、ハーマイオニーがプリプリしながらつぶやいた。

「みんなが夢中なのは、あの人が有名だからよ！　ウォンキー・フェイントとか何とかいうのができない人だったら、みんな見向きもしないのに――」

「ウロンスキー・フェイント」ハリーは唇をかんだ。クィディッチ用語を正したいのもたしかだが、それとは別に、ハーマイオニーがウォンキー・フェイントと言うのを聞いたら、ロンがどんな顔をするかと思うと、また胸がキュンと痛んだのだ。

不思議なことに、何かを恐れて、何とかして時の動きを遅らせたいと思うときにかぎって、時は容赦なく動きを速める。第一の課題までの日々が、誰かが時計に細工をして二倍の速さにしたかのように流れ去っていった。抑えようのない恐怖感が、「日刊予言者新聞」の記事に対する意地の悪いヤジと同じように、ハリーの行く所どこにでもついてきた。

第一の課題が行われる週の前の土曜日、三年生以上の生徒は全員、ホグズミード行きを許可された。ハーマイオニーは、ちょっと城から出たほうが気晴らしになると勧めた。ハリーも勧められるまでもなかった。

「ロンのことはどうする気？」

ハリーが聞いた。

「ロンと一緒に行きたくないの？」

「ああ……そのこと……」

ハーマイオニーはちょっと赤くなった。

「『三本の箒』で、あなたと私が、ロンに会うようにしたらどうかと思って……」

「いやだ」ハリーがにべもなく言った。

「まあ、ハリー、そんなバカみたいな――」

「僕、行くよ。でもロンと会うのはごめんだ。僕、『透明マント』を着ていく」
「そう、それならそれでいいけど……」
ハーマイオニーはくどくは言わなかった。
「だけど、マントを着てるときにあなたに話しかけるのは嫌いよ。あなたのほうを向いてしゃべってるのかどうか、さっぱりわからないんだもの」
そういうわけで、ハリーは寮で透明マントをかぶり、階下に戻って、ハーマイオニーと一緒にホグズミードに出かけた。
マントの中で、ハリーはすばらしい解放感を味わった。村に入るとき、ほかの生徒が二人を追い越したり、行きちがったりするのを、ハリーは観察できた。ほとんどが「セドリック・ディゴリーを応援しよう」のバッジを着けていたが、いつもとちがって、ハリーにひどい言葉を浴びせる者も、あのばかな記事に触れる生徒もいなかった。
「今度はみんな、私をちらちら見てるわ」
クリームたっぷりの大きなチョコレートをほお張りながら「ハニーデュークス菓子店」から出てきたハーマイオニーが、不機嫌に言った。
「みんな、私がひとり言を言ってると思ってるのよ」

「それなら、そんなに唇を動かさないようにすればいいじゃないか」
「あのねえ、ちょっと『マント』を脱いでよ。ここなら誰もあなたにかまったりしないわ」
「そうかな？」ハリーが言った。「後ろを見てごらんよ」
リータ・スキーターと、その友人のカメラマンが、パブ「三本の箒」から現れたところだった。二人は、ヒソヒソ声で話しながら、ハーマイオニーのほうを見もせずにそばを通り過ぎた。ハリーは、リータ・スキーターのワニ革ハンドバッグでぶたれそうになり、あとずさりしてハニーデュークスの壁に張りついた。
二人の姿が見えなくなってから、ハリーが言った。
「あの人、この村に泊まってるんだ。第一の課題を見にきたのにちがいない」
そう言ったとたん、どろどろに溶けた恐怖感が、ハリーの胃にどっとあふれた。ハリーはそのことを口には出さなかった。ハリーもハーマイオニーも、第一の課題が何なのか、これまであまり話題にしなかった。ハーマイオニーもそのことを考えたくないのだろうと、ハリーはそんな気がしていた。
「行っちゃったわ」
ハーマイオニーの視線はハリーの体を通り抜けて、ハイストリート通りのむこう端を見ていた。

「『三本の箒』に入って、バタービールを飲みましょうよ。ちょっと寒くない？……ロンには話しかけなくてもいいわよ！」

ハリーが返事をしないわけを、ハーマイオニーはちゃんと察して、いらいらした口調でつけ加えた。

「三本の箒」は混み合っていた。土曜の午後の自由行動を楽しんでいるホグワーツの生徒が多かったが、ハリーがほかではめったに見かけたことがないさまざまな魔法族もいた。ホグズミードは、イギリスで唯一の魔法ずくめの村なので、魔法使いのようにうまく変装できない鬼婆などにとっては、ここがちょっとした安息所なのだろう、とハリーは思った。

透明マントを着て混雑の中を動くのは、とても難しかった。うっかり誰かの足を踏みつけたりすれば、とてもややこしいことになりそうだ。ハーマイオニーが飲み物を買いにいっている間、ハリーは隅の空いているテーブルへそろそろと近づいた。パブの中を移動する途中、フレッド、ジョージ、リー・ジョーダンと一緒に座っているロンを見かけた。ロンの頭を、後ろから思いっきりこづいてやりたい、という気持ちを抑え、ハリーはやっとテーブルにたどり着いて腰かけた。

ハーマイオニーが、そのすぐあとからやってきて、透明マントの下からバタービールをすべり込ませた。

「ここにたった一人で座ってるなんて、私、すごくまぬけに見えるわ」
ハーマイオニーがつぶやいた。
「幸い、やることを持ってきたけど」
そして、ハーマイオニーはノートを取り出した。S・P・E・W会員を記録してあるノートだ。ハリーは、自分とロンの名前が、とても少ない会員名簿の一番上にのっているのを見た。ロンと二人で予言をでっち上げていたとき、ハーマイオニーがやってきて二人を会の書記と会計とに任命したのが、ずいぶん遠い昔のことのような気がした。
「ねえ、この村の人たちに、S・P・E・Wに入ってもらうように、私、やってみようかしら」
ハーマイオニーはパブを見回しながら考え深げに言った。
「そりゃ、いいや」
ハリーは冗談まじりにあいづちを打ち、マントに隠れてバタービールをぐいと飲んだ。
「ハーマイオニー。いつになったらS・P・E・Wなんてやつ、あきらめるんだい？」
「屋敷しもべ妖精が妥当な給料と労働条件を得たとき！」
ハーマイオニーが声を殺して言い返した。
「ねえ、そろそろ、もっと積極的な行動を取るときじゃないかって思いはじめてるの。どうやったら学校の厨房に入れるかしら？」

「わからない。フレッドとジョージに聞けよ」ハリーが言った。

ハーマイオニーは考えにふけって、だまり込んだ。ハリーは、パブの客を眺めながら、バタービールを飲んだ。みんな楽しそうで、くつろいでいた。すぐ近くのテーブルで、アーニー・マクミランとハンナ・アボットが、「蛙チョコレート」のカードを交換している。二人とも「セドリック・ディゴリーを応援しよう」バッジをマントにつけていた。そのむこう、ドアのそばに、チョウ・チャンがレイブンクローの大勢の友達と一緒にいるのが見えた。でも、チョウは「セドリック」バッジをつけていない……ハリーはちょっぴり元気になった……。

のんびり座り込んで、笑ったりしゃべったり、せいぜい宿題のことしか心配しなくてもよい人たち——自分もその一人になれるなら、ほかに何を望むだろう？　自分の名前が「炎のゴブレット」から出てきていなかったら、今、自分はどんな気持ちでここにいるだろう。まず、透明マントを着ていないはずだ。ロンは自分と一緒にいるだろう。代表選手たちが、火曜日に、どんなに危険極まりない課題に立ち向かうのだろうと、三人で楽しくあれこれ想像していただろう。どんな課題だろうが、きっと待ち遠しかっただろう。代表選手がそれをこなすのを見物するのが……スタンドの後方にぬくぬくと座って、みんなと一緒にセドリックを応援するのが……。

ほかの代表選手はどんな気持ちなんだろう。最近セドリックを見かけると、いつもファンに取り囲まれ、神経をとがらせながらも興奮しているように見えた。フラー・デラクールも廊下でときどきちらりと姿を見たが、いつもと変わらず、フラーらしく高慢で平然としていた。そして、クラムは、ひたすら図書館に座って本に没頭していた。

ハリーはシリウスのことを思った。すると、胸をしめつけていた固い結び目が、少しゆるむような気がした。あと十二時間と少しで、シリウスと話せる。談話室の暖炉のそばで二人が話をするのは、今夜だった――何にも手ちがいが起こらなければだが。最近は何もかも手ちがいだらけだったけど……。

「見て、ハグリッドよ！」ハーマイオニーが言った。

ハグリッドの巨大なもじゃもじゃ頭の後頭部が――ありがたいことに、束ね髪にするのをあきらめていた――人混みの上にぬっと現れた。こんなに大きなハグリッドを、自分はどうしてすぐに見つけられなかったのだろうと、ハリーは不思議に思った。しかし、立ち上がってよく見ると、ハグリッドが体をかがめて、ムーディ先生と話をしているのがわかった。

ハグリッドはいつものように、巨大なジョッキを前に置いていたが、ムーディは自分の携帯用酒瓶から飲んでいた。粋な女主人のマダム・ロスメルタは、これが気に入らないようだった。ハグリッドたちの周囲のテーブルから、空いたグラスを片づけながら、ムーディをうさんくさそうに見ていた。たぶん、自家製の蜂蜜酒が侮辱されたと思ったのだろう。しかし、ハリーはそうではないことを知っていた。「闇の魔術に対する防衛術」の最近の授業で、ムーディが生徒に話したのだ。闇の魔法使いは誰も見ていないときにやすやすとコップに毒を盛るので、ムーディはいつも、食べ物や飲み物を自分で用意するようにしていると。

ハリーが見ていると、ハグリッドとムーディは立ち上がって出ていきかけた。ハリーは手を振ったが、ハグリッドには見えないのだと気づいた。しかし、ムーディが立ち止まり、ハリーが立っている隅のほうに「魔法の目」を向けた。ムーディは、ハグリッドの背中をチョンチョンとたたき（ハグリッドの肩には手が届かない）、何事かささやいた。それから二人は引き返して、ハリーとハーマイオニーのテーブルにやってきた。

「元気か、ハーマイオニー？」

ハグリッドが大声を出した。

「こんにちは」

ハーマイオニーもニッコリ挨拶した。

ムーディは、片足を引きずりながらテーブルを回り込み、体をかがめた。ハリーが、ムーディはS・P・E・Wのノートを読んでいるのだろうと思っていると、ムーディがささやいた。
「いいマントだな、ポッター」
ハリーは驚いてムーディを見つめた。こんな近くで見ると、鼻が大きくそぎ取られているのがますますはっきりわかった。ムーディはニヤリとした。
「先生の目――あの、見える――？」
「ああ、わしの目は透明マントを見透かす」
ムーディが静かに言った。
「そして、時には、これがなかなか役に立つぞ」
ハグリッドもニッコリとハリーのほうを見下ろしていた。ハグリッドにはハリーが見えないことは、わかっていた。しかし、当然、ムーディが、ハリーがここにいると教えたはずだ。
今度はハグリッドが、S・P・E・Wノートを読むふりをして、身をかがめ、ハリーにしか聞こえないような低い声でささやいた。
「ハリー、今晩、真夜中に、俺の小屋に来いや。そのマントを着てな」
身を起こすと、ハグリッドは大声で、「ハーマイオニー、おまえさんに会えてよかった」と言い、ウィンクして去っていった。ムーディもあとについていった。

「ハグリッドったら、どうして真夜中に僕に会いたいんだろう？」ハリーは驚いていた。
「会いたいって？」ハーマイオニーもびっくりした。
「いったい、何を考えてるのかしら？　ハリー、行かないほうがいいかもよ……」
ハーマイオニーは神経質に周りを見回し、声を殺して言った。
「シリウスとの約束に遅れちゃうかもしれない」
たしかに、ハグリッドのところに真夜中に行けば、シリウスと会う時間ぎりぎりになってしまう。ハーマイオニーは、ヘドウィグを送ってハグリッドに行けないと伝えてはどうかと言った——もちろん、ヘドウィグがメモを届けることを承知してくれればの話だが——しかし、ハグリッドの用事が何であれ、ハリーは急いで会ってくるほうがよいように思った。ハグリッドがハリーに、そんなに夜遅く来るように頼むなんて、初めてのことだった。いったい何なのか、ハリーはとても知りたかった。

その晩、早めにベッドに入るふりをしたハリーは、十一時半になると、透明マントをかぶり、こっそりと談話室に戻った。寮生がまだたくさん残っていた。クリービー兄弟は「セドリックを応援しよう」バッジを首尾よくごっそり手に入れ、魔法をかけて「ハリー・ポッターを応援しよう」に変えようとしていた。しかし、これまでのところ、「汚いぞ、ポッター」で文字の動きを止めるのが精いっぱいだった。ハリーはそっと二人のそばを通り抜け、肖像画の穴のところで時計を見ながら、一分くらい待った。すると、計画どおり、ハーマイオニーが外から「太った婦人」を開けてくれた。ハーマイオニーとすれちがいざま、ハリーは「ありがと！」とささやき、城の中を通り抜けていった。

校庭は真っ暗だった。ハリーはハグリッドの小屋に輝く灯りを目指して芝生を歩いた。ボーバトンの巨大な馬車も明かりがついていた。ハグリッドの小屋の戸をノックしたとき、ハリーはマダム・マクシームが馬車の中で話している声を聞いた。

「ハリー、おまえさんか？」

戸を開けてきょろきょろしながら、ハグリッドが声をひそめて言った。

「うん」

ハリーは小屋の中にすべり込み、マントを引っ張って頭から脱いだ。

「何なの？」

「ちょっくら見せるものがあってな」ハグリッドが言った。

ハグリッドは何だかひどく興奮していた。服のボタン穴に育ち過ぎたアーティチョークのような花を挿している。車軸用のグリースを髪につけることはあきらめたらしいが、まちがいなく髪をとかしつけようとしたらしい――欠けた櫛の歯が髪にからまっているのを、ハリーは見てしまった。

「何を見せたいの？」

ハリーは、スクリュートが卵を産んだのか、それともハグリッドがパブで知らない人から、また三頭犬を買ったのかと、いろいろ想像してこわごわ聞いた。

「一緒に来いや。だまって、マントをかぶったまんまでな」

ハグリッドが言った。

「ファングは連れていかねえ。こいつが喜ぶようなもんじゃねえし……」

「ねえ、ハグリッド、僕、あまりゆっくりできないよ……午前一時までに城に帰っていないといけないんだ――」

しかし、ハグリッドは、聞いていなかった。小屋の戸を開けてずんずん暗闇の中に出ていった。ハリーは急いであとを追ったが、ハグリッドがハリーをボーバトンの馬車のほうに連れていくのに気づいて驚いた。

「ハグリッド、いったい――？」

「シーッ！」
ハグリッドはハリーをだまらせ、金色の杖が交差した紋章のついた扉を三度ノックした。
マダム・マクシームが扉を開けた。シルクのショールを堂々たる肩に巻きつけている。ハグリッドを見て、マダムはにっこりした。
「ああ、アグリッド……時間でーす？」
「ボング・スーワー」
ハグリッドがマダムに向かって笑いかけ、マダムが金色の踏み段を下りるのに手を差し伸べた。
マダム・マクシームは後ろ手に扉を閉め、ハグリッドがマダムに腕を差し出し、二人はマダムの巨大な天馬が囲われているパドックを回り込んで歩いていった。ハリーは何がなんだかわからないまま、二人に追いつこうと走ってついていった。ハグリッドはハリーにマダム・マクシームを見せたかったのだろうか？　マダムならハリーはいつだって好きなときに見ることができるのに……マダムを見落とすのはなかなか難しいもの……。
しかし、どうやら、マダム・マクシームもハリーと同じもてなしにあずかるらしい。しばらくしてマダムがつやっぽい声で言った。
「アグリッド、いったいわたしを、どーこにつれていくのでーすか？」

「きっと気に入る」
ハグリッドの声は愛想なしだ。
「見る価値ありだ、ほんとだ。たーだ――俺が見せたってことは誰にも言わねえでくれ、いいかね？　あなたは知ってはいけねえことになってる」
「もちろーんです」
マダム・マクシームは長い黒いまつげをパチパチさせた。
そして二人は歩き続けた。そのあとを小走りについていきながら、ハリーはだんだん落ち着かなくなってきた。腕時計をひんぱんにのぞき込んだ。ハグリッドの気まぐれなくわだてのせいで、ハリーは、シリウスに会いそこねるかもしれない。もう少しで目的地に着くのでなければ、まっすぐに城に引き返そう。ハグリッドは、マダム・マクシームと二人で月明かりのお散歩としゃれ込めばいい……。
しかし、その時――禁じられた森の周囲をずいぶん歩いたので、城も湖も見えなくなっていたが――ハリーは何か物音を聞いた。前方で男たちがどなっている……続いて耳をつんざく大咆哮……。
ハグリッドは木立を回り込むようにマダム・マクシームを導き、立ち止まった。ハリーも急いでついていった――一瞬、ハリーはたき火を見たのだと思った。男たちがその周りを跳び回っているのを見たのだと――次の瞬間、ハリーはあんぐり口を開けた。

ドラゴンだ。

見るからに獰猛な四頭の巨大な成獣が、分厚い板で柵をめぐらした囲い地の中に、後脚で立ち上がり、吼え猛り、鼻息を荒らげている――地上十五、六メートルもの高さに伸ばした首の先で、カッと開いた口は牙をむき、暗い夜空に向かって火柱を噴き上げていた。長い鋭い角を持つ、シルバーブルーの一頭は、地上の魔法使いたちに向かってうなり、牙を鳴らしてかみつこうとしている。すべすべしたうろこを持つ緑の一頭は、全身をくねらせ、力のかぎり脚を踏み鳴らしている。赤い一頭は、顔の周りに奇妙な金色の細いとげの縁取りがあり、キノコ形の火炎を吐いている。ハリーたちに一番近いところにいた巨大な黒い一頭は、ほかの三頭に比べるとトカゲに似ている。

一頭につき七、八人、全部で少なくとも三十人の魔法使いが、ドラゴンの首や足に回した太い革バンドに鎖をつけ、その鎖を引いてドラゴンを抑えようとしていた。怖いもの見たさに、ハリーはずっと上を見上げた。黒ドラゴンの目が見えた。猫のように縦に瞳孔の開いたその目が、怒りからか、恐れからか――ハリーにはどちらともわからなかったが――飛び出している……そして恐ろしい音を立てて暴れ、悲しげに吼え、ギャーッギャーッとかん高い怒りの声を上げていた……。

「離れて、ハグリッド！」

柵のそばにいた魔法使いが、握った鎖を引きしめながら叫んだ。

「ドラゴンの吐く炎は、六、七メートルにもなるんだから！　このホーンテールなんか、その倍も噴いたのを、僕は見たんだ！」

「きれいだよなあ？」ハグリッドがいとおしそうに言った。

「これじゃだめだ！」別の魔法使いが叫んだ。

「一、二の三で『失神の呪文』だ！」

ハリーは、ドラゴン使いが全員杖を取り出すのを見た。

「ステューピファイ！　まひせよ！」

全員がいっせいに唱えた。「失神の呪文」が火を吐くロケットのように、闇に飛び、ドラゴンのうろこに覆われた皮に当たって火花が滝のように散った。

ハリーの目の前で、一番近くのドラゴンが、後脚で立ったまま危なっかしげによろけた。両あごはワッと開けたまま、吼え声が急に消え、鼻の穴からは突然炎が消えた――まだくすぶってはいたが――それから、ゆっくりとドラゴンは倒れた――筋骨隆々の、うろこに覆われた黒ドラゴンの数トンもある胴体がドサッと地面を打った。その衝撃で、ハリーの後ろの木立が激しく揺れ動いた。

ドラゴン使いたちは、杖を下ろし、それぞれ担当のドラゴンに近寄った。一頭一頭が小山ほどの大きさだ。ドラゴン使いは急いで鎖をきつくしめ、しっかりと鉄の杭に縛りつけ、その杭を、杖で地中に深々と打ち込んだ。

「近くで見たいかね？」

ハグリッドは興奮して、マダム・マクシームに尋ねた。二人は柵のすぐそばまで移動し、ハリーもついていった。ハグリッドに、それ以上近寄るなと警告した魔法使いがやってきた。そしてハリーは、初めて、それが誰なのか気づいた――チャーリー・ウィーズリーだった。

「大丈夫かい？　ハグリッド？」

チャーリーがハアハア息をはずませている。

「ドラゴンはもう安全だと思う――こっちに来る途中『眠り薬』でおとなしくさせたんだ。暗くて静かなところで目覚めたほうがいいだろうと思って――ところが、見てのとおり、連中は機嫌が悪いのなんのって――」

「チャーリー、どの種類を連れてきた？」
ハグリッドは、一番近いドラゴン――黒ドラゴン――をほとんど崇めるような目つきでじっと見ていた。黒ドラゴンはまだ薄目を開けていた。しわの刻まれた黒いまぶたの下でギラリと光る黄色い筋を、ハリーは見た。
「こいつはハンガリー・ホーンテールだ」チャーリーが言った。
「むこうのはウェールズ・グリーン普通種、少し小型だ――スウェーデン・ショートースナウト種、あの青みがかったグレーのやつ――それと、中国火の玉種、あの赤いやつ」
チャーリーはあたりを見回した。マダム・マクシームが、「失神」させられたドラゴンをじっと見ながら、囲い地の周りをゆっくり歩いていた。
「あの人を連れてくるなんて、知らなかったぜ、ハグリッド」
チャーリーが顔をしかめた。
「代表選手は課題を知らないことになってる――あの人はきっと自分の生徒にしゃべるだろう？」
「あの人が見たいだろうって思っただけだ」
ハグリッドはうっとりとドラゴンを見つめたままで、肩をすくめた。

「ハグリッド、まったくロマンチックなデートだよ」チャーリーがやれやれと頭を振った。
「四頭……」
ハグリッドが言った。
「そんじゃ、一人の代表選手に一頭っちゅうわけか？　何をするんだ――戦うのか？」
「うまく出し抜くだけだ。たぶん」
チャーリーが言った。
「ひどいことになりかけたら、僕たちが控えていて、いつでも『消火呪文』をかけられるようになっている。営巣中の母親ドラゴンが欲しいという注文だった。なぜかは知らない……でも、これだけは言えるな。ホーンテールに当たった選手はお気の毒さまさ。狂暴なんだ。しっぽのほうも正面と同じぐらい危険だよ。ほら」
チャーリーはホーンテールの尾を指差した。ハリーが見ると、長いブロンズ色のとげが、しっぽ全体に数センチおきに突き出していた。
その時、チャーリーの仲間のドラゴン使いが、灰色の花崗岩のような巨大な卵をいくつか毛布にくるみ、五人がかりで、よろけながらホーンテールに近づいてきた。五人はホーンテールのそばに、注意深く卵を置いた。ハグリッドは、欲しくてたまらなそうなうめき声をもらした。

「僕、ちゃんと数えたからね、ハグリッド」
チャーリーが厳しく言った。それから、「ハリーは元気？」と聞いた。
「元気だ」ハグリッドはまだ卵に見入っていた。
「こいつらに立ち向かったあとでも、まだ元気だといいんだが」
ドラゴンの囲い地を見やりながらチャーリーが暗い声を出した。
「ハリーが第一の課題で何をしなければならないか、僕、おふくろにはとっても言えない。ハリーのことが心配で、今だって大変なんだ……」
チャーリーは母親の心配そうな声をまねした。
『どうしてあの子を試合に出したりするの！　まだ若過ぎるのに！　子供たちは全員安全だと思っていたのに。年齢制限があると思っていたのに！』ってさ。『日刊予言者新聞』にハリーのことがのってからは、もう涙、涙だ。『あの子は今でも両親を思って泣くんだわ！　ああ、かわいそうに。知らなかった！』」
ハリーはこれでもう充分だと思った。ハグリッドは僕がいなくなっても気づかないだろう。マダム・マクシームと四頭のドラゴンの魅力で手いっぱいだ。ハリーはそっとみんなに背を向け、城に向かって歩きはじめた。

これから起こることを見てしまったのが、喜ぶべきことなのかどうか、ハリーにはわからなかった。たぶん、このほうがよかったのだ。最初のショックは過ぎた。火曜日にはじめてドラゴンを見たなら、全校生の前でばったり気絶してしまったかもしれない……どっちにしても気絶するかもしれないが……敵は十五、六メートルもある、うろこととげに覆われた、火を吐くドラゴンだ。ハリーの武器といえば、杖だ――そんな杖など、今や細い棒切れほどにしか感じられない――しかも、ドラゴンを出し抜かなければならない。みんなの見ている前で。いったいどうやって？

ハリーは禁じられた森の端に沿って急いだ。あと十五分足らずで暖炉のそばに戻って、シリウスと話をするのだ。シリウスと話したい。こんなに強く誰かと話をしたいと思ったことは、一度もない――その時、出し抜けにハリーは何か固いものにぶつかった。仰向けにひっくり返り、めがねがはずれたが、ハリーはしっかりと透明マントにしがみついていた。近くで声がした。

「アイタッ！　誰だ？」

ハリーはマントが自分を覆っているかどうかを急いでたしかめ、じっと動かずに横たわって、ぶつかった相手の魔法使いの黒いシルエットを見上げた。山羊ひげが見えた……カルカロフだ。

「誰だ？」

カルカロフが、いぶかしげに暗闇を見回しながらくり返した。ハリーは身動きせず、だまっていた。一分ほどして、カルカロフは、何か獣にでもぶつかったのだろうと納得したらしい。犬でも探すように、腰の高さを見回した。それから、カルカロフは再び木立に隠れるようにして、ドラゴンのいたあたりに向かってそろそろと進みはじめた。

ハリーは、ゆっくり、慎重に立ち上がり、できるだけ物音を立てないようにしながら、暗闇の中をホグワーツへと急げるだけ急いだ。

カルカロフが何をしようとしていたか、ハリーにはよくわかっていた。こっそり船を抜け出し、第一の課題が何なのかを探ろうとしたのだ。もしかしたら、ハグリッドとマダム・マクシームが禁じられた森のほうへ向かうのを目撃したのかもしれない――あの二人は遠くからでもたやすく目につく……それに、カルカロフは今やただ人声のするほうに行けばよいのだ。カルカロフもマダム・マクシームと同じに、何が代表選手を待ち受けているかを知ることになるだろう。すると、火曜日にまったく未知の課題にぶつかる選手は、セドリックただ一人ということになる。

城にたどり着き、正面の扉をすり抜け、大理石の階段を上りはじめたハリーは、息も絶え絶えだったが、速度をゆるめるわけにはいかない……あと五分足らずで暖炉のところまで行かなければ……。

「たわごと！」

ハリーは、穴の前の肖像画の額の中でまどろんでいる「太った婦人」に向かってゼイゼイと呼びかけた。

「ああ、そうですか」

婦人は目も開けずに、眠そうにつぶやき、前にパッと開いてハリーを通した。ハリーは穴をはい登った。談話室には誰もいない。においもいつもと変わりない。ハリーとシリウスを二人つきりにするために、ハーマイオニーがクソ爆弾を爆発させる必要はなかったということだ。

ハリーは透明マントを脱ぎ捨て、暖炉の前のひじかけ椅子に倒れ込んだ。部屋は薄暗く、暖炉の炎だけが明かりを放っていた。クリービー兄弟が何とかしようとがんばっていた「セドリック・ディゴリーを応援しよう」バッジが、そばのテーブルで、暖炉の火を受けてチカチカしていた。今や、「ほんとに汚いぞ、ポッター」に変わっていた。暖炉の炎を振り返ったハリーは、飛び上がった。

シリウスの生首が炎の中に座っていた。ウィーズリー家のキッチンで、ディゴリー氏がまったく同じことをするのを見ていなかったら、ハリーは縮み上がったにちがいない。怖がるどころか、ここしばらく笑わなかったハリーが、久しぶりにニッコリした。ハリーは、急いで椅子から飛び降り、暖炉の前にかがみ込んで話しかけた。

「シリウスおじさん――元気なの？」

シリウスの顔は、ハリーの覚えている顔とちがって見えた。さよならを言ったときは、シリウスの顔はやせこけ、目が落ちくぼみ、黒い長髪がもじゃもじゃとからみついて、顔の周りを覆っていた――でも今は、髪をこざっぱりと短く切り、顔は丸みを帯び、あの時より若く見えた。ハリーがたった一枚だけ持っているシリウスのあの写真、両親の結婚式のときの写真に近かった。

「私のことは心配しなくていい。君はどうだね？」シリウスは真剣な口調だった。

「僕は――」

ほんの一瞬、「元気です」と言おうとした――しかし、言えなかった。せきを切ったように言葉がほとばしり出た。ここ何日か分の穴埋めをするように、ハリーは一気にしゃべった――自分の意思でゴブレットに名前を入れたのではないと言っても、誰も信じてくれなかったこと、リータ・スキーターが「日刊予言者新聞」でハリーについてうそ八百を書いたこと、廊下を歩いていると必ず誰かがからかうこと――そして、ロンのこと。ロンがハリーを信用せず、やきもちを焼いている……。

「……それに、ハグリッドがついさっき、第一の課題が何なのか、僕に見せてくれたの。ドラゴンなんだよ、シリウス。僕、もうおしまいだ」
ハリーは絶望的になって話し終えた。
シリウスは憂いに満ちた目でハリーを見つめていた。アズカバンがシリウスに刻み込んだまなざしが、まだ消え去ってはいない——死んだような、憑かれたようなまなざしだ。シリウスはハリーがだまり込むまで、口を挟まずしゃべらせたあと、口を開いた。
「ドラゴンは、ハリー、何とかなる。しかし、それはちょっとあとにしよう——あまり長くはいられない……この火を使うのに、とある魔法使いの家に忍び込んだのだが、家の者がいつ戻ってこないともかぎらない。君に警告しておかなければならないことがあるんだ」
「何なの？」
ハリーは、ガクンガクンと数段気分が落ち込むような気がした……ドラゴンより悪いものがあるんだろうか？
「カルカロフだ」
シリウスが言った。
「ハリー、あいつは『死喰い人』だった。それが何か、わかってるね？」
「ええ——えっ？——あの人が？」

「あいつは逮捕された。アズカバンで一緒だった。しかし、あいつは釈放された。ダンブルドアが今年『闇祓い』をホグワーツに置きたかったのは、そのせいだ。絶対まちがいない――あいつを監視するためだ。カルカロフを逮捕したのはムーディだ。そもそもムーディがやつをアズカバンにぶち込んだ」

「カルカロフが釈放された？」

ハリーはよく飲み込めなかった。脳みそが、また一つショックな情報を吸収しようとしてもがいていた。

「どうして釈放したの？」

「魔法省と取引をしたんだ」

シリウスが苦々しげに言った。

「自分が過ちを犯したことを認めると言った。そしてほかの名前を吐いた……自分のかわりにずいぶん多くの者をアズカバンに送った……言うまでもなく、あいつはアズカバンでは嫌われ者だ。そして、出獄してからは、私の知るかぎり、自分の学校に入学する者には全員に『闇の魔術』を教えてきた。だから、ダームストラングの代表選手にも気をつけなさい」

「うん。でも……カルカロフが僕の名前をゴブレットに入れたっていうわけ？　だって、もしカルカロフの仕業なら、あの人、ずいぶん役者だよ。カンカンに怒っていたように見えた。僕が参加するのを阻止しようとした」

ハリーは考えながらゆっくり話した。

「やつは役者だ。それはわかっている」

シリウスが言った。

「何しろ、魔法省に自分を信用させて、釈放させたやつだ。さてと、『日刊予言者新聞』にはずっと注目してきたよ、ハリー――」

「シリウスおじさんもそうだし、世界中がそうだね」ハリーは苦い思いがした。

「――そして、スキーター女史の先月の記事の行間を読むと、ムーディがホグワーツに出発する前の晩に襲われた。いや、あの女が、また空騒ぎだったと書いていることは承知している」

ハリーが何か言いたそうにしたのを見て、シリウスが急いで説明した。

「しかし、私はちがうと思う。誰かが、ムーディがホグワーツに来るのをじゃましようとしたのだ。ムーディが近くにいると、仕事がやりにくくなるということを知っているヤツがいる。ムーディの件は誰も本気になって追及しないだろう。マッドーアイは、侵入者の物音を聞いたと、あんまりしょっちゅう言い過ぎた。しかし、そうだからといってムーディがもう本物を見つけられないというわけではない。ムーディは魔法省始まって以来の優秀な闇祓いだった」
「じゃ……シリウスおじさんの言いたいのは？」
ハリーはそう言いながら考えていた。
「カルカロフが僕を殺そうとしているってこと？　でも――なぜ？」
シリウスは戸惑いを見せた。
「近ごろどうもおかしなことを耳にする」
シリウスも考えながら答えた。
「死喰い人の動きが最近活発になっているらしい。クィディッチ・ワールドカップで正体を現しただろう？　誰かが『闇の印』を打ち上げた……それに――行方不明になっている魔法省の魔女職員のことは聞いているかね？」
「バーサ・ジョーキンズ？」
「そうだ……アルバニアで姿を消した。ヴォルデモートが最後にそこにいたというわさのある場所ずばりだ……その魔女は、三校対抗試合が行われることを知っていたはずだね？」
「ええ、でも……その魔女がヴォルデモートにばったり出会うなんて、ちょっと考えられないでしょう？」ハリーが言った。

「いいかい。私はバーサ・ジョーキンズを知っていた」
シリウスが深刻な声で言った。
「私と同じ時期にホグワーツにいた。君の父さんや私より二、三年上だ。とにかく愚かな女だった。知りたがり屋で、頭がまったくからっぽ。これは、いい組み合わせじゃない。ハリー、バーサなら、簡単に罠にはまるだろう」
「じゃ……それじゃ、ヴォルデモートが試合のことを知ったかもしれないって？　そういう意味なの？　カルカロフがヴォルデモートの命を受けてここに来たと、そう思うの？」
「わからない」
シリウスは考えながら答えた。
「とにかくわからないが……カルカロフは、ヴォルデモートの力が強大になって、自分を護ってくれると確信しなければ、ヴォルデモートの下に戻るような男ではないだろう。しかし、ゴブレットに君の名前を入れたのが誰であれ、理由があって入れたのだ。それに、試合は、君を襲うには好都合だし、事故に見せかけるにはいい方法だと考えざるをえない」
「僕の今の状況から考えると、ほんとうにうまい計画みたい」
ハリーが力なく言った。

「自分はのんびり見物しながら、ドラゴンに仕事をやらせておけばいいんだもの」
「そうだ――そのドラゴンだが」シリウスは早口になった。
「ハリー、方法はある。『失神の呪文』を使いたくても、使うな――ドラゴンは強いし、強力な魔力を持っているから、たった一人の呪文でノックアウトできるものではない。半ダースもの魔法使いが束になってかからないと、ドラゴンは抑えられない――」
「うん。わかってる。さっき見たもの」ハリーが言った。
「しかし、それが一人でもできる方法があるのだ。簡単な呪文があればいい。つまり――」
しかし、ハリーは手を上げてシリウスの言葉をさえぎった。心臓が破裂しそうに、急にドキドキしだした。背後のらせん階段を誰かが下りてくる足音を聞いたのだ。
「行って！」
ハリーは声を殺してシリウスに言った。
「行って！　誰か来る！」
ハリーは急いで立ち上がり、暖炉の火を体で隠した――ホグワーツの城内で誰かがシリウスの顔を見ようものなら、何もかもひっくり返るような大騒ぎになるだろう――魔法省が乗り込んでくるだろう――ハリーは、シリウスの居場所を問い詰められるだろう――。

背後でポンと小さな音がした。それで、シリウスがいなくなったのだとわかった――ハリーはらせん階段の下を見つめていた――午前一時に散歩を決め込むなんて、いったい誰だ？　ドラゴンをうまく出し抜くやり方を、シリウスがハリーに教えるのをじゃましたのは誰なんだ？

ロンだった。栗色のペーズリー柄のパジャマを着たロンが、部屋の反対側で、ハリーと向き合ってぴたりと立ち止まり、あたりをきょろきょろ見回した。

「誰と話してたんだ？」

ロンが聞いた。

「君には関係ないだろう？」

ハリーがうなるように言った。

「こんな夜中に、何しにきたんだ？」

「君がどこに――」

ロンは途中で言葉を切り、肩をすくめた。

「別に。僕、ベッドに戻る」

「ちょっとかぎ回ってやろうと思ったんだろう？」

ハリーがどなった。ロンは、ちょうどどんな場面にでくわしたのか知るはずもないし、わざとやったのではないと、ハリーにはよくわかっていた。しかし、そんなことはどうでもよかった――ハリーは、今この瞬間、ロンのすべてが憎らしかった。パジャマの下から数センチはみ出している、むき出しのくるぶしまでが憎たらしかった。

「悪かったね」

ロンは怒りで顔を真っ赤にした。

「君がじゃまされたくないんだってこと、認識しておくべきだったよ。どうぞ、次のインタビューの練習を、お静かにお続けください」

ハリーは、テーブルにあった「ほんとに汚いぞ、ポッター」バッジを一つつかむと、力まかせに部屋のむこう側に向かって投げつけた。バッジはロンの額に当たり、跳ね返った。

「そーら」

ハリーが言った。

「火曜日にそれをつけていけよ。うまくいけば、たった今、君も額に傷痕ができたかもしれない……。傷が欲しかったんだろう？」

ハリーは階段に向かってずんずん歩いた。ロンが引き止めてくれないかと、半ば期待していた。ロンにパンチを食らわされたいとさえ思った。しかし、ロンはつんつるてんのパジャマを着て、ただそこに突っ立っているだけだった。ハリーは、荒々しく寝室に上がり、長いこと目を開けたままベッドに横たわり、怒りに身を任せていた。

ロンがベッドに戻ってくる気配はついになかった。

第20章 第一の課題

日曜の朝、起きて服を着はじめたものの、ハリーは上の空で、足に靴下をはかせるかわりに帽子をかぶせようとしていたことに気づくまで、しばらくかかった。やっと、体のそれぞれの部分にあてはまる服を身に着け、ハリーは急いでハーマイオニーを探しに部屋を出た。

ハーマイオニーは大広間のグリフィンドール寮のテーブルで、ジニーと一緒に朝食をとっていた。ハリーは、むかむかしてとても食べる気になれず、ハーマイオニーがオートミールの最後の一さじを飲み込むまで待って、それからハーマイオニーを引っ張って校庭に出た。湖のほうへ二人でまた長い散歩をしながら、ハリーはドラゴンのこと、シリウスの言ったことをすべてハーマイオニーに話して聞かせた。

シリウスがカルカロフを警戒せよと言ったことは、ハーマイオニーを驚かせはしたが、やはり、ドラゴンのほうがより緊急の問題だというのがハーマイオニーの意見だった。

「とにかく、あなたが火曜日の夜も生きているようにしましょう」

ハーマイオニーは必死の面持ちだった。

「それからカルカロフのことを心配すればいいわ」

ドラゴンを抑えつける簡単な呪文とは何だろうと、いろいろ考えて、二人は湖の周りを三周もしていた。まったく何も思いつかなかった。そこで二人は図書館にこもった。ハリーは、ここで、ドラゴンに関するありとあらゆる本を引っ張り出し、二人で山と積まれた本に取り組みはじめた。

『鉤爪を切る呪文……くさった鱗の治療』……だめだ。こんなのは、ドラゴンの健康管理をしたがるハグリッドみたいな変わり者用だ……」

『ドラゴンを殺すのは極めて難しい。古代の魔法が、ドラゴンの分厚い皮に浸透したことにより、最強の呪文以外は、どんな呪文もその皮を貫くことはできない』……だけど、シリウスは簡単な呪文が効くって言ったわよね……」

「それじゃ、簡単な呪文集を調べよう」

ハリーは『ドラゴンを愛しすぎる男たち』の本をポイッと放った。

ハリーは呪文集を一山抱えて机に戻り、本を並べて次々にパラパラとページをめくりはじめた。

ハーマイオニーはハリーのすぐ脇で、ひっきりなしにブツブツ言っていた。

「ウーン、『取り替え呪文』があるけど……でも、取り替えてどうにかなるの？　牙のかわりにマシュマロか何かに取り替えたら、少しは危険でなくなるけど……問題は、さっきの本にも書いてあったように、ドラゴンの皮を貫くものがほとんどないってことなのよ……変身させてみたらどうかしら。でも、あんなに大きいと、あんまり望みないわね。マクゴナガル先生でさえだめかも……もっとも、自分自身に呪文をかけるっていう手があるじゃない？　自分にもっと力を与えるのはどう？　だけど、そういうのは簡単な呪文じゃないわね。つまり、まだそういうのは授業で一つも習ってないもの。私はO・W・Lの模擬試験をやってみたから、そういうのがあるって知ってるだけ……」

「ハーマイオニー」ハリーは歯を食いしばって言った。

「ちょっとだまっててくれない？　僕、集中したいんだ」

しかし、いざハーマイオニーが静かになってみれば、ハリーの頭の中は真っ白になり、ブンブンという音で埋まってしまい、集中するどころではなかった。ハリーは救いようのない気持ちで、本の索引をたどっていた。

「『忙しいビジネス魔ンのための簡単な呪文――即席頭の皮はぎ』……でもドラゴンは髪の毛がないよ……『胡椒入りの息』……これじゃ、ドラゴンの吐く火が強くなっちゃう……『角のある舌』……ばっちりだ。これじゃ敵にもう一つ武器を与えてしまうじゃないか……」

「ああ、いやだ。またあの人だわ。どうして自分のボロ船で読書しないのかしら？」
ハーマイオニーがいらいらした。ビクトール・クラムが入ってくるところだった。いつもの前かがみで、むっつりと二人を見て、本の山と一緒に遠くの隅に座った。
「行きましょうよ、ハリー。談話室に戻るわ……。あの人のファンクラブがすぐ来るわ。ピーチクパーチクって……」
そして、そのとおり、二人が図書館を出るとき、女子学生の一団が、忍び足で入ってきた。中の一人は、ブルガリアのスカーフを腰に巻きつけていた。

ハリーはその夜、ほとんど眠れなかった。月曜の朝目覚めたとき、ハリーは初めて真剣にホグワーツから逃げ出すことを考えた。しかし、朝食のときに大広間を見回して、ホグワーツ城を去るということが何を意味するかを考えたとき、ハリーはやはりそれはできないと思った。ハリーが今までに幸せだと感じたのは、ここしかない……そう、両親と一緒だったときも、きっと幸せだったろう。しかし、ハリーはそれを覚えていない。
ここにいてドラゴンに立ち向かうほうが、ダドリーと一緒のプリベット通りに戻るよりはましだ。それがはっきりしただけで、ハリーは少し落ち着いた。無理やりベーコンを飲み込み（ハリーののどは、あまりうまく機能していなかった)、ハリーとハーマイオニーが立ち上がると、ちょうどセドリック・ディゴリーもハッフルパフのテーブルを立つところだった。

セドリックはまだドラゴンのことを知らない……マダム・マクシームとカルカロフが、ハリーの考えるとおり、フラーとクラムに話をしていたとすれば、代表選手の中でただ一人知らないのだ。

セドリックが大広間を出ていくところを見ていて、ハリーの気持ちは決まった。

「ハーマイオニー、温室で会おう。先に行って。すぐ追いつくから」ハリーが言った。

「ハリー、遅れるわよ。もうすぐベルが鳴るのに――」

「追いつくよ。オッケー?」

ハリーが大理石の階段の下に来たとき、セドリックは階段の上にいた。六年生の友達が大勢一緒だった。ハリーはその生徒たちの前でセドリックに話をしたくなかった。みんな、ハリーが近づくといつも、リータ・スキーターの記事を持ち出す連中だった。ハリーは間をあけてセドリックのあとをつけた。すると、セドリックが「呪文学」の教室への廊下に向かっていることがわかった。そこで、ハリーはひらめいた。一団から離れたところで、ハリーは杖を取り出し、しっかりねらいを定めた。

「ディフィンド！　裂けよ！」
セドリックのかばんが裂けた。羊皮紙やら、羽根ペン、教科書がバラバラと床に落ち、インク瓶がいくつか割れた。
「かまわないで」
友人がかがみ込んで手伝おうとしたが、セドリックは、まいったなという声で言った。
「フリットウィックに、すぐ行くって伝えてくれ。さあ行って……」
ハリーの思うつぼだった。杖をローブにしまい、ハリーはセドリックの友達が教室へと消えるのを待った。そして、二人しかいなくなった廊下を、急いでセドリックに近づいた。
「やあ」
インクまみれになった『上級変身術』の教科書を拾い上げながら、セドリックが挨拶した。
「僕の鞄、たった今、破れちゃって……まだ新品なんだけど……」
「セドリック、第一の課題はドラゴンだ」
「えっ？」セドリックが目を上げた。
「ドラゴンだよ」
ハリーは早口でしゃべった。フリットウィック先生がセドリックはどうしたかと見に出てきたら困る。
「四頭だ。一人に一頭。僕たち、ドラゴンを出し抜かないといけない」
セドリックはまじまじとハリーを見た。ハリーが土曜日の夜以来感じてきた恐怖感が、今セドリックのグレーの目にちらついているのを、ハリーは見た。
「たしかかい？」セドリックが声をひそめて聞いた。
「絶対だ。僕、見たんだ」ハリーが答えた。
「しかし、君、どうしてわかったんだ？　僕たち知らないことになっているのに……」
「気にしないで」
ハリーは急いで言った――ほんとうのことを話したら、ハグリッドが困ったことになるとわかっていた。
「だけど、知ってるのは僕だけじゃない。フラーもクラムも、もう知っているはずだ――マダム・マクシームとカルカロフの二人も、ドラゴンを見た」
セドリックはインクまみれの羽根ペンや、羊皮紙、教科書を腕いっぱいに抱えて、すっと立った。破れたかばんが肩からぶら下がっている。セドリックはハリーをじっと見つめた。当惑したような、ほとんど疑っているような目つきだった。

「どうして、僕に教えてくれるんだい？」セドリックが聞いた。
ハリーは信じられない気持ちでセドリックを見た。セドリックだって自分の目であのドラゴンを見ていたなら、絶対にそんな質問はしないだろうに。最悪の敵にだって、ハリーは何の準備もなくあんな怪物に立ち向かわせたりはしない――まあ、マルフォイやスネイプならどうかわからないが……。
「だって……それがフェアじゃないか？」
ハリーは答えた。
「もう僕たち全員が知ってる……これで足並みがそろったんじゃない？」
セドリックはまだ少し疑わしげにハリーを見つめていた。その時、聞き慣れたコツッ、コツッという音がハリーの背後から聞こえた。振り向くと、マッドーアイ・ムーディが近くの教室から出てくる姿が目に入った。
「ポッター、一緒に来い」ムーディがうなるような声で言った。
「ディゴリー、もう行け」
ハリーは不安げにムーディを見た。二人の会話を聞いたのだろうか？
「あの――先生。僕、『薬草学』の授業が――」

「かまわん、ポッター。わしの部屋に来てくれ……」

ハリーは、今度は何が起こるのだろうと思いながら、ムーディについていった。ハリーがどうしてドラゴンのことを知ったか、ムーディが問いただしたいのだとしたら？　ムーディはハグリッドのことをダンブルドアに告げ口するのだろうか？　それとも、ハリーをケナガイタチに変えてしまうだけだろうか？　まあ、イタチになったほうが、ドラゴンを出し抜きやすいかもしれないな、とハリーはぼんやり考えた。小さくなったら、十五、六メートルの高さからはずっと見えにくくなるし……。

ハリーはムーディの部屋に入った。ムーディはドアを閉め、向きなおってハリーを見た。「魔法の目」も、普通の目も、ハリーに注がれた。

「今、おまえのしたことは、ポッター、非常に道徳的な行為だ」ムーディは静かに言った。

ハリーは何と言ってよいかわからなかった。こういう反応はまったく予期していなかった。

「座りなさい」

ムーディに言われてハリーは座り、あたりを見回した。

この部屋には、これまで二人のちがう先生のときに、何度か来たことがある。ロックハート先生のときは、壁にべたべた貼られた先生自身の写真がニッコリしたり、ウィンクしたりしていた。

ルーピンがいたときは、先生がクラスで使うために手に入れた、新しい、何だかおもしろそうな闇の生物の見本が置いてあったものだった。しかし、今、この部屋は、とびっきり奇妙なものでいっぱいだった。ムーディが「闇祓い」時代に使ったものだろうとハリーは思った。

机の上には、ひびの入った大きなガラスのこまのようなものがあった。ハリーは、それが「かくれん防止器」だとすぐにわかった。ムーディのよりはずっと小さいが、ハリーも一つ持っていたからだ。隅っこの小さいテーブルには、ことさらにくねくねした金色のテレビアンテナのような物が立っている。かすかにブーンとうなりを上げていた。ハリーのむかい側の壁にかかった鏡のようなものは、部屋を映してはいない。影のようなぼんやりした姿が、中でうごめいていた。どの姿もぼやけている。

「わしの『闇検知器』が気に入ったか？」

ハリーを観察していたムーディが聞いた。

「あれは何ですか？」

ハリーは金色のくねくねアンテナを指差した。

「『秘密発見器』だ。何か隠しているものや、うそを探知すると振動する……ここでは、もちろん、干渉波が多過ぎて役に立たない――生徒たちが四方八方でうそをついている。なぜ宿題をやってこなかったかとかだがな。ここに来てからというもの、ずっとうなりっぱなしだ。『かくれん防止器』も止めておかないといけなくなった。ずっと警報を鳴らし続けるのでな。こいつは特別に感度がよく、半径二キロの事象を拾う。もちろん、子供のガセネタばかりを拾っているわけではないはずだが」ムーディはうなるように最後の言葉をつけ足した。

「それじゃ、あの鏡は何のために？」

「ああ、あれは、わしの『敵鏡』だ。こそこそ歩き回っているのが見えるか？　やつらの白目が見えるほどに接近してこないうちは、安泰だ。見えたときには、わしのトランクを開くときだ」

ムーディは短く乾いた笑いをもらし、窓の下に置いた大きなトランクを指差した。七つの鍵穴が一列に並んでいる。いったい何が入っているのかと考えていると、ムーディが問いかけてきて、ハリーは突然現実に引き戻された。

「すると……ドラゴンのことを知ってしまったのだな？」

ハリーは言葉に詰まった。これを恐れていた――しかし、ハリーはセドリックにも言わなかったし、ムーディにもけっして言わないつもりだ。ハグリッドが規則を破ったなどと言うものか。

「大丈夫だ」

ムーディは腰を下ろして、木製の義足を伸ばし、うめいた。

「カンニングは三校対抗試合の伝統で、昔からあった」
「僕、カンニングしてません」
ハリーはきっぱり言った。
「ただ――偶然知ってしまったんです」
ムーディはニヤリとした。
「お若いの、わしは責めているわけではない。はじめからダンブルドアに言ってある。ダンブルドアはあくまでも高潔にしていればよいが、あのカルカロフやマクシームは、けっしてそういうわけにはいくまいとな。連中は、自分たちが知るかぎりのすべてを、代表選手にもらすだろう。連中は勝ちたい。ダンブルドアを負かしたい。ダンブルドアも普通のヒトだと証明してみせたいのだ」
ムーディはまた乾いた笑い声を上げ、「魔法の目」がぐるぐる回った。あまりに速く回るので、ハリーは見ていて気分が悪くなってきた。
「それで……どうやってドラゴンを出し抜くか、何か考えはあるのか？」ムーディが聞いた。
「いえ」ハリーが答えた。
「フム。わしは教えんぞ」

ムーディがぶっきらぼうに言った。
「わしは、ひいきはせん。わしはな。おまえにいくつか、一般的なよいアドバイスをするだけだ。その第一は――**自分の強みを生かす試合をしろ**」
「僕、何にも強みなんてない」ハリーは思わず口走った。
「なんと」ムーディがうなった。
「おまえには強みがある。わしがあると言ったらある。考えろ。おまえが得意なのは何だ？」
ハリーは気持ちを集中させようとした。僕の得意なものは**何だっけ？** ああ、簡単じゃないか、まったく――。
「クィディッチ」ハリーはのろのろと答えた。「それがどんな役に立つって――」
「そのとおり」
ムーディはハリーをじっと見すえた。「魔法の目」がほとんど動かなかった。
「おまえは相当の飛び手だと、そう聞いた」
「うーん、でも……」ハリーも見つめ返した。
「箒は許可されていません。杖しか持てないし――」
「二番目の一般的なアドバイスは」

ムーディはハリーの言葉をさえぎり、大声で言った。
「効果的で簡単な呪文を使い、**自分に必要な物を手に入れる**」
ハリーはキョトンとしてムーディを見た。自分に必要な物って何だろう？
「さあさあ、いい子だ……」ムーディがささやいた。
「二つを結びつけろ……そんなに難しいことではない……」
ついに、ひらめいた。ハリーが得意なのは飛ぶことだ。ドラゴンを空中で出し抜く必要がある。それには、ファイアボルトが必要だ。そして、そのファイアボルトのために必要なのは——。
「ハーマイオニー」
十分後、第三温室に到着したハリーは、スプラウト先生のそばを通り過ぎるときに急いで謝り、ハーマイオニーに小声で呼びかけた。
「ハーマイオニー——助けてほしいんだ」
「ハリーったら、私、これまでだってそうしてきたでしょう？」
ハーマイオニーも小声で答えた。「ブルブル震える木」の剪定をしながら、潅木の上から顔をのぞかせたハーマイオニーは、心配そうに目を大きく見開いていた。
「ハーマイオニー、『呼び寄せ呪文』をあしたの午後までにちゃんと覚える必要があるんだ」

そして、二人は練習を始めた。昼食を抜いて、空いている教室に行き、ハリーは全力を振りしぼり、いろいろなものを教室のむこうから自分のほうへと飛ばせてみた。まだうまくいかなかった。本や羽根ペンが、部屋を飛ぶ途中で腰砕けになり、石が落ちるように床に落ちた。

「集中して、ハリー、集中して……」

「これでも集中してるんだ」

ハリーは腹が立った。

「なぜだか、頭の中に恐ろしい大ドラゴンがポンポン飛び出してくるんだ……よーし、もう一回……」

ハリーは「占い学」をサボって練習を続けたかったが、ハーマイオニーは「数占い」の授業を欠席することをきっぱり断った。ハーマイオニーなしで続けても意味がない。そこでハリーは、一時間以上、トレローニー先生の授業にたえなければならなかった。授業の半分は火星と土星の今現在の位置関係が持つ意味の説明に費やされた。七月生まれの者が、突然痛々しい死を迎える危険性がある位置だという。

「ああ、そりゃいいや」

とうとうかんしゃくを抑えきれなくなって、ハリーが大声で言った。
「長引かないほうがいいや。僕、苦しみたくないから」
ロンが一瞬噴き出しそうな顔をした。ここ何日ぶりかで、ロンはたしかにハリーの目を見た。しかし、ロンに対する怒りがまだ収まらないハリーは、それに反応する気にならなかった。それから授業が終わるまで、ハリーはテーブルの下で杖を使い、小さなものを呼び寄せる練習をした。ハエを一匹、自分の手の中に飛び込ませることに成功したが、自分の「呼び寄せ呪文」の威力なのかどうか自信がなかった——もしかしたら、ハエがばかだっただけなのかもしれない。
「占い学」のあと、ハリーは無理やり夕食を少しだけ飲み込み、先生たちに会わないように透明マントを使って、ハーマイオニーと一緒に空いた教室に戻った。
練習は真夜中すぎまで続いた。ピーブズが現れなかったら、もっと長くやれたかもしれない。ピーブズは、ハリーが物を投げつけてほしいのだと思ったというふりをして、部屋のむこうからハリーに椅子を投げつけはじめた。物音でフィルチがやってこないうちに、二人は急いで教室を出て、グリフィンドールの談話室に戻ってきた。ありがたいことに、そこにはもう誰もいなかった。
午前二時、ハリーは山のようにいろいろな物に囲まれ、暖炉のそばに立っていた——本、羽根ペン、逆さまになった椅子が数脚、古いゴブストーン・ゲーム一式、それにネビルのヒキガエル、トレバーもいた。最後の一時間で、ハリーはやっと「呼び寄せ呪文」のコツをつかんだ。

「よくなったわ、ハリー。ずいぶんよくなった」

ハーマイオニーはつかれきった顔で、しかしとてもうれしそうに言った。

「うん、これからは僕が呪文をうまく使えなかったときに、どうすればいいのかわかったよ」

ハリーはそう言いながらルーン文字の辞書をハーマイオニーに投げ返し、もう一度練習することにした。

「ドラゴンが来るって、僕を脅せばいいのさ。それじゃ、やるよ……」

ハリーはもう一度杖を上げた。

「アクシオ！　辞書よ来い！」

重たい辞書がハーマイオニーの手を離れて浮き上がり、部屋を横切ってハリーの手に収まった。

「ハリー、あなた、できたわよ。ほんと！」ハーマイオニーは大喜びだった。

「あしたうまくいけば、だけど」ハリーが言った。

「ファイアボルトはここにある物よりずっと遠いところにあるんだ。城の中に。僕は外で、競技場にいる……」

「関係ないわ」ハーマイオニーがきっぱり言った。

「ほんとに、ほんとうに集中すれば、ファイアボルトは飛んでくるわ。ハリー、私たち、少しは寝たほうがいい……あなた、睡眠が必要よ」

ハリーはその夜、「呼び寄せ呪文」を習得するのに全神経を集中していたので、言い知れない恐怖感も少しは忘れていた。翌朝にはそれがそっくり戻ってきた。学校中の空気が緊張と興奮で張りつめていた。授業は半日で終わり、生徒がドラゴンの囲い地に出かける準備の時間が与えられた——もちろん、みんなは、そこに何があるのかを知らなかった。

ハリーは周りのみんなから切り離されているような奇妙な感じがした。がんばれと応援していようが、すれちがいざま「ティッシュ一箱用意してあるぜ、ポッター」と憎まれ口をたたこうが、同じことだった。神経が極度にたかぶっていた。ドラゴンの前に引き出されたら、理性など吹き飛んで、誰かれ見境なく呪いをかけはじめるのではないかと思った。

時間もこれまでになくおかしな動き方をした。ボタッボタッと大きな塊になって時が飛び去り、ある瞬間には一時間目の「魔法史」で机の前に腰かけたかと思えば、次の瞬間は昼食に向かっていた……そして(いったい午前中はどこに行ったんだ？　ドラゴンなしの最後の時間はどこに？)、マクゴナガル先生が大広間にいるハリーのところへ急いでやってきた。大勢の生徒がハリーを見つめている。

「ポッター、代表選手は、すぐ競技場に行かないとなりません……第一の課題の準備をするのです」

「わかりました」

立ち上がると、ハリーのフォークがカチャリと皿に落ちた。

「がんばって！　ハリー！」ハーマイオニーがささやいた。

「きっと大丈夫！」

「うん」ハリーの声は、いつもの自分の声とまるでちがっていた。

ハリーはマクゴナガル先生と一緒に大広間を出た。先生もいつもの先生らしくない。事実、ハーマイオニーと同じくらい心配そうな顔をしていた。石段を下りて十一月の午後の寒さの中に出てきたとき、先生はハリーの肩に手を置いた。

「さあ、落ち着いて」先生が言った。

「冷静さを保ちなさい……手に負えなくなれば、事態を収める魔法使いたちが待機しています。……大切なのは、ベストを尽くすことです。そうすれば、誰もあなたのことを悪く思ったりはしません……大丈夫ですか？」
「はい」
ハリーは自分がそう言うのを聞いた。
「はい、大丈夫です」
マクゴナガル先生は、禁じられた森の縁を回り、ハリーをドラゴンのいる場所へと連れていった。しかし、囲い地の手前の木立に近づき、はっきり囲い地が見えるところまで来たとき、ハリーはそこにテントが張られているのに気づいた。テントの入口がこちら側を向いていて、ドラゴンはテントで隠されていた。
「ここに入って、ほかの代表選手たちと一緒にいなさい」
マクゴナガル先生の声がやや震えていた。
「そして、ポッター、あなたの番を待つのです。バグマン氏が中にいます……バグマン氏が説明します――手続きを……。がんばりなさい」
「ありがとうございます」
ハリーはどこか遠くで声がするような、抑揚のない言い方をした。先生はハリーをテントの入口に残して去った。ハリーは中に入った。

フラー・デラクールが片隅の低い木の椅子に座っていた。いつもの落ち着きはなく、青ざめて冷や汗をかいていた。ビクトール・クラムはいつもよりさらにむっつりしていた。これがクラムなりの不安の表し方なのだろうと、ハリーは思った。セドリックは往ったり来たりをくり返していた。ハリーが入っていくと、セドリックはちょっとほほ笑んだ。ハリーもほほ笑み返した。まるでほほ笑み方を忘れてしまったかのように、顔の筋肉がこわばっているのを感じた。

「ハリー！　よーし、よし！」

バグマンがハリーのほうを振り向いて、うれしそうに言った。

「さあ、入った、入った。楽にしたまえ！」

青ざめた代表選手たちの中に立っているバグマンは、なぜか、大げさな漫画のキャラクターのような姿に見えた。今日もまた、昔のチーム、ワスプスのユニフォームを着ていた。

「さて、もう全員集合したな――話して聞かせる時が来た！」

バグマンが陽気に言った。

「観衆が集まったら、私から諸君一人一人にこの袋を渡し」――バグマンは紫の絹でできた小さな袋を、みんなの前で振って見せた――「その中から、諸君はこれから直面するものの小さな模型を選び取る！　さまざまな――エー――ちがいがある。それから、何かもっと諸君に言うことがあったな……ああ、そうだ……諸君の課題は、**金の卵を取ることだ！**」

ハリーはちらりとみんなを見た。セドリックは一回うなずいて、バグマンの言ったことがわかったことを示した。それから、再びテントの中を往ったり来たりしはじめた。少し青ざめて見えた。フラー・デラクールとクラムは、まったく反応しなかった。口を開けば吐いてしまうと思ったのだろうか。たしかに、ハリーはそんな気分だった。しかし、少なくとも、ほかのみんなは、自分から名乗り出たんだ……。

それからすぐ、何百、何千もの足音がテントのそばを通り過ぎるのが聞こえた。足音の主たちは興奮して笑いさざめき、冗談を言い合っている……。ハリーはその群れが、自分とは人種がちがうかのような感じがした。そして――ハリーにはわずか一秒しかたっていないように感じられたが――バグマンが紫の絹の袋の口を開けた。

「レディ・ファーストだ」

バグマンは、フラー・デラクールに袋を差し出した。

フラーは震える手を袋に入れ、精巧なドラゴンのミニチュア模型を取り出した――ウェールズ・グリーン種だ。首の周りに「2」の数字をつけている。フラーがまったく驚いたそぶりもなく、かえって決然と受け入れた様子から、ハリーは、やっぱりマダム・マクシームが、これから起こることをすでにフラーに教えていたのだとわかった。
クラムについても同じだった。クラムは真っ赤な中国火の玉種を引き出した。首に「3」がついている。クラムは瞬き一つせず、ただ地面を見つめていた。
セドリックが袋に手を入れ、首に「1」の札をつけた、青みがかったグレーのスウェーデン・ショートースナウト種を取り出した。残りが何か知ってはいたが、ハリーは絹の袋に手を入れた。出てきたのは、ハンガリー・ホーンテール、「4」の番号だった。ハリーが見下ろすと、ミニチュアは両翼を広げ、ちっちゃな牙をむいた。
「さあ、これでよし！」バグマンが言った。
「諸君は、それぞれが出会うドラゴンを引き出した。番号はドラゴンと対決する順番だ。いいかな？　さて、私はまもなく行かなければならん。解説者なんでね。ディゴリー君、君が一番だ。ホイッスルが聞こえたら、まっすぐ囲い地に行きたまえ。いいね？　さてと……ハリー……ちょっと話があるんだが、いいかね？　外で？」
「えーと……はい」
ハリーは何も考えられなかった。立ち上がり、バグマンと一緒にテントの外に出た。バグマンはちょっと離れた木立へと誘い、父親のような表情を浮かべてハリーを見た。

「気分はどうだね、ハリー？　何か私にできることはないか？」
「えっ？　僕――いいえ、何も」
「作戦はあるのか？」
バグマンが、共犯者同士でもあるかのように声をひそめた。
「何なら、その、少しヒントをあげてもいいんだよ。いや、なに」
バグマンはさらに声をひそめた。
「ハリー、君は、不利な立場にある……何か私が役に立てば……」
「いいえ」
ハリーは即座に言ったが、それではあまりに失礼に聞こえると気づき、言いなおした。
「いいえ――僕、どうするか、もう決めています。ありがとうございます」
「ハリー、誰にもバレやしないよ」バグマンはウィンクした。
「いいえ、僕、大丈夫です」
言葉とはうらはらに、ハリーは、どうして僕はみんなに、「大丈夫だ」と言ってばかりいるんだろうといぶかった――こんなに「大丈夫じゃない」ことが、これまでにあっただろうか。
「作戦は練ってあります。僕――」

どこかでホイッスルが鳴った。

「こりゃ大変。急いで行かなきゃ」バグマンはあわててかけだした。

ハリーはテントに戻った。セドリックがこれまでよりも青ざめて中から出てきた。ハリーはすれちがいながら、がんばってと言いたかった。しかし、口をついて出てきたのは、言葉にならないかすれた音だった。

ハリーはフラーとクラムのいるテントに戻った。数秒後に大歓声が聞こえた。セドリックが囲い地に入り、あの模型の生きた本物版と向き合っているのだ……。

そこに座って、ただ聞いているだけなのは、ハリーが想像したよりずっとひどかった。セドリックがスウェーデン・ショートースナウトを出し抜こうと、いったい何をやっているのかはわからないが、観客は、まるで全員の頭が一つの体につながっているかのように、いっせいに悲鳴を上げ……叫び……息をのんでいた。クラムはまだ地面を見つめたままだ。今度はフラーがセドリックの足跡をたどるように、テントの中をぐるぐる歩き回っていた。バグマンの解説が、ますます不安感をあおった……聞いていると、ハリーの頭に恐ろしいイメージが浮かんでくる。

「おおおう、危なかった、危機一髪」……「これは危険な賭けに出ました。これは！」……「うまい動きです――残念、だめか！」

そして、かれこれ十五分もたったころ、ハリーは耳をつんざく大歓声を聞いた。まちがいなく、セドリックがドラゴンを出し抜いて、金の卵を取ったのだ。

「ほんとうによくやりました！」バグマンが叫んでいる。

「さて、審査員の点数です！」

しかし、バグマンは点数を大声で読み上げはしなかった。審査員が点数を掲げて、観衆に見せているのだろうと、ハリーは想像した。

「一人が終わって、あと三人！」ホイッスルがまた鳴り、バグマンが叫んだ。

「ミス・デラクール。どうぞ！」

フラーは頭のてっぺんからつま先まで震えていた。ハリーは今までよりフラーに対して親しみを感じながら、フラーが頭をしゃんと上げ、杖をしっかりつかんでテントから出ていくのを見送った。ハリーはクラムと二人取り残され、テントの両端で互いに目を合わせないように座っていた。

同じことが始まった……「おー、これはどうもよくない！」バグマンの興奮した陽気な叫び声が聞こえてきた。「おー……危うく！　さあ慎重に……ああ、なんと、今度こそやられてしまったかと思ったのですが！」

それから十分後、ハリーはまた観衆の拍手が爆発するのを聞いた。フラーも成功したにちがいない。フラーの点数が示されている間の、一瞬の静寂……また拍手……そして、三度目のホイッスル。

「そして、いよいよ登場。ミスター・クラム！」

バグマンが叫び、クラムが前かがみに出ていったあと、ハリーはほんとうにひとりぼっちになった。

ハリーはいつもより自分の体を意識していた。心臓の鼓動が速くなるのを、指が恐怖にピリピリするのを、ハリーははっきり意識した……しかし、同時に、ハリーは自分の体を抜け出したかのように、まるで遠く離れたところにいるかのように、テントの壁を目にし、観衆の声を耳にしていた……。

「なんと大胆な！」

バグマンが叫び、中国火の玉種がギャーッと恐ろしいうなりをあげるのを、ハリーは聞いた。観衆が、いっせいに息をのんだ。

「いい度胸を見せました――そして――やった。卵を取りました！」

拍手喝采が、張りつめた冬の空気を、ガラスを割るように粉々に砕いた。クラムが終わったのだ――今にも、ハリーの番が来る。

ハリーは立ち上がった。ぼんやりと、自分の足がマシュマロでできているかのような感じがした。ハリーは待った。そして、ホイッスルが聞こえた。ハリーはテントから出た。恐怖感が体の中でずんずん高まってくる。そして、今、木立を過ぎ、ハリーは囲い地の柵の切れ目から中に入った。

目の前のすべてが、まるで色鮮やかな夢のように見えた。何百何千という顔がスタンドからハリーを見下ろしている。前にハリーがここに立ったときにはなかったスタンドが、魔法で作り出されていた。そして、ホーンテールがいた。囲い地のむこう端に、一胎の卵をしっかり抱えて伏せている。両翼を半分開き、邪悪な黄色い目でハリーをにらみ、うろこに覆われた黒いトカゲのような怪物は、とげだらけの尾を地面に激しく打ちつけ、硬い地面に、幅一メートルもの溝をけずり込んでいた。観衆は大騒ぎしていた。それが友好的な騒ぎかどうかなど、ハリーは知りもしなければ気にもしなかった。今こそ、やるべきことをやるのだ……気持ちを集中させろ、全神経を完全に、たった一つの望みの綱に。

ハリーは杖を上げた。

「アクシオ！　ファイアボルト！」

ハリーが叫んだ。

ハリーは待った。神経の一本一本が、望み、祈った……もしうまくいかなかったら……もしファイアボルトが来なかったら……周りのものすべてが、蜃気楼のように、ゆらめく透明な壁を通して見えるような気がした。囲い地も何百という顔も、ハリーの周りで奇妙にゆらゆらしている……。

その時、ハリーは聞いた。背後の空気を貫いて疾走してくる音を。振り返ると、ファイアボルトが森の端からハリーのほうへ、ビュンビュン飛んでくるのが見えた。そして、囲い地に飛び込み、ハリーの脇でぴたりと止まり、宙に浮いたままハリーが乗るのを待った。観衆の騒音が一段と高まった……バグマンが何か叫んでいる……しかしハリーの耳はもはや正常に働いてはいなかった……聞くなんてことは重要じゃない……。

ハリーは片足をサッと上げて箒にまたがり、地面をけった。そして次の瞬間、奇跡とも思える何かが起こった……。

飛翔したとき、風が髪をなびかせたとき、ずっと下で観衆の顔が肌色の点になり、ホーンテールが犬ほどの大きさに縮んだとき、ハリーは気づいた。地面を離れただけでなく、恐怖からも離れたのだと……ハリーは自分の世界に戻ったのだ……。

クィディッチの試合と同じだ。それだけなんだ……またクィディッチの試合をしているだけなんだ。ホーンテールは醜悪な敵のチームじゃないか……。

ハリーは抱え込まれた卵を見下ろし、金の卵を見つけた。ほかのセメント色の卵にまじって光を放ち、ドラゴンの前脚の間に安全に収まっている。

「オーケー」ハリーは自分に声をかけた。「陽動作戦だ……行くぞ……」

ハリーは急降下した。ホーンテールの首がハリーを追った。ドラゴンの次の動きを読んでいたハリーは、それより一瞬早く上昇に転じた。そのまま突き進んでいたなら直撃されていたにちがいない場所めがけて火炎が噴射された……しかし、ハリーは気にもしなかった……ブラッジャーをさけるのとおんなじだ……。

「いやあ、たまげた。何たる飛びっぷりだ！」

バグマンが叫んだ。観衆は声をしぼり、息をのんだ。

「クラム君、見てるかね？」

ハリーは高く舞い上がり、弧を描いた。ホーンテールはまだハリーの動きを追っている。長い首を伸ばし、その上で頭がぐるぐる回っている——このまま続ければ、うまい具合に目を回すかもしれない——しかし、あまり長くは続けないほうがいい。さもないと、ホーンテールがまた火を吐くかもしれない――。

ハリーは、ホーンテールが口を開けたとたんに急降下した。しかし、今度は今ひとつツキがなかった――炎はかわしたが、かわりに尾が鞭のように飛んできて、ハリーをねらった。ハリーが左にそれて尾をかわしたとき、長いとげが一本、ハリーの肩をかすめ、ローブを引き裂いた――。

ハリーは傷がずきずきするのを感じ、観衆が叫んだりうめいたりするのを聞いた。しかし傷はそれほど深くなさそうだ。……今度はホーンテールの背後に回り込んだ。その時、これなら可能性がある、と、あることを思いついた……。

ホーンテールは飛び立とうとはしなかった。卵を守る気持ちのほうが強かったのだ。身をよじり、翼を閉じたり広げたりしながら、恐ろしげな黄色い目でハリーを見張り続けていたが、卵からあまり遠くに離れるのが心配なのだ……しかし、何とかしてホーンテールが離れるようにしなければ、ハリーは絶対に卵に近づけない……慎重に、徐々にやるのがコツだ……。

ハリーはあちらへひらり、こちらへひらり、ホーンテールがハリーを追い払おうとして炎を吐いたりすることがないように、一定の距離をとり、しかも、ハリーから目をそらさないように、充分に脅しをかけられる近さを保って飛んだ。ホーンテールは首をあちらへゆらり、こちらへゆらりと振り、縦長に切れ込んだ瞳でハリーをにらみ、牙をむいた……。

ハリーはより高く飛んだ。ホーンテールの首がハリーを追って伸びた。今や伸ばせるだけ伸ばし、首をゆらゆらさせている。蛇使いの前の蛇のように……。

ハリーはさらに一メートルほど高度を上げた。ホーンテールはいらいらとうなり声を上げた。ホーンテールにとって、ハリーはハエのようなものだ。バシッとたたき落としたいハエだ。しっぽがまたバシリと鞭のように動いた。が、ハリーは今や届かない高みにいる。……ホーンテールは炎を噴き上げた。ハリーがかわした……ホーンテールのあごがガッと開いた……。

「さあ来い」

ハリーは歯を食いしばった。じらすようにホーンテールの頭上をくねって飛んだ。

「ほーら、ほら、捕まえてみろ……立ち上がれ。そら……」

その時、ホーンテールが後脚で立った。ついに広げきった巨大な黒なめし革のような両翼は、小型飛行機ほどもある——ハリーは急降下した。ドラゴンが、ハリーがいったい何をしたのか、どこに消えたのかに気づく前に、ハリーは全速力で突っ込んだ。鉤爪のある前脚が離れ、無防備になった卵めがけて一直線に——ファイアボルトから両手を離した——ハリーは金の卵をつかんだ——。

猛烈なスパートをかけ、ハリーはその場を離れた。スタンドのはるか上空へ、ずしりと重たい卵を、けがしなかったほうの腕にしっかり抱え、ハリーは空高く舞い上がった。まるで誰かがボリュームを元に戻したかのように――初めて、ハリーは大観衆の騒音をたしかにとらえた。観衆が声をかぎりに叫び、拍手喝采している。ワールドカップのアイルランドのサポーターのように――。

「やった！」バグマンが叫んでいる。

「やりました！　最年少の代表選手が、最短時間で卵を取りました。これでポッター君の優勝の確率が高くなるでしょう！」

ドラゴン使いが、ホーンテールを静めるのに急いでかけ寄るのが見えた。そして囲い地の入口に、急ぎ足でハリーを迎えにくるマクゴナガル先生、ムーディ先生、ハグリッドの姿が見えた。みんながハリーに向かって、こっちへ来いと手招きしている。遠くからでもはっきりとみんなの笑顔が見えた。鼓膜が痛いほどの大歓声の中、ハリーはスタンドへと飛び戻り、鮮やかに着地した。何週間ぶりかの爽快さ……最初の課題をクリアした。僕は生き残った……。

「すばらしかったです。ポッター！」

ファイアボルトを降りたハリーに、マクゴナガル先生が叫んだ――マクゴナガル先生としては、最高級のほめ言葉だ。ハリーの肩を指差したマクゴナガル先生の手が震えているのに、ハリーは気がついた。

「審査員が点数を発表する前に、マダム・ポンフリーに見てもらう必要があります……さあ、あちらへ。もうディゴリーも手当てを受けています……」

「やっつけたな、ハリー！」ハグリッドの声がかすれていた。

「おまえはやっつけたんだ！　しかも、あのホーンテールを相手にだぞ。チャーリーが言ったろうが。あいつが一番ひどい――」

「ありがとう。ハグリッド」

ハリーは声を張り上げた。ハグリッドがハリーに前もってドラゴンを見せたなど、うっかりバラさないようにだ。

ムーディ先生もとてもうれしそうだった。「魔法の目」が、眼窩の中で踊っていた。

「簡単でうまい作戦だ、ポッター」うなるようにムーディが言った。

「よろしい。それではポッター、救急テントに、早く……」マクゴナガル先生が言った。

まだハァハァ息をはずませながら、囲い地から出たハリーは、二番目のテントの入口で心配そうに立っているマダム・ポンフリーの姿を見た。

「ドラゴンなんて！」

ハリーをテントに引き入れながら、マダム・ポンフリーが苦りきったように言った。テントは小部屋に分かれていて、キャンバス地を通して、セドリックだとわかる影が見えた。セドリックのけがはたいしたことはなさそうだった。少なくとも、上半身を起こしていた。マダム・ポンフリーはハリーの肩を診察しながら、怒ったようにしゃべり続けた。

「去年は吸魂鬼、今年はドラゴン、次は何を学校に持ち込むことやら？　あなたは運がよかったわ……傷は浅いほうです。……でも、治す前に消毒が必要だわ……」

マダム・ポンフリーは、傷口を何やら紫色の液体で消毒した。煙が出て、ピリピリしみた。マダム・ポンフリーが杖でハリーの肩を軽くたたくと、ハリーは、傷がたちまち癒えるのを感じた。

「さあ、しばらくじっと座っていなさい――**お座りなさい！**　そのあとで点数を見にいってよろしい」

マダム・ポンフリーはあわただしくテントを出ていったが、隣の部屋に行って話をするのが聞こえてきた。

「気分はどう？　ディゴリー？」

ハリーはじっと座っていたくなかった。まだアドレナリンではちきれそうだった。立ち上がり、外で何が起こっているのか見ようとしたが、テントの出口にもたどり着かないうちに、誰か二人が飛び込んできた――ハーマイオニーと、すぐ後ろにロンだった。

「ハリー、あなた、すばらしかったわ！」

ハーマイオニーが上ずった声で言った。顔に爪の跡がついている。恐怖でギュッと爪を立てていたのだろう。

「あなたって、すごいわ！　あなたって、ほんとうに！」

しかし、ハリーはロンを見ていた。真っ青な顔で、まるで幽霊のようにハリーを見つめている。

「ハリー」ロンが深刻な口調で言った。

「君の名前をゴブレットに入れたやつが誰だったにしろ――僕――僕、やつらが君を殺そうとしてるんだと思う」

この数週間が、溶け去ったかのようだった――まるで、ハリーが代表選手になったその直後にロンに会っているような気がした。

「気がついたってわけかい？」ハリーは冷たく言った。

「ずいぶん長いことかかったな」

ハーマイオニーが心配そうに二人の間に立って、二人の顔を交互に見ていた。ロンがあいまいに口を開きかけた。ハリーにはロンが謝ろうとしているのがわかった。突然、ハリーは、そんな言葉を聞く必要がないのだと気づいた。

「いいんだ」ロンが何も言わないうちにハリーが言った。

「気にするな」

「いや」ロンが言った。「僕、もっと早く――」

「気にするなって」ハリーが言った。

ロンがおずおずとハリーに笑いかけた。ハリーも笑い返した。

ハーマイオニーがワッと泣きだした。

「何も泣くことはないじゃないか！」ハリーはおろおろした。

「二人とも、ほんとに大バカなんだから！」

ハーマイオニーは地団駄を踏みながら、ボロボロ涙を流し、叫ぶように言った。それから、二人が止める間もなく、ハーマイオニーは二人を抱きしめ、今度はワンワン泣き声を上げて走り去ってしまった。

「狂ってるよな」

ロンがやれやれと頭を振った。

「ハリー、行こう。君の点数が出るはずだ……」

金の卵とファイアボルトを持ち、一時間前にはとうてい考えられなかったほど意気揚々とした気分で、ハリーはテントをくぐり、外に出た。ロンがすぐ横で早口にまくし立てた。

「君が最高だったさ。誰もかなわない。セドリックはへんてこなことをやったんだ。グラウンドにあった岩を変身させた……犬に……ドラゴンが自分のかわりに犬を追いかけるようにしようとした。うん、変身としてはなかなかかっこよかったし、うまくいったとも言えるな。だって、セドリックは卵を取ったからね。でも火傷しちゃった——ドラゴンが途中で気が変わって、ラブラドールよりセドリックのほうを捕まえようって思ったんだな。セドリックはかろうじて逃れたけど。それから、あのフラーって子は、魅惑呪文みたいなのをかけた。恍惚状態にしようとしたんだろうな——うん、それもまあ、うまくいった。ドラゴンがすっかり眠くなって。だけど、いびきをかいたら、鼻から炎が噴き出して、スカートに火がついてさ——フラーは杖から水を出して消したんだ。それから、クラム——君、信じられないと思うよ。クラムったら、飛ぶことを考えもしなかった！　だけど、クラムが君の次によかったかもしれない。何だか知らないけど呪文をかけて、目を直撃したんだ。ただ、ドラゴンが苦しんでのたうち回ったんで、本物の卵の半数はつぶれっちまった——審査員はそれで減点したんだ。卵にダメージを与えちゃいけなかったんだよ」

二人が囲い地の端までやってきたとき、ロンはやっと息をついた。ホーンテールはもう連れ去られていたので、ハリーは五人の審査員が座っているのを見ることができた――囲い地のむこう正面に設けられた、金色のドレープがかかった一段と高い席に座っている。

「十点満点で各審査員が採点するんだ」

ロンが言った。ハリーが目を凝らしてグラウンドのむこうを見ると、最初の審査員――マダム・マクシーム――が杖を宙に上げていた。長い、銀色のリボンのようなものが杖先から噴き出し、ねじれて大きな8の字を描いた。

「よし、悪くないぜ！」

ロンが言った。観衆が拍手している。

「君の肩のことで減点したんだと思うな……」

クラウチ氏の番だ。「9」の数字を高く上げた。

「いけるぞ！」

ハリーの背中をバシンとたたいて、ロンが叫んだ。

次は、ダンブルドアだ。やはり「9」を上げた。観衆がいっそう大きく歓声を上げた。

ルード・バグマン――「10」。
「十点？」ハリーは信じられない気持ちだった。
「だって……僕、けがしたし……何の冗談だろう？」
「文句言うなよ、ハリー」ロンが興奮して叫んだ。
そして、今度は、カルカロフが杖を上げた。一瞬間を置いて、やがて杖から数字が飛び出した――。
「4」
「何だって？」ロンが怒ってわめいた。
「四点？　ひきょう者、えこひいきのクソッタレ。クラムには十点やったくせに！」
ハリーは気にしなかった。たとえカルカロフが零点しかくれなくても気にしなかったろう。ロンがハリーのかわりに憤慨してくれたことのほうが、ハリーにとっては百点の価値があった。もちろんハリーはロンにそうは言わなかったが、囲い地を去るときのハリーの気分は、空気よりも軽やかだった。それに、ロンだけではなかった……観衆の声援もグリフィンドールからだけではなかった。その場に臨んで、ハリーが立ち向かったものが何なのかを見たとき、全校生の大部分が、セドリックばかりでなく、ハリーの味方にもなった……スリザリンなんかどうでもよかった。

ハリーはもう、スリザリン生に何と言われようががまんできる。
「ハリー、同点で一位だ！　君とクラムだ！」
学校に戻りかけたとき、チャーリー・ウィーズリーが急いでやってきて言った。
「おい、僕、急いで行かなくちゃ。行って、おふくろにふくろうを送るんだ。結果を知らせるって約束したからな――しかし、信じられないよ！――あ、そうだ――君に伝えてくれって言われたんだけど、もうちょっと残っていてくれってさ……バグマンが、代表選手のテントで、話があるんだそうだ」
ロンが待っていると言ったので、ハリーは再びテントに入った。テントが、今はまったくちがった物に見えた。親しみがこもり、歓迎しているようだ。ハリーは、ホーンテールをかいくぐっていたときの気持ちを思い浮かべ、対決に出ていくまでの、長い待ち時間の気持ちと比べてみた。……比べるまでもない。待っていたときのほうが、計り知れないほどひどい気持ちだった。
フラー、セドリック、クラムが一緒に入ってきた。
セドリックの顔の半分を、オレンジ色の軟膏がべったりと覆っていた。それが火傷を治しているのだろう。セドリックはハリーを見てニッコリした。
「よくやったな、ハリー」

「君も」ハリーもニッコリ笑い返した。
「全員、よくやった！」
ルード・バグマンがはずむ足取りでテントに入ってきた。まるで自分がたった今ドラゴンを出し抜いたかのようにうれしそうだ。
「さて、手短に話そう。第二の課題まで、充分に長い休みがある。第二の課題は、二月二十四日の午前九時半に開始される――しかし、それまでの間、諸君に考える材料を与える！　諸君が持っている金の卵を見てもらうと、開くようになっているのがわかると思う……蝶番が見えるかな？　その卵の中にあるヒントを解くんだ――それが第二の課題が何かを教えてくれるし、諸君に準備ができるようにしてくれる！　わかったかな？　大丈夫か？　では、解散！」
ハリーはテントを出て、ロンと一緒に、禁じられた森の端に沿って帰り道をたどった。二人は夢中で話した。ハリーはほかの選手がどうやったか、もっとくわしく聞きたかった。ハリーが最初にドラゴンが吼えるのを隠れて聞いたその木立を回りこんだとき、木陰から魔女が一人飛び出した。
リータ・スキーターだった。今日は派手な黄緑色のローブを着ていて、手に持った自動速記羽根ペンが、ローブの色に完全に隠されていた。

「おめでとう、ハリー！」
リータはハリーに向かってニッコリした。
「一言いただけないかな？　ドラゴンに向かったときの感想は？　点数の公平性について、今現在、どういう気持ち？」
「ああ、一言あげるよ」
ハリーは邪険に言った。
「バイバイ」
そして、ハリーは、ロンと連れ立って城への道を歩いた。

第21章　屋敷しもべ妖精解放戦線

ハリー、ロン、ハーマイオニーはその晩、ピッグウィジョンを探しにふくろう小屋に行った。シリウスに手紙を送り、ハリーが、対決したドラゴンを無傷で出し抜いたことを知らせるためだった。道々ハリーは、久しぶりで話すロンに、シリウスがカルカロフについて言ったことを一部始終話して聞かせた。カルカロフが死喰い人だったと聞かされて、最初はショックを受けたロンも、ふくろう小屋に着いたときには、はじめからそれを疑ってかかるべきだったと言うようになっていた。

「つじつまが合うじゃないか？」ロンが言った。

「マルフォイが汽車の中で言ってたこと、覚えてるか？　あいつの父親がカルカロフと友達だって。あいつらがどこで知り合ったか、これでもうわかったぞ。ワールドカップじゃ、きっと二人一緒に、仮面をかぶって暗躍してたんだ……。これだけは言えるぞ、ハリー。もしカルカロフがゴブレットに君の名前を入れたんだったら、きっと今ごろ、ばかを見たと思ってるさ。うまくいかなかった。だろ？　君はかすり傷だけだった！　どいて――僕が捕まえるよ――」
ピッグウィジョンは、手紙を運ばせてもらえそうなので大興奮し、ホッホッとひっきりなしに鳴きながら、ハリーの頭上をぐるぐる飛び回っていた。ロンがピッグウィジョンをヒョイと空中でつかみ、ハリーが手紙を脚にくくりつける間、動かないように押さえていた。
「ほかの課題は、絶対あんなに危険じゃないよ。だって、ありえないだろ？」
ピッグウィジョンを窓際に運びながらロンがしゃべり続けた。
「あのさあ、僕、この試合で君が優勝できると思う。ハリー、僕、マジでそう思う」
ロンが、この数週間の態度の埋め合わせをするためにそう言っているだけだと、ハリーにはわかっていた。それでもうれしかった。しかし、ハーマイオニーは、ふくろう小屋の壁に寄りかかり、腕組みをして、しかめっ面でロンを見た。
「この試合が終わるまで、ハリーにとってまだ先は長いのよ」
ハーマイオニーは真剣だ。
「あれが第一の課題なら、次は何がくるやら、考えるのもいや」
「君って、太陽のように明るい人だね」ロンが言った。
「君とトレローニー先生と、いい勝負だよ」

ロンは窓からピッグウィジョンを放した。ピッグウィジョンはとたんに四、五メートル墜落して、それからやっと何とか舞い上がった。脚にくくりつけられた手紙は、いつもよりずっと長い、重い手紙だった――ハリーは、シリウスにくわしく話したいという気持ちを抑えきれなかった。ホーンテールをどんなふうにさけ、回り込み、かわしたのか、一撃一撃をくわしく書きたかったのだ。

三人はピッグウィジョンが闇に消えていくのを見送った。それから、ロンが言った。

「さあ、ハリー、下に行って、君のびっくりパーティに出なきゃ――フレッドとジョージが、今ごろはもう厨房から食べ物をどっさりくすねてきてるはずだ」

まさに、そのとおりだった。グリフィンドールの談話室に入ると、歓声と叫び声が再び爆発した。山のようなケーキ、大瓶入りのかぼちゃジュースやバタービールが、どこもかしこもびっしりだった。リー・ジョーダンが「ドクター・フィリバスターのヒヤヒヤ花火」を破裂させたあとだったので、周り中に星や火花が散っていた。絵の上手なディーン・トーマスが、見事な新しい旗を何枚か作っていたが、そのほとんどが、ファイアボルトでホーンテールの頭上をブンブン飛び回るハリーを描いていた。ほんの二、三枚だけが、頭に火がついたセドリックの絵だった。

ハリーは食べ物を取った。まともな空腹感がどんなものか、その時までほとんど忘れていた。

ハリーはロンやハーマイオニーと一緒に座った。信じられないくらい幸せだった。ロンが自分の味方に戻ってきてくれた。第一の課題をクリアしたし、第二の課題までは、まだ三か月もある。

「おっどろき。これ、重いや」

リー・ジョーダンが、ハリーがテーブルに置いておいた金の卵を持ち上げ、手で重みを量りながら言った。

「開けてみろよ、ハリー、さあ！　中に何があるか見ようぜ！」

「ハリーは自分一人でヒントを見つけることになってるのよ」

すかさずハーマイオニーが言った。

「試合のルールで決まっているとおり……」

「ドラゴンを出し抜く方法も、自分一人で見つけることになってたんだけど」

ハリーが、ハーマイオニーにだけ聞こえるようにつぶやくと、ハーマイオニーはバツが悪そうに笑った。

「そうだ、そうだ。ハリー、開けろよ！」何人かが同調した。

リーがハリーに卵を渡し、ハリーは卵の周りにぐるりとついている溝に爪を立ててこじ開けた。からっぽだ。きれいさっぱりからっぽだった――しかし、ハリーが開けたとたん、世にも恐ろしい、大きなキーキー声のむせび泣きのような音が、部屋中に響き渡った。ハリーが聞いたことがある音の中でこれに一番近いのは、「ほとんど首無しニック」の「絶命日パーティ」でのゴースト・オーケストラの演奏で、奏者全員がのこぎりを弾いていたときの音だ。

「だまらせろ！」フレッドが両手で耳を覆って叫んだ。

「今のは何だ？」

ハリーがバチンと閉めた卵をまじまじと見つめながら、シェーマス・フィネガンが言った。

「バンシー妖怪の声みたいだったな……もしかしたら、次にやっつけなきゃいけないのはそれだぞ、ハリー！」

「誰かが拷問を受けてた！」

ネビルはソーセージ・ロールをバラバラと床に落として、真っ青になっていた。

「君は『磔の呪文』と戦わなくちゃならないんだ！」

「バカ言うなよ、ネビル。あれは違法だぜ」ジョージが言った。

「代表選手に『磔の呪文』をかけたりするもんか。俺が思うに、ありゃ、パーシーの歌声にちょっと似てたな……もしかしたら、やつがシャワーを浴びてるときに襲わないといけないのかもしれないぜ、ハリー」

「ハーマイオニー、ジャム・タルト、食べるかい？」フレッドが勧めた。
ハーマイオニーはフレッドが差し出した皿を疑わしげに見た。フレッドがニヤッと笑った。
「大丈夫。こっちには何にもしてないよ。クリームサンド・ビスケットのほうはご用心さ――」
ちょうどビスケットにかぶりついたネビルが、むせて吐き出した。
フレッドが笑いだした。
「ほんの冗談さ、ネビル……」
ハーマイオニーがジャム・タルトを取った。
「これ、全部厨房から持ってきたの？　フレッド？」ハーマイオニーが聞いた。
「ウン」フレッドがハーマイオニーを見て、ニヤッと笑った。
「旦那さま、何でも差し上げます。何でもどうぞ！」
屋敷しもべのかん高いキーキー声で、フレッドが言った。
「連中はほんとうに役に立つ……俺がちょっと腹が空いてるって言ったら、雄牛の丸焼きだって持ってくるぜ」
「どうやってそこに入るの？」
ハーマイオニーはさりげない、何の下心もなさそうな声で聞いた。

「簡単さ」フレッドが答えた。
「果物が盛ってある器の絵の裏に、隠し戸がある。梨をくすぐればいいのさ。するとクスクス笑う。そこで――」
フレッドは口を閉じて、疑うようにハーマイオニーを見た。
「なんで聞くんだ？」
「別に」ハーマイオニーが口早に答えた。
「屋敷しもべを率いてストライキをやらかそうっていうのかい？」ジョージが言った。
「ビラまきとか何とかあきらめて、連中をたきつけて反乱か？」
何人かがおもしろそうに笑ったが、ハーマイオニーは何も言わなかった。
「連中をそっとしておけ。服や給料をもらうべきだなんて、連中に言うんじゃないぞ！」
フレッドが忠告した。
「料理に集中できなくなっちまうからな！」
ちょうどその時、ネビルが大きなカナリアに変身してしまい、みんなの注意がそれた。
「あ――ネビル、ごめん！」
みんながゲラゲラ笑う中で、フレッドが叫んだ。

「忘れてた――俺たち、やっぱりクリームサンドに呪いをかけてたんだ――」
一分もたたないうちに、ネビルの羽が抜けはじめ、全部抜け落ちると、いつもとまったく変わらない姿のネビルが再び現れた。ネビル自身もみんなと一緒に笑った。
「カナリア・クリーム！」
興奮しやすくなっている生徒たちに向かって、フレッドが声を張り上げた。
「ジョージと僕とで発明したんだ――一個七シックル。お買い得だよ！」
ハリーがやっと寝室に戻ったのは、夜中の一時近くだった。ロン、ネビル、シェーマス、ディーンと一緒だった。四本柱のベッドのカーテンを引く前に、ハリーはベッド脇の小机にハンガリー・ホーンテールのミニチュアを置いた。するとミニチュアはあくびをし、体を丸めて目を閉じた。ほんとだ――ベッドのカーテンを閉めながら、ハリーは思った――ハグリッドの言うとおりだ……悪くないよ、ドラゴンって……。

十二月が、風とみぞれを連れてホグワーツにやってきた。冬になると、ホグワーツ城はたしかにすきま風だらけだったが、湖に浮かぶダームストラングの船のそばを通るたびに、ハリーは城の暖炉に燃える火や、厚い壁をありがたく思った。船は強い風に揺れ、黒い帆が暗い空にうねっていた。

ボーバトンの馬車もずいぶん寒いだろうと、ハリーは思った。ハグリッドがマダム・マクシームの馬たちに、好物のシングルモルト・ウィスキーをたっぷり飲ませていることにも、ハリーは気づいていた。放牧場の隅に置かれた桶から漂ってくる酒気だけで、「魔法生物飼育学」のクラス全員が酔っ払いそうだった。これには弱った。何しろ、恐ろしいスクリュートの世話を続けていたので、気をたしかに持たなければならなかったのだ。

「こいつらが冬眠するかどうかわからねえ」

吹きっさらしのかぼちゃ畑での授業で、震えている生徒たちにハグリッドが言った。

「ひと眠りしてえかどうか、ちいと試してみようかと思ってな……この箱にこいつらをちょっくら寝かせてみて……」

スクリュートはあと十匹しか残っていない。どうやら、連中の殺し合い願望は、運動させても収まらないようだった。今やそれぞれが二メートル近くに育っている。灰色のぶ厚い甲殻、強力で動きの速い肢、火を噴射する尾、とげと吸盤など、全部あいまって、スクリュートはハリーがこれまで見た中で、一番気持ちの悪いものだった。クラス全員が、ハグリッドの持ってきた巨大な箱を見てしょげ込んだ。箱には枕が置かれ、ふわふわの毛布が敷きつめられていた。

「あいつらをここに連れてこいや」ハグリッドが言った。
「そんでもって、ふたをして様子を見るんだ」
しかし、スクリュートは冬眠しないということが、結果的にはっきりした。枕を敷きつめた箱に押し込められ、くぎづけにされたこともお気に召さなかった。まもなくハグリッドが叫んだ。
「落ち着け、みんな、落ち着くんだ！」
スクリュートはかぼちゃ畑で暴れ回り、畑にはバラバラになった箱の残がいが煙を上げて散らばっていた。生徒のほとんどが――マルフォイ、クラッブ、ゴイルを先頭に――ハグリッドの小屋に裏木戸から逃げ込み、バリケードを築いて立てこもっていた。しかし、ハリー、ロン、ハーマイオニーをはじめ何人かは、残ってハグリッドを助けようとした。力を合わせ、何とかみんなで九匹までは取り押さえてお縄にした。おかげで火傷や切り傷だらけになった。残るは一匹だけ。
「脅かすんじゃねえぞ、ええか！」
ハグリッドが叫んだ。その時ロンとハリーは、二人に向かってくるスクリュートに、杖を使って火花を噴射したところだった。背中のとげが弓なりに反り、ビリビリ震え、スクリュートは脅すように二人に迫ってきた。
「とげんところに縄をかけろ。そいつがほかのスクリュートを傷つけねえように！」

「ああ、ごもっともなお言葉だ！」
ロンが怒ったように叫んだ。ロンとハリーは、スクリュートを火花で遠ざけながら、ハグリッドの小屋の壁まであとずさりしていた。
「おーや、おや、おや……これはとってもおもしろそうざんすね」
リータ・スキーターがハグリッドの庭の柵に寄りかかり、騒ぎを眺めていた。今日は、紫の毛皮のえりがついた、赤紫色の厚いマントを着込み、ワニ革のバッグを腕にかけていた。
ハグリッドが、ハリーとロンを追いつめたスクリュートに飛びかかり、上からねじ伏せた。しっぽから噴射された火で、その付近のかぼちゃの葉や茎がしなびてしまった。
「あんた、誰だね？」
スクリュートのとげの周りに輪にした縄をかけ、きつくしめながら、ハグリッドが聞いた。
「リータ・スキーター。『日刊予言者新聞』の記者ざんすわ」
リータはハグリッドにニッコリしながら答えた。金歯がキラリと光った。
「ダンブルドアが、あんたはもう校内に入ってはならねえと言いなすったはずだが？」
少しひしゃげたスクリュートから降りながら、ハグリッドはちょっと顔をしかめ、スクリュートを仲間のところへ引いていった。

リータはハグリッドの言ったことが聞こえなかったかのように振る舞った。
「この魅力的な生き物は何て言うざんすの？」ますますニッコリしながらリータが聞いた。
『尻尾爆発スクリュート』だ」ハグリッドがぶすっとして答えた。
「あらそう？」
どうやら興味津々のリータが言った。
「こんなの見たことないざんすわ……どこから来たのかしら？」
ハリーはハグリッドの黒いもじゃもじゃひげの奥でじわっと顔が赤くなったのに気づき、ドキリとした。ハグリッドはいったいどこからスクリュートを手に入れたのだろう？
どうやらハリーと同じことを考えていたらしいハーマイオニーが、急いで口を挟んだ。
「ほんとにおもしろい生き物よね？　ね、ハリー？」
「え？　あ、うん……痛っ……おもしろいね」
ハーマイオニーに足を踏まれながら、ハリーが答えた。
「まっ、ハリー、君、ここにいたの！」
リータ・スキーターが振り返って言った。
「それじゃ、『魔法生物飼育学』が好きなの？　お気に入りの科目の一つかな？」

「はい」
ハリーはしっかり答えた。ハグリッドがハリーにニッコリした。
「すてきざんすわ」リータが言った。
「ほんと、すてきざんすわ。長く教えてるの？」こんどはハグリッドに尋ねた。
リータの目が次から次へと移っていくのにハリーは気づいた。ディーン（ほおにかなりの切り傷があった）、ラベンダー（ローブがひどく焼け焦げていた）、シェーマス（火傷した数本の指をかばっていた）、それから小屋の窓へ――そこには、クラスの大多数の生徒が、窓ガラスに鼻を押しつけて、外はもう安全かとうかがっていた。
「まだ今年で二年目だ」ハグリッドが答えた。
「すてきざんすわ……インタビューさせていただけないざんす？　あなたの魔法生物のご経験を、少し話してもらえない？　『予言者』では、毎週水曜に動物学のコラムがありましてね。ご存じざんしょ。特集が組めるわ。この――えーと――尻尾バンバンスクートの」
「『尻尾爆発スクリュート』だ」ハグリッドが熱を込めて言った。
「あー――ウン。かまわねえ」
ハリーは、これはまずいと思った。しかし、リータに気づかれないようにハグリッドに知らせる方法がなかった。ハグリッドとリータ・スキーターが、今週中のいつか別の日に、「三本の箒」で、じっくりインタビューをすると約束するのを、ハリーはだまって見ているほかなかった。その時、城からの鐘が聞こえ、授業の終わりを告げた。

「じゃあね、さよなら、ハリー！」

ロン、ハーマイオニーと一緒に帰りかけたハリーに、リータ・スキーターが陽気に声をかけた。

「じゃ、金曜の夜に。ハグリッド！」

「あの人、ハグリッドの言うこと、みんなねじ曲げるよ」ハリーが声をひそめて言った。

「スクリュートを不法輸入とかしていなければいいんだけど」ハーマイオニーも深刻な声だった。

二人は顔を見合わせた――それこそ、ハグリッドがまさにやりそうなことだった。

「ハグリッドは今までも山ほど面倒を起こしたけど、ダンブルドアは絶対クビにしなかったよ」

ロンがなぐさめるように言った。

「最悪の場合、ハグリッドはスクリュートを始末しなきゃならないだけだろ。あ、失礼……僕、最悪って言った？　最善のまちがい」

ハリーもハーマイオニーも笑った。そして、少し元気が出て、昼食に向かった。

その午後、ハリーは「占い学」の二時限続きの授業を充分楽しんだ。中身は相変わらず星座表や予言だったが、ロンとの友情が元に戻ったので、何もかもがまたおもしろくなった。ハリーとロンが、自らの恐ろしい死を予測したことでとても機嫌のよかったトレローニー先生は、冥王星が日常生活を乱すさまざまな例を説明している間、二人がクスクス笑っていたことでたちまちいらいらしだした。

「あたくし、こう思いますのよ」

神秘的なささやくような声を出しても、トレローニー先生の機嫌の悪さは隠せなかった。

「あたくしたちの中の誰かが」――先生はさも意味ありげな目でハリーを見つめた――「あたくしが昨夜、水晶玉で見たものを、ご自分の目でごらんになれば、それほど不真面目ではいられないかもしれませんわ。あたくし、ここに座って、レース編みに没頭しておりましたとき、水晶玉に聞かなければという思いにかられまして立ち上がりましたの。玉の前に座り、水晶の底の底をのぞきましたら……あたくしを見つめ返していたものは何だったとお思い？」

「でっかいめがねをかけた醜い年寄りのコウモリ？」ロンが息を殺してつぶやいた。

ハリーはまじめな顔を崩さないよう必死でこらえた。

「死ですのよ」

パーバティとラベンダーが、二人ともゾクッとしたように、両手でパッと口を押さえた。
「そうなのです」
トレローニー先生がもったいぶってうなずいた。
「それはやってくる。ますます身近に、それはハゲタカのごとく輪を描き、だんだん低く……城の上に、ますます低く……」
トレローニー先生はしっかりハリーを見すえた。ハリーはあからさまに大きなあくびをした。
「もう八十回も同じことを言ってなけりゃ、少しはパンチが効いたかもしれないけど」
トレローニー先生の部屋から下りる階段で、やっと新鮮な空気を取り戻したとき、ハリーが言った。
「だけど、僕が死ぬって先生が言うたびに、いちいち死んでたら、僕は医学上の奇跡になっちゃうよ」
「超濃縮ゴーストってとこかな」
ロンもおもしろそうに笑った。ちょうど「血みどろ男爵」が不吉な目をぎょろぎょろさせながら二人とすれちがうところだった。

「宿題が出なかっただけよかったよ。ベクトル先生がハーマイオニーに、どっさり宿題を出してるといいな。あいつが宿題やってるとき、こっちがやることがないってのがいいねえ……」

しかし、ハーマイオニーは夕食の席にいなかった。そのあと二人で図書館に探しにいったが、やっぱりいなかった。ビクトール・クラムしかいなかった。ロンは、しばらく書棚の陰をうろうろしながらクラムを眺め、サインを頼むべきかどうかハリーに小声で相談していた――しかしその時、六、七人の女子学生が隣の書棚の陰にひそんで、まったく同じことを相談しているのに気づき、ロンはやる気をなくした。

「あいつ、どこ行っちゃったのかなあ？」

二人でグリフィンドール塔に戻りながら、ロンが言った。

「さあな……太わごと」

ところが、「太った婦人」が開くか開かないうちに、二人の背後にバタバタと走ってくる音が聞こえた。ハーマイオニーのご到着だ。

「ハリー！」

ハリーの脇で急停止し、息を切らしながらハーマイオニーが呼びかけた（「太った婦人」が眉を吊り上げてハーマイオニーを見下ろした）。

「ハリー、一緒に来て――来なきゃダメ。とってもすごいことが起こったんだから――お願い――」

ハーマイオニーはハリーの腕をつかみ、廊下のほうに引き戻そうとした。

「いったいどうしたの？」ハリーが聞いた。

「着いてから見せてあげるから――ああ、早く来て――」

ハリーはロンのほうを振り返った。ロンもいったい何だろうという顔でハリーを見た。

「オッケー」

ハリーはハーマイオニーと一緒に廊下を戻りはじめ、ロンが急いであとを追った。

「いいのよ、気にしなくて！」

「太った婦人」が後ろからいらいらと声をかけた。

「私に面倒をかけたことを、謝らなくてもいいですとも！　私はみなさんが帰ってくるまで、ここにこうしてパックリ開いたまま引っかかっていればいいというわけね？」

「そうだよ、ありがと」ロンが振り向きざま答えた。

ハーマイオニーは七階から一階まで二人を引っ張っていった。

「ハーマイオニー、どこに行くんだい？」

玄関ホールに続く大理石の階段を下りはじめたとき、ハリーが聞いた。
「今にわかるわ。もうすぐよ！」ハーマイオニーは興奮していた。
階段を下りきったところで、左に折れるとドアが見えた。「炎のゴブレット」がセドリックとハリーの名前を吐き出したあの夜、セドリックが通っていったあのドアだ。ハーマイオニーは急いでドアに向かった。ハリーは今までここを通ったことがなかった。二人がハーマイオニーのあとについて石段を下りると、そこは、スネイプの地下牢に続く陰気な地下通路とはちがって、明々と松明に照らされた広い石の廊下だった。主に食べ物を描いた、楽しげな絵が飾ってある。
「あっ、待てよ……」
廊下の中ほどまで来たとき、ハリーが何か考えながら言った。
「ちょっと待って、ハーマイオニー……」
「えっ？」ハーマイオニーはハリーを振り返った。顔中がワクワクしている。
「何だかわかったぞ」ハリーが言った。
ハリーはロンをこづいて、ハーマイオニーのすぐ後ろにある絵を指差した。巨大な銀の器に果物を盛った絵だ。
「ハーマイオニー！」ロンもハッと気づいた。

「僕たちを、また『S・P・E・W（反吐）』なんかに巻き込むつもりだろ！」
「ちがう、ちがう。そうじゃないの！」
ハーマイオニーがあわてて言った。
「それに、『スピュー（反吐）』って呼ぶんじゃないわよ。ロンったら――」
「名前を変えたとでもいうのか？」
ロンがしかめっ面でハーマイオニーを見た。
「それじゃ、今度は、何になったんだい？　屋敷しもべ妖精解放戦線か？　厨房に押し入って、あいつらに働くのをやめさせるなんて、そんなの、僕はごめんだ――」
「そんなこと、頼みやしないわ！」
ハーマイオニーはもどかしげに言った。
「私、ついさっき、みんなと話すのにここに来たの。そしたら、見つけたのよ――ああ、とにかく来てよ、ハリー。あなたに見せたいの！」
ハーマイオニーはまたハリーの腕をつかまえ、巨大な果物皿の絵の前まで引っ張ってくると、人差し指を伸ばして大きな緑色の梨をくすぐった。梨はクスクス笑いながら身をよじり、急に大きな緑色のドアの取っ手に変わった。ハーマイオニーは取っ手をつかみ、ドアを開け、ハリーの背中をぐいと押して、中に押し込んだ。

天井の高い巨大な部屋が、ほんの一瞬だけ見えた。上の階にある大広間と同じくらい広く、石壁の前にずらりと、ピカピカの真鍮の鍋やフライパンが山積みになっている。部屋の奥には大きなれんがの暖炉があった。次の瞬間、部屋の真ん中から、何か小さなものが、ハリーに向かってかけてきた。キーキー声で叫んでいる。

「ハリー・ポッター様！　ハリー・ポッター！」

キーキー声のしもべ妖精が勢いよくみずおちにぶつかり、ハリーは息が止まりそうだった。しもべ妖精は、ハリーのろっ骨が折れるかと思うほど強く抱きしめた。

「ド、ドビー？」ハリーは絶句した。

「はい、ドビーめでございます！」

へそのあたりでキーキー声が答えた。

「ドビーはハリー・ポッター様に会いたくて、会いたくて。そうしたら、ハリー・ポッターはドビーめに会いにきてくださいました！」

ドビーはハリーから離れ、二、三歩下がってハリーを見上げ、ニッコリした。巨大な、テニスボールのような緑の目が、うれし涙でいっぱいだった。ドビーはハリーの記憶にあるとおりの姿をしていた。えんぴつのような鼻、コウモリのような耳、長い手足の指――ただ、衣服だけはまったくちがっていた。

ドビーがマルフォイ家で働いていたときは、いつも同じ、汚れた枕カバーを着ていた。しかし今は、ハリーが見たこともないような、へんてこな組み合わせの衣装だ。ワールドカップでの魔法使いたちのマグル衣装よりさらに悪かった。帽子がわりにティーポット・カバーをかぶり、それにキラキラしたバッジをたくさんとめつけていたし、裸の上半身に、馬蹄模様のネクタイをしめ、子供のサッカー用パンツのようなものをはき、ちぐはぐな靴下をはいていた。その片方には、見覚えがあった。ハリーが昔はいていた靴下だ。ハリーはその黒い靴下を脱ぎ、マルフォイ氏がそれをドビーに与えるように計略をしかけ、ドビーを自由の身にしたのだ。もう片方は、ピンクとオレンジのしま模様だ。

「ドビー、どうしてここに？」ハリーが驚いて尋ねた。

「ドビーはホグワーツに働きにきたのでございます！」

ドビーは興奮してキーキー言った。

「ダンブルドア校長が、ドビーとウィンキーに仕事をくださったのでございます！」

「ウィンキー？　ウィンキーもここにいるの？」ハリーが聞いた。

「さようでございますとも！」

ドビーはハリーの手を取り、四つの長い木のテーブルの間を引っ張って厨房の奥に連れていった。テーブルの脇を通りながら、それぞれがちょうど、大広間の各寮のテーブルの真下に置かれていることにハリーは気づいた。今は夕食も終わったので、どのテーブルにも食べ物はなかった。しかし、一時間前は食べ物の皿がぎっしり置かれ、天井からそれぞれの寮のテーブルに送られたのだろう。

ドビーがハリーを連れてそばを通ると、少なくとも百人の小さなしもべ妖精が、厨房のあちこちで会釈したり、頭を下げたり、ひざをちょんと折って宮廷風の挨拶をしたりした。全員が同じ格好をしている。ホグワーツの紋章が入ったキッチンタオルを、ウィンキーが以前に着ていたように、トーガ風に巻きつけて結んでいるのだ。

ドビーはれんが造りの暖炉の前で立ち止まり、指差しながら言った。

「ウィンキーでございます！」

ウィンキーは暖炉脇の丸椅子に座っていた。ウィンキーはドビーとちがって、洋服あさりをしなかったらしい。しゃれた小さなスカートにブラウス姿で、それに合ったブルーの帽子をかぶっている。耳が出るように帽子には穴が開いていた。しかし、ドビーの珍妙なごた混ぜの服は清潔で手入れが行き届き、新品のように見えるのに、ウィンキーのほうは、まったく洋服の手入れをしていない。ブラウスの前はスープのしみだらけで、スカートには焼け焦げがあった。

「やあ、ウィンキー」

ハリーが声をかけた。ウィンキーは唇を震わせた。そして泣きだした。クィディッチ・ワールドカップのときと同じように、大きな茶色の目から涙があふれ、滝のように流れ落ちた。

「かわいそうに」

ロンと一緒にハリーとドビーについて厨房の奥までやってきたハーマイオニーが言った。

「ウィンキー、泣かないで。お願いだから……」

しかし、ウィンキーはいっそう激しく泣きだした。ドビーのほうは、逆にハリーにニッコリ笑いかけた。

「ハリー・ポッターは紅茶を一杯お飲みになりますか？」

ウィンキーの泣き声に負けない大きなキーキー声で、ドビーが聞いた。

「あ――うん。オッケー」ハリーが答えた。

たちまち、六人ぐらいのしもべ妖精がハリーの背後から小走りにやってきた。ハリー、ロン、ハーマイオニーのために、大きな銀の盆にのせて、ティーポット、三人分のティーカップ、ミルク入れ、大皿に盛ったビスケットを持ってきたのだ。

「サービスがいいなぁ！」

ロンが感心したように言った。ハーマイオニーはロンをにらんだが、しもべ妖精たちは全員うれしそうで、深々と頭を下げながら退いた。

「ドビー、いつからここにいるの？」

ドビーが紅茶の給仕を始めたとき、ハリーが聞いた。

「ほんの一週間前でございます、ハリー・ポッター様！」

ドビーがうれしそうに答えた。

「ドビーはダンブルドア校長先生の所に来たのでございます。おわかりいただけると存じますが、解雇されたしもべ妖精が新しい職を得るのは、とても難しいのでございます。ほんとうに難しいので――」

ここでウィンキーの泣き声が一段と激しくなった。つぶれたトマトのような鼻から鼻水がボタボタ垂れたが、止めようともしない。

「ドビーは丸二年間、仕事を探して国中を旅したのでございます！」

ドビーはキーキー話し続けた。

「でも、仕事は見つからなかったのでございます。なぜなら、ドビーはお給料が欲しかったからです！」

興味津々で見つめ、聞き入っていた厨房中のしもべ妖精が、この言葉で全員顔を背けた。ドビーが、何か無作法で恥ずかしいことを口にしたかのようだった。

しかし、ハーマイオニーは、「そのとおりだわ、ドビー！」と言った。

「お嬢さま、ありがとうございます！」

ドビーがニカーッと歯を見せてハーマイオニーに笑いかけた。

「ですが、お嬢さま、大多数の魔法使いは、給料を要求する屋敷しもべ妖精を欲しがりません。『それじゃ屋敷しもべにならない』とおっしゃるのです。そして、ドビーの鼻先でドアをピシャリと閉めるのです！　ドビーは働くのが好きです。でもドビーは服を着たいし、給料をもらいたい。ハリー・ポッター……ドビーめは自由が好きです！」

ホグワーツのしもべ妖精たちは、まるでドビーが何か伝染病でも持っているかのように、じりじりとドビーから離れはじめた。ウィンキーはその場から動かなかった。ただし、明らかに泣き声のボリュームが上がった。

「そして、ハリー・ポッター、ドビーはその時ウィンキーを訪ね、ウィンキーも自由になったことがわかったのでございます！」ドビーがうれしそうに言った。
その言葉に、ウィンキーは椅子から身を投げ出し、石畳の床に突っ伏し、小さな拳で床をたたきながら、みじめさに打ちひしがれて泣き叫んだ。
ハーマイオニーが急いでウィンキーの横にひざをつき、なぐさめようとしたが、何を言ってもまったくむだだった。
ウィンキーのピーピーという泣き声をしのぐかん高い声を張り上げ、ドビーの物語は続いた。
「そして、その時、ドビーは思いついたのでございます、ハリー・ポッター様！『ドビーとウィンキーと一緒の仕事を見つけたら？』と、ドビーが言います。『しもべ妖精が、二人も働けるほど仕事があるところがありますか？』と、ウィンキーが言います。そこでドビーが考えます。そしてドビーは思いついたのでございます！　ホグワーツ！　そしてドビーとウィンキーはダンブルドア校長先生に会いにきたのでございます。そしてダンブルドア校長先生がわたくしたちをおやといくださいました！」
ドビーはニッコリと、ほんとうに明るく笑い、その目にうれし涙がまたあふれた。
「そしてダンブルドア校長先生は、ドビーがそう望むなら、お給料を支払うとおっしゃいました！　こうしてドビーは自由な屋敷妖精になったのでございます。そしてドビーは、一週間に一ガリオンと、一か月に一日のお休みをいただくのです！」

「それじゃ少ないわ！」

ハーマイオニーが床に座ったままで、ウィンキーがわめき続ける声や、拳で床を打つ音にも負けない声で、怒ったように言った。

「ダンブルドア校長はドビーめに、週十ガリオンと週末を休日にするとおっしゃいました」

ドビーは、そんなにひまや金ができたら恐ろしいとでもいうように、急にブルッと震えた。

「でも、ドビーはお給料を値切ったのでございます。お嬢さま……。ドビーは自由が好きでございます。でもドビーはそんなにたくさん欲しくはないのでございます。お嬢さま。ドビーは働くほうが好きなのでございます」

「それで、ウィンキー、ダンブルドア校長先生は、あなたにはいくら払っているの？」

ハーマイオニーがやさしく聞いた。

ハーマイオニーがウィンキーを元気づけるために聞いたつもりだったとしたら、とんでもない見込みちがいだった。ウィンキーは泣きやんだ。しかし、顔中ぐしょぐしょにしながら、床に座りなおし、巨大な茶色の目でハーマイオニーをにらみ、急に怒りだした。

「ウィンキーは不名誉なしもべ妖精でございます。でも、ウィンキーはまだ、お給料をいただくようなことはしておりません！」
ウィンキーはキーキー声を上げた。
「ウィンキーはそこまで落ちぶれてはいらっしゃいません！　ウィンキーは自由になったことをきちんと恥じております！」
「恥じる？」ハーマイオニーはあっけにとられた。
「でも――ウィンキー、しっかりしてよ！　恥じるのはクラウチさんのほうよ。あなたじゃない！　あなたは何にも悪いことをしてないし、あの人はほんとに、あなたに対してひどいことを――」
しかし、この言葉を聞くと、ウィンキーは帽子の穴から出ている耳を両手でぴったり押さえつけ、一言も聞こえないようにして叫んだ。
「あたしのご主人さまを、あなたさまは侮辱なさらないのです！　クラウチさまを、あなたさまは侮辱なさらないのです！　お嬢さま、クラウチさまはよい魔法使いでございます。クラウチさまは悪いウィンキーをクビにするのが正しいのでございます！」
「ウィンキーはなかなか適応できないのでございます。ハリー・ポッター」
ドビーはハリーに打ち明けるようにキーキー言った。

「ウィンキーは、もうクラウチさんに縛られていないということを忘れるのでございます。何でも言いたいことを言ってもいいのに、ウィンキーはそうしないのでございます」

「屋敷しもべは、それじゃ、ご主人さまのことで、言いたいことが言えないの？」

ハリーが聞いた。

「言えませんとも。とんでもございません」ドビーは急に真顔になった。

「それが、屋敷しもべ妖精制度の一部でございます。わたくしどもはご主人さまの秘密を守り、沈黙を守るのでございます。主君の家族の名誉を支え、けっしてその悪口を言わないのでございます――でもダンブルドア校長先生はドビーに、そんなことにこだわらないとおっしゃいました。ダンブルドア校長先生は、わたくしどもに――あの――」

ドビーは急にそわそわして、ハリーにもっと近くに来るように合図した。ハリーが身をかがめた。

ドビーがささやいた。

「ダンブルドア様は、わたくしどもがそう呼びたければ――老いぼれ偏屈じじいと呼んでもいいとおっしゃったのでございます！」

ドビーは畏れ多いという顔でクスッと笑った。

「でも、ドビーはそんなことはしたくないのでございます、ハリー・ポッター」
ドビーの声が元に戻り、耳がパタパタするほど強く首を横に振った。
「ドビーはダンブルドア校長先生がとても好きでございます。校長先生のために秘密を守るのは誇りでございます」
「でも、マルフォイ一家については、もう何を言ってもいいんだね？」
ハリーはニヤッと笑いながら聞いた。
ドビーの巨大な目に、ちらりと恐怖の色が浮かんだ。
「ドビーは――ドビーはそうだと思います」
自信のない言い方だった。そして小さな肩を怒らせ、こう言った。
「ドビーはハリー・ポッターに、このことをお話しできます。ドビーの昔のご主人様たちは――ご主人様たちは――悪い闇の魔法使いでした！」
ドビーは自分の大胆さに恐れをなして、全身震えながらその場に一瞬立ちすくんだ――それから一番近くのテーブルにかけていき、思いきり頭を打ちつけながら、キーキー声で叫んだ。
「ドビーは悪い子！　ドビーは悪い子！」
ハリーはドビーのネクタイの首根っこのところをつかみ、テーブルから引き離した。

「ありがとうございます、ハリー・ポッター。ありがとうございます」
ドビーは頭をなでながら、息もつかずに言った。
「ちょっと練習する必要があるだけだよ」ハリーが言った。
「練習ですって？」
ウィンキーが怒ったようにキーキー声を上げた。
「ご主人さまのことをあんなふうに言うなんて、ドビー、あなたは恥をお知りにならなければなりません！」
「あの人たちは、ウィンキー、もう私のご主人ではおありになりません！」
ドビーは挑戦するように言った。
「ドビーはもう、あの人たちがどう思おうと気にしないのです！」
「まあ、ドビー、あなたは悪いしもべ妖精でいらっしゃいます！」
ウィンキーがうめいた。涙がまた顔をぬらしていた。
「あたしのおかわいそうなクラウチさま。ウィンキーがいなくて、どうしていらっしゃるのでしょう？　クラウチさまはウィンキーが必要です。あたしの助けが必要です！　あたしはずっとクラウチ家のお世話をしていらっしゃいました。あたしの母はあたしの前に、あたしのおばあさんはその前に、お世話しています……ああ、あの二人は、ウィンキーが自由になったことを知ったら、どうおっしゃるでしょう？　ああ、恥ずかしい。情けない！」

ウィンキーはスカートに顔をうずめ、また泣き叫んだ。

「ウィンキー」ハーマイオニーがきっぱりと言った。

「クラウチさんは、あなたがいなくたって、ちゃんとやっているわよ。私たち、最近お会いしたけど――」

「あなたさまはあたしのご主人さまにお会いに？」

ウィンキーは息をのんで、涙で汚れた顔をスカートから上げ、ハーマイオニーをじろじろ見た。

「あなたさまは、あたしのご主人さまにホグワーツでお目にかかったのですか？」

「そうよ」ハーマイオニーが答えた。

「クラウチさんとバグマンさんは、三校対抗試合の審査員なの」

「バグマンさまもいらっしゃる？」

ウィンキーがキーキー叫んだ。ウィンキーがまた怒った顔をしたので、ハリーはびっくりした（ロンもハーマイオニーも驚いたらしいことは、二人の顔でわかった）。

「バグマンさまは悪い魔法使い！　とても悪い魔法使い！　あたしのご主人さまはあの人がお好

きではない。ええ、そうですとも。全然お好きではありません！」
「バグマンが――悪い？」ハリーが聞き返した。
「ええ、そうでございます」
ウィンキーが激しく頭を振りながら答えた。
「あたしのご主人さまがウィンキーにお話しになったことがあります。でも、でもウィンキーは言わないのです……。ウィンキーは――ウィンキーはご主人さまの秘密を守ります……」
ウィンキーはまたまた涙にかき暮れた。スカートに顔をうずめてすすり泣く声が聞こえた。
「かわいそうな、かわいそうなご主人さま。ご主人さまを助けるウィンキーがもういない！」
それ以上はウィンキーの口から、ちゃんとした言葉は一言も聞けなかった。みんな、ウィンキーを泣くがままにして、紅茶を飲み終えた。ドビーは、その間、自由な屋敷妖精の生活や、給料をどうするつもりかの計画を楽しそうに語り続けた。
「ドビーはこの次にセーターを買うつもりです。ハリー・ポッター！」
ドビーは裸の胸を指差しながら、幸せそうに言った。
「ねえ、ドビー」
ロンはこの屋敷妖精がとても気に入った様子だ。

「ママが今年のクリスマスに僕に編んでくれるヤツ、君にあげるよ。僕、毎年一着もらうんだ。君、栗色は嫌いじゃないだろう？」

ドビーは大喜びだった。

「ちょっと縮めないと君には大き過ぎるかもしれないけど」ロンが言った。

「でも、君のティーポット・カバーとよく合うと思うよ」

帰り仕度を始めると、周りのしもべ妖精がたくさん寄ってきて、寮に持ち帰ってくださいとスナックを押しつけた。ハーマイオニーは、しもべ妖精たちが引っきりなしにおじぎをしたり、ひざを折って挨拶したりする様子を、苦痛そうに見ながら断ったが、ハリーとロンは、クリームケーキやパイをポケットいっぱいに詰め込んだ。

「どうもありがとう！」

ドアの周りに集まっておやすみなさいを言うしもべ妖精たちに、ハリーは礼を言った。

「ドビー、またね！」

「ハリー・ポッター……ドビーがいつかあなた様をお訪ねしてもよろしいでしょうか？」

ドビーがためらいながら言った。

「もちろんさ」ハリーが答えると、ドビーはニッコリした。

「あのさ」
ロン、ハーマイオニー、ハリーが厨房をあとにし、玄関ホールへの階段を上りはじめたとき、ロンが言った。
「僕、これまでずーっと、フレッドとジョージのこと、ほんとうにすごいと思ってたんだ。厨房から食べ物をくすねてくるなんてさ――でも、そんなに難しいことじゃなかったんだよね？　しもべ妖精たち、差し出したくてうずうずしてるんだ！」
「これは、あの妖精たちにとって、最高のことが起こったと言えるんじゃないかしら」
大理石の階段に戻る道を先頭に立って歩きながら、ハーマイオニーが言った。
「つまり、ドビーがここに働きにきたということが。ほかの妖精たちは、ドビーが自由の身になって、どんなに幸せかを見て、自分たちも自由になりたいと徐々に気づくんだわ！」
「ウィンキーのことをあんまりよく見なければいいけど」ハリーが言った。
「あら、あの子は元気になるわ」
そうは言ったものの、ハーマイオニーは少し自信がなさそうだった。
「いったんショックがやわらげば、ホグワーツにも慣れるでしょうし、あんなクラウチなんて人、いないほうがどんなにいいかわかるわよ」

「ウィンキーはクラウチのこと好きみたいだな」
ロンがもごもご言った（ちょうどクリームケーキをほお張ったところだった）。
「でも、バグマンのことはあんまりよく思ってないみたいだね？」ハリーが言った。
「クラウチは家の中ではバグマンのことを何て言ってるのかなぁ？」
「きっと、あんまりいい部長じゃない、とか言ってるんでしょ……はっきり言って……それ、当たってるわよね？」
「僕は、クラウチなんかの下で働くより、バグマンのほうがまだいいな」ロンが言った。
「少なくとも、バグマンにはユーモアのセンスってもんがある」
「それ、パーシーには言わないほうがいいわよ」
ハーマイオニーがちょっとほほ笑みながら言った。
「うん。まあね、パーシーは、ユーモアのわかる人の下なんかで働きたくないだろうな」
今度はチョコレート・エクレアに取りかかりながら、ロンが言った。
「ユーモアってやつが、ドビーのティーポット・カバーをかぶって目の前で裸で踊ったって、パーシーは気がつきゃしないよ」

第22章 予期せぬ課題

「ポッター！ ウィーズリー！ こちらに注目なさい！」

木曜の「変身術」のクラスで、マクゴナガル先生のいらいらした声が、鞭のようにビシッと教室中に響いた。ハリーとロンが飛び上がって先生のほうを見た。

授業も終わろうとしていた。二人はもう課題をやり終えていた。ホロホロ鳥から変身させたモルモットは、マクゴナガル先生の机の上に置かれた大きなかごに閉じ込められていた（ネビルのモルモットはまだ羽が生えていたが）。黒板に書かれた宿題も写し終わっていた（「取り替え呪文」で「異種間取り替え」を行う場合、どのように調整しなければならないか、例を挙げて説明せよ）。終業のベルが今にも鳴ろうというときだ。ハリーとロンは、フレッド、ジョージの「だまし杖」を二本持って、教室の後ろのほうでちゃんばらをやっていたのだ。ロンはブリキのオウムを手に、ハリーはゴムの鱈を持ったまま、驚いて先生を見上げた。

「さあ、ポッターもウィーズリーも、年相応な振る舞いをしていただきたいものです」

マクゴナガル先生は、二人組を怖い目でにらんだ。ちょうど、ハリーの鱈の頭がだらりと垂れ下がり、音もなく床に落ちたところだった――一瞬前にロンのオウムのくちばしが、鱈の頭を切り落としたのだ――「みなさんにお話があります」

「クリスマス・ダンスパーティが近づきました――三大魔法学校対抗試合の伝統でもあり、外国からのお客様と知り合う機会でもあります。さて、ダンスパーティは四年生以上が参加を許されます――下級生を招待することは可能ですが――」

ラベンダー・ブラウンがかん高い声でクックッと笑った。パーバティ・パチルは自分もクスクス笑いしたいのを顔をゆがめて必死でこらえながら、ラベンダーの脇腹をこづいた。二人ともハリーを振り返ったのにマクゴナガル先生が二人を無視したので、ハリーは絶対不公平だと思った。ハリーとロンのことは今叱ったばかりなのに。

「パーティ用のドレスローブを着用なさい」

マクゴナガル先生の話が続いた。

「ダンスパーティは、大広間で、クリスマスの夜八時から始まり、夜中の十二時に終わります。ところで――」

マクゴナガル先生はことさらに念を入れて、クラス全員を見回した。

「クリスマス・ダンスパーティは私たち全員にとって、もちろん――コホン――髪を解き放ち、はめをはずすチャンスです」しぶしぶ認めるという声だ。

ラベンダーのクスクス笑いがさらに激しくなり、手で口を押さえて笑い声を押し殺していた。今度はハリーにも、何がおかしいのかわかった。マクゴナガル先生の髪はきっちりした髷に結い上げてあり、どんなときでも髪を解き放ったことなど一度もないように見えた。

「しかし、だからと言って」先生はあとを続けた。「**けっして**ホグワーツの生徒に期待される行動基準をゆるめるわけではありません。グリフィンドール生が、どんな形にせよ、学校に屈辱を与えるようなことがあれば、私としては大変遺憾に思います」

ベルが鳴った。みんながかばんに教材を詰め込んだり、肩にかけたり、いつものあわただしいガヤガヤが始まった。その騒音をしのぐ声で、マクゴナガル先生が呼びかけた。

「ポッター――ちょっと話があります」

頭をちょん切られたゴムの鱈と関係があるのだろうと、ハリーは暗い気持ちで先生の机の前に進んだ。

マクゴナガル先生は、ほかの生徒が全員いなくなるまで待って、こう言った。

「ポッター、代表選手とそのパートナーは――」

「何のパートナーですか？」ハリーが聞いた。
マクゴナガル先生は、ハリーが冗談を言っているのではないかと疑うような目つきをした。
「ポッター、クリスマス・ダンスパーティの代表選手たちのお相手のことです」
先生は冷たく言い放った。
「あなたたちのダンスのお相手です」
ハリーは内臓が丸まってしなびるような気がした。
「ダンスのパートナー？」
ハリーは顔が赤くなるのを感じた。
「僕、ダンスしません」と急いで言った。
「いいえ、するのです」
マクゴナガル先生はいらいら声になった。
「はっきり言っておきます。伝統に従い、代表選手とそのパートナーが、ダンスパーティの最初に踊るのです」
突然ハリーの頭の中に、シルクハットに燕尾服の自分の姿が浮かんだ。ペチュニアおばさんがバーノンおじさんの仕事のパーティでいつも着るような、ひらひらしたドレスを着た女の子を連れている。
「僕、ダンスするつもりはありません」ハリーが言った。
「伝統です」マクゴナガル先生がきっぱり言った。
「あなたはホグワーツの代表選手なのですから、学校代表として、しなければならないことをするのです。ポッター、必ずパートナーを連れてきなさい」
「でも――僕には――」
「わかりましたね、ポッター」
マクゴナガル先生は、問答無用という口調で言った。

一週間前だったら、ハンガリー・ホーンテールに立ち向かうことに比べれば、ダンスのパートナーを見つけることなんかお安い御用だと思ったことだろう。しかし、ホーンテールが片づいた今、女の子をダンスパーティに誘うという課題をぶつけられると、もう一度ホーンテールと戦うほうがまだましだとハリーは思った。
クリスマスにホグワーツに残る希望者リストに、こんなに大勢の名前が書き込まれるのを、ハリーははじめて見た。もちろんハリーは今までも必ず名前を書いていた。そうでなければプリベット通りに帰るしかなかったからだ。しかし、これまではハリーはいつも少数派だった。ところが今年は、四年生以上は全員残るようだった。しかも、全員がダンスパーティのことで頭がいっぱいのように見えた――少なくとも女子学生は全員そうだった。ホグワーツにこんなにたくさんの女子学生がいるなんて、ハリーは今までまったく気づかなかった。廊下でクスクス笑ったり、ヒソヒソささやいたり、男子学生がそばを通り過ぎるとキャアキャア笑い声を上げたり、クリスマスの夜に何を着ていくかを夢中で情報交換していたり……。

「どうしてみんな、固まって動かなきゃならないんだ？」

十二、三人の女子学生がクスクス笑いながらハリーを見つめて通り過ぎたとき、ハリーがロンに問いかけた。

「一人でいるところを捕らえて申し込むなんて、どうやったらいいんだろう？」

「投げ縄はどうだ？」ロンが提案した。

「誰かねらいたい子がいるかい？」

ハリーは答えなかった。誰を**誘いたいか**は自分でよくわかっていたが、その勇気があるかどうかは別問題だ……チョウはハリーより一年上だ。とてもかわいい。クィディッチのいい選手だ。しかも、とても人気がある。

ロンにはハリーの頭の中で起こっていることがわかっているようだった。
「いいか。君は苦労しない。代表選手じゃないか。ハンガリー・ホーンテールもやっつけたばかりだ。みんな行列して君と行きたがるよ」
最近回復したばかりの友情の証しに、ロンはできるだけいやみに聞こえないような声でそう言った。しかも、ハリーが驚いたことに、ロンの言うとおりの展開になった。
早速その翌日、ハッフルパフ寮の三年生で、巻き毛の女の子が、ハリーがこれまで一度も口をきいたこともないのに、パーティに一緒に行かないかと誘ってきた。ハリーはびっくり仰天し、考える間もなく「ノー」と言っていた。女の子はかなり傷ついた様子で立ち去った。そのあとの「魔法史」の授業中ずっと、ハリーは、ディーン、シェーマス、ロンの冷やかしにたえるはめになった。次の日、また二人の女の子が誘ってきた。二年生の子と、なんと（恐ろしいことに）五年生の女の子で、五年生は、ハリーが断ったらノックアウトをかましそうな様子だった。
「ルックスはなかなかだったじゃないか」
さんざん笑ったあと、ロンが公正な意見を述べた。
「僕より三十センチも背が高かった」
ハリーはまだショックが収まらなかった。

「考えてもみて。僕があの人と踊ろうとしたらどんなふうに見えるか」

ハーマイオニーがクラムについて言った言葉が、しきりに思い出された。

「みんな、あの人が有名だからチヤホヤしてるだけよ！」

パートナーになりたいと、これまで申し込んできた女の子たちは、自分が代表選手でなかったらはたして一緒にパーティに行きたいと思ったかどうか疑わしい、とハリーは思った。しかし、申し込んだのがチョウだったら、自分はそんなことを気にするだろうか、とも思った。

ダンスパーティで最初に踊るという、何ともバツの悪いことが待ち受けてはいたが、全体的に見れば、第一の課題を突破して以来、状況がぐんと改善した。ハリーもそれは認めざるをえなかった。廊下でのいやがらせも、以前ほどひどくはなくなった。

セドリックのおかげが大きいのではないかとハリーは思った――ハリーがドラゴンのことをこっそりセドリックに教えたお返しに、セドリックがハッフルパフ生に、ハリーをかまうな、と言ったのではないかと考えたのだ。「セドリック・ディゴリーを応援しよう」バッジもあまり見かけなくなった。もちろん、ドラコ・マルフォイは、相変わらず、事あるごとにリータ・スキーターの記事を持ち出していたが、それを笑う生徒もだんだん少なくなってきていた――その上、「日刊予言者新聞」にハグリッドの記事がまったく出ないのも、ハリーの幸せ気分をいっそう高めていた。
「あの女は、あんまり魔法生物に関心があるようには見えんかったな。正直言うと」
学期最後の「魔法生物飼育学」のクラスで、ハリー、ロン、ハーマイオニーが、リータ・スキーターのインタビューはどうだったと聞くと、ハグリッドがそう答えた。今やハグリッドはスクリュートと直接触れ合うことをあきらめていたので、みんなホッとしていた。今日の授業は、ハグリッドの丸太小屋の陰に隠れ、簡易テーブルの周りに腰かけ、スクリュートが好みそうな新手の餌を用意するだけだった。
「あの女はな、ハリー、俺におまえさんのことばっかり話させようとした」
ハグリッドが低い声で話し続けた。
「まあ、俺は、おまえさんとはダーズリーのところから連れ出してからずっと友達だって話した。『四年間で一度も叱ったことはないの？』って聞いてな。『授業中にあなたをいらいらさせたりしなかった？』ってな。俺が『ねえ』って言ってやったら、あの女、気に入らねえようだったな。おまえさんのことをな、ハリー、とんでもねえヤツだって、俺にそう言わせたかったみてえだ」
「そのとおりさ」
ハリーはそう言いながら、大きな金属ボウルにドラゴンのレバーを切った塊をいくつか投げ入れ、もう少し切ろうとナイフを取り上げた。
「いつまでも僕のことを、小さな悲劇のヒーロー扱いで書いてるわけにいかないもの。それじゃ、つまんなくなってくるし」
「ハグリッド、あいつ、新しい切り口が欲しいのさ」
火トカゲの卵の殻をむきながら、ロンがわかったような口をきいた。
「ハグリッドは、『ハリーは狂った非行少年です』って言わなきゃいけなかったんだ」
「ハリーがそんなわけねえだろう！」
ハグリッドはまともにショックを受けたような顔をした。
「あの人、スネイプをインタビューすればよかったんだ」ハリーが不快そうに言った。
「スネイプなら、いつでも僕に関するおいしい情報を提供するだろうに。『本校に来て以来、ポッターはずっと規則破りを続けておる……』とかね」
「そんなこと、スネイプが言ったのか？」
ロンとハーマイオニーは笑っていたが、ハグリッドは驚いていた。
「そりゃ、ハリー、おまえさんは規則の二つ、三つ曲げたかもしれんが、そんでも、おまえさんはまともだろうが、え？」

「ありがとう、ハグリッド」ハリーがニッコリした。
「クリスマスに、あのダンス何とかっていうやつに来るの？　ハグリッド？」ロンが聞いた。
「ちょっとのぞいてみるかと思っちょる。ウン」ハグリッドがぶっきらぼうに言った。
「ええパーティのはずだぞ。おまえさん、最初に踊るんだろうが、え？　ハリー？　誰を誘うんだ？」
「まだ、誰も」
ハリーは、また顔が赤くなるのを感じた。ハグリッドはそれ以上追及しなかった。
学期最後の週は、日を追って騒がしくなった。クリスマス・ダンスパーティのうわさが周り中に飛び交っていたが、ハリーはその半分は眉つばだと思った――たとえば、ダンブルドアがマダム・ロスメルタから蜂蜜酒を八百樽買い込んだとかだ。ただ、ダンブルドアが「妖女シスターズ」の出演を予約したというのはほんとうらしかった。「妖女シスターズ」がいったい誰で、何をするのか、魔法ラジオを聞く機会がなかったハリーは、はっきりとは知らなかったが、WWN魔法ラジオネットワークを聞いて育ったほかの生徒たちの異常な興奮ぶりからすると、きっととても有名なバンドなのだろうと思った。
何人かの先生方は――小さなフリットウィック先生もその一人だったが――生徒がまったく上

の空なので、しっかり教え込むのは無理だとあきらめてしまった。フリットウィック先生は水曜の授業で、生徒にゲームをして遊んでよいと言い、自分はほとんどずっと、対抗試合の第一の課題でハリーが使った完璧な「呼び寄せ呪文」についてハリーと話し込んだ。

ほかの先生は、そこまで甘くはなかった。たとえばビンズ先生だが、天地がひっくり返っても、この先生は「小鬼の反乱」のノートをえんえんと読み上げるだろう——自分が死んでも授業を続けるさまたげにならなかったビンズ先生のことだ。たかがクリスマスごときでおたおたするタマではないと、みんなそう思った。血なまぐさい、凄惨な小鬼の反乱でさえ、ビンズ先生の手にかかれば、パーシーの「鍋底に関する報告書」と同じようにたいくつなものになってしまうのは驚くべきことだった。

マクゴナガル先生、ムーディ先生の二人は、最後の一秒まできっちり授業を続けたし、スネイプももちろん、クラスで生徒にゲームをして遊ばせるくらいなら、むしろハリーを養子にしただろう。生徒全員を意地悪くじろりと見渡しながら、スネイプは、学期最後の授業で解毒剤のテストをすると言い渡した。

「ワルだよ、あいつ」

その夜、グリフィンドールの談話室で、ロンが苦々しげに言った。

「急に最後の授業にテストを持ちだすなんて。山ほど勉強させて、学期末をだいなしにする気だ」
「うーん……でも、あなた、あんまり山ほど勉強しているように見えないけど？」
ハーマイオニーは「魔法薬学」のノートから顔を上げて、ロンを見た。ロンは「爆発スナップ・ゲーム」のカードを積んで城を作るのに夢中だった。カードの城がいつなんどきいっぺんに爆発するかわからないので、マグルのカードを使う遊びよりずっとおもしろい。
「クリスマスじゃないか、ハーマイオニー」
ハリーが気だるそうに言った。暖炉のそばで、ひじかけ椅子に座り、『キャノンズと飛ぼう』をもうこれで十回も読んでいるところだった。
ハーマイオニーはハリーにも厳しい目を向けた。
「解毒剤のほうはもう勉強したくないにしても、ハリー、あなた、何か建設的なことをやるべきじゃないの！」
「たとえば？」
ちょうどキャノンズのジョーイ・ジェンキンズがバリキャッスル・バッツのチェイサーにブラッジャーを打ち込む場面を眺めながら、ハリーが聞いた。
「あの卵よ！」ハーマイオニーは怒ったように低い声で言った。

「そんなあ。ハーマイオニー、二月二十四日までまだ日があるよ」ハリーが言った。
金の卵は上階の寝室のトランクにしまい込んであり、ハリーは最初の課題のあとのお祝いパーティ以来一度も開けていなかった。あのけたたましいむせび泣きのような音が何を意味するのかを解明するのに、とにかくまだ二か月半もあるのだ。
「でも、解明するのに何週間もかかるかもしれないわ！」ハーマイオニーが言った。
「ほかの人が全部次の課題を知っているのに、あなただけ知らなかったら、まぬけ面もいいとこでしょ！」
「ほっといてやれよ、ハーマイオニー。休息してもいいだけのものを勝ち取ったんだ」
ロンはそう言いながら、最後の二枚のカードを城のてっぺんに置いた。とたんに全部が爆発して、ロンの眉毛が焦げた。
「男前になったぞ、ロン……おまえのドレスローブにぴったりだ。きっと」
フレッドとジョージだった。ロンが眉の焦げ具合をさわって調べていると、二人はテーブルに来て、ロン、ハーマイオニーと一緒に座った。
「ロン、ピッグウィジョンを借りてもいいか？」ジョージが聞いた。
「だめ。今、手紙の配達に出てる」ロンが言った。「でも、どうして？」

「ジョージがピッグをダンスパーティに誘いたいからさ」フレッドが皮肉った。
「俺たちが手紙を出したいからに決まってるだろ。バカチン」ジョージが言った。
「二人でそんなに次々と、誰に手紙を出してるんだ、ん？」ロンが聞いた。
「くちばしを突っ込むな。さもないとそれも焦がしてやるぞ」
フレッドが脅すように杖を振った。
「で……みんな、ダンスパーティの相手を見つけたか？」
「まーだ」ロンが言った。
「なら、急げよ、兄弟。さもないと、いいのは全部取られっちまうぞ」フレッドが言った。
「それじゃ、兄貴は誰と行くんだ？」ロンが聞いた。
「アンジェリーナ」フレッドはまったく照れもせず、すぐに答えた。
「え？」ロンは面食らった。「もう申し込んだの？」
「いい質問だ」
そう言いながら、ふいに後ろを振り向き、フレッドは談話室のむこうに声をかけた。
「おーい！　アンジェリーナ！」
暖炉のそばでアリシア・スピネットとしゃべっていたアンジェリーナが、フレッドのほうを振り向いた。
「何？」声が返ってきた。
「俺とダンスパーティに行くかい？」
アンジェリーナは品定めするようにフレッドを見た。
「いいわよ」
アンジェリーナはそう言うと、またアリシアのほうを向いておしゃべりを続けた。口元がかすかに笑っていた。
「こんなもんだ」フレッドがハリーとロンに言った。「かーんたん」
フレッドはあくびをしながら立ち上がった。
「学校のふくろうを使ったほうがよさそうだな。ジョージ、行こうか……」
二人がいなくなった。ロンは眉をさわるのをやめ、くすぶっているカードの城の残がいのむこう側からハリーを見た。
「僕たち、行動開始すべきだぞ……誰かに申し込もう。フレッドの言うとおりだ。残るはトロール二匹、じゃ困るぞ」
ハーマイオニーはしゃくにさわったように聞き返した。

「ちょっとおうかがいしますけど、二匹の……何ですって？」
「あのさ――ほら」ロンが肩をすくめた。
「一人で行くほうがましだろ？――たとえば、エロイーズ・ミジョンと行くくらいなら」
「あの子のにきび、このごろずっとよくなったわ――それにとってもいい子だわ！」
「鼻が真ん中からズレてる」ロンが言った。
「ええ、わかりましたよ」
ハーマイオニーがチクチク言った。
「それじゃ、基本的に、あなたは、お顔のいい順に申し込んで、最初にオーケーしてくれる子と行くわけね。めちゃめちゃいやな子でも？」
「あ――ウン。そんなとこだ」ロンが言った。
「私、もう寝るわ」
ピシャリと言うと、ハーマイオニーは口もきかずに、サッと女子寮への階段に消えた。

ホグワーツの教職員は、ボーバトンとダームストラングの客人を、引き続きあっと言わせたいとの願いを込め、クリスマスには城を最高の状態で見せようと決意したようだった。飾りつけができ上がると、それは、ハリーがこれまでホグワーツ城で見た中でも最高にすばらしいものだった。大理石の階段の手すりには万年氷のつららが下がっていたし、十二本のクリスマスツリーがいつものように大広間に並び、飾りは赤く輝く柊の実から、本物のホーホー鳴く金色のふくろうまで、盛りだくさんだった。鎧兜には全部魔法がかけられ、誰かがそばを通るたびにクリスマス・キャロルを歌った。中がからっぽの兜が、歌詞を半分しか知らないのに、「♪神の御子は今宵しも」と歌うのは、なかなかのものだった。ピーブズは鎧に隠れるのが気に入り、抜けた歌詞のところで勝手に自分で作った合いの手を入れ、それが全部下品な歌詞だったので、管理人のフィルチは、鎧の中から何度もピーブズを引きずり出さなければならなかった。

それなのに、ハリーはまだチョウにダンスパーティの申し込みをしていなかった。ハリーもロンも、今やだいぶ心配になってきた。しかし、ハリーの指摘するように、ロンの場合、相手がいなくてもハリーほどまぬけには見えないだろう。ハリーの場合は、何しろほかの代表選手と一緒に、最初のダンスをしなければならないのだ。

「いざとなれば『嘆きのマートル』がいるさ」

ハリーは憂うつな気持ちで、三階の女子トイレに取り憑いているゴーストのことを口にした。

「ハリー――我々は歯を食いしばって、やらねばならぬ」

金曜の朝に、難攻不落の砦に攻め入る計画を練っているかのように、ロンが言った。

「今夜、談話室に戻るときには、我々は二人ともパートナーを獲得している――いいな？」

「あー……オッケー」ハリーが言った。

しかしその日、チョウを見かけるたび――休み時間や昼食時間、一度は「魔法史」に行く途中――チョウは友達に囲まれていた。一体全体、一人でどこかに行くことはあるのか？　トイレに入る直前を待ち伏せしてはどうか？　いや、しかし――そこへ行くときさえ、チョウは四、五人の女の子と連れ立っていた。それでも、ハリーが何とかしてすぐに申し込まないと、チョウはきっと誰かに申し込まれてしまう。

ハリーは、スネイプの解毒剤のテストに身が入らなかった。その結果、大事な材料を一つ加えるのを忘れた――ベゾアール石、山羊の結石――これで点数は最低だった。しかし、そんなことはどうでもよかった。これからやろうとしていることに、勇気を振りしぼるのに精いっぱいだった。ベルが鳴ったとき、ハリーはかばんを引っつかみ、地下牢教室の出口へと突進した。

「夕食のとき会おう」

ハリーはロンとハーマイオニーにそう言うと、階段をかけ上った。

チョウに、二人だけで少し話がしたいと言うしかない……ハリーはチョウを探しながら、混み合った廊下を急いで通り抜けた。そして、（思ったより早く）チョウを見つけた。「闇の魔術に対する防衛術」の教室から出てくるところだった。

「あの――チョウ？　ちょっと二人だけで話せる？」

チョウと一緒の女の子たちがクスクス笑いはじめた。ハリーは腹が立って、クスクス笑いは法律で禁じるべきだと思った。しかし、チョウは笑わなかった。「いいわよ」と言って、クラスメートに声が聞こえないところまで、ハリーについてきた。

ハリーはチョウのほうに向きなおった。まるで階段を下りるとき一段踏みはずしたように、胃が奇妙に揺れた。

「あの」ハリーが言った。

だめだ。チョウに申し込むなんてできない。でもやらなければ。チョウは、そこに立ったまま「何かしら？」という顔でハリーを見ていた。

舌がまだ充分整わないうちに、言葉が出てしまった。

「ぼくダンパティいたい？」

「え？」チョウが聞き返した。

「よかったら――よかったら、僕とダンスパーティに行かない？」

ハリーは言った。どうして今、僕は赤くならなきゃならないんだ？　どうして？
「まあ！」チョウも赤くなった。
「まあ、ハリー。ほんとうに、ごめんなさい」
チョウはほんとうに残念そうな顔をした。
「もう、ほかの人と行くって言ってしまったの」
「そう」ハリーが言った。
変な気持ちだ。今の今まで、ハリーの内臓は蛇のようにのたうっていたのに、急に腹の中がからっぽになったような気がした。
「そう。オッケー」ハリーは言った。「それならいいんだ」
「ほんとうに、ごめんなさい」チョウがまた謝った。
「いいんだ」
二人は見つめ合ったままそこに立っていた。やがて、チョウが言った。
「それじゃ――」
「ああ」ハリーが言った。
「それじゃ、さよなら」チョウは、まだ顔を赤らめたままそう言うと、歩きはじめた。

ハリーは、思わず後ろからチョウを呼び止めた。
「誰と行くの？」
「あの――セドリック」チョウが答えた。「セドリック・ディゴリーよ」
「わかった」ハリーが言った。
ハリーの内臓が戻ってきた。いなくなっていた間に、どこかで鉛でも詰め込んできたような感じだ。
夕食のことなどすっかり忘れて、ハリーはグリフィンドール塔にのろのろと戻っていった。一歩歩くごとに、チョウの声が耳の中でこだました。
「セドリック――セドリック・ディゴリーよ」
ハリーはセドリックが好きになりかけていた。一度クィディッチでハリーを破ったことも、ハンサムなことも、人気があることも、ほとんど全校生が代表選手としてセドリックを応援していることも、大目に見ようと思いはじめていた。今、突然、ハリーは気づいた。セドリックは、役にも立たない、かわいいだけの、頭は鳥の脳みそぐらいしかないやつだ。
「フェアリー・ライト、豆電球」
ハリーはのろのろと言った。合言葉はきのうから変わっていた。

「そのとおりよ、坊や！」
「太った婦人」は歌うように言いながら、真新しいティンセルのヘアバンドをきちんと直し、パッと開いてハリーを通した。
談話室に入り、ハリーはぐるりと見回した。驚いたことに、ロンが隅っこで、血の気のない顔をして座り込んでいた。ジニーがそばに座って、低い声で、なぐさめるように話しかけていた。
「ロン、どうした？」ハリーは二人のそばに行った。
ロンは、恐怖の表情でぼうぜんとハリーを見上げた。
「僕、どうしてあんなことやっちゃったんだろう？」ロンは興奮していた。
「どうしてあんなことをする気になったのか、わからない！」
「何を？」ハリーが聞いた。
「ロンは――あの――フラー・デラクールに、一緒にダンスパーティに行こうって誘ったの」
ジニーが答えた。つい口元がゆるみそうになるのを必死でこらえているようだったが、それでも、ロンの腕をなぐさめるようになでていた。
「何だって？」ハリーが聞き返した。
「どうしてあんなことをしたのか、わかんないよ！」ロンがまた絶句した。

「いったい何を考えてたんだろう？　たくさん人がいて――みんな周りにいて――僕、どうかしてたんだ――みんなが見てた！　僕、玄関ホールでフラーとすれちがったんだ――フラーはあそこに立って、ディゴリーと話してた――そしたら、急に僕、取り憑かれたみたいになって――あの子に申し込んだんだ！」

ロンはうめき、両手に顔をうずめた。言葉がよく聞き取れなかったが、ロンはしゃべり続けた。

「フラーはぼくのこと、ナマコか何か見るような目で見たんだ。答えもしなかった。そしたら――何だか――僕、正気に戻って、逃げ出した」

「あの子にはヴィーラの血が入ってるんだ」ハリーが言った。

「君の言ったことが当たってた――おばあさんがヴィーラだったんだ。君のせいじゃない。きっと、フラーがディゴリーに魅力を振りまいていたとき、君が通りかかったんだ。そしてその魅力にあたったんだ――だけど、フラーは骨折り損だよ。ディゴリーはチョウ・チャンと行く」

ロンが顔を上げた。

「たった今、僕、チョウに申し込んだんだ」ハリーは気が抜けたように言った。

「そしたら、チョウが教えてくれた」

ジニーが急に真顔になった。

「冗談じゃない」ロンが言った。
「相手がいないのは、僕たちだけだ――まあ、ネビルは別として。あっ――ネビルが誰に申し込んだと思う？　ハーマイオニーだ！」
「エーッ！」
衝撃のニュースで、ハリーはすっかりそちらに気を取られてしまった。
「そうなんだよ！」
ロンが笑いだし、顔に少し血の気が戻ってきた。
『魔法薬学』のクラスのあとで、ネビルが話してくれたんだ！　あの人はいつもとってもやさしくて、僕の宿題とか手伝ってくれてって言うんだよ――でもハーマイオニーはもう誰かと行くことになってるからとネビルに言ったんだって。ヘン！　まさか！　ただネビルと行きたくなかっただけなんだ……だって、誰があいつなんかと？」
「やめて！」ジニーが当惑したように言った。
「笑うのはやめて――」
ちょうどその時、ハーマイオニーが肖像画の穴をはい登ってきた。
「二人とも、どうして夕食に来なかったの？」

そう言いながら、ハーマイオニーも仲間に加わった。
「なぜかっていうとね――ねえ、やめてよ、二人とも。笑うのは――なぜかっていうと、二人ともダンスパーティに誘った女の子に、断られたばかりだからよ！」ジニーが言った。
その言葉でハリーもロンも笑うのをやめた。
「ジニー、大いにありがとよ」ロンがむっとしたように言った。
「かわいい子はみんな予約済みってわけ？　ロン？」
ハーマイオニーがツンツンしながら言った。
「エロイーズ・ミジョンが、今はちょっとかわいく見えてきたでしょ？　ま、きっと、どこかには、お二人を受け入れてくれる誰かさんがいるでしょうよ」
しかし、ロンはハーマイオニーをまじまじと見ていた。急にハーマイオニーが別人に見えたような目つきだ。
「ハーマイオニー、ネビルの言うとおりだ――君は、**れっきとした女の子だ……**」
「まあ、よくお気づきになりましたこと」ハーマイオニーが辛辣に言った。
「そうだ――君が僕たち二人のどっちかと来ればいい！」
「おあいにくさま」ハーマイオニーがピシャリと言った。

「ねえ、そう言わずに」
ロンがもどかしそうに言った。
「僕たち、パートナーが必要なんだ。ほかの子は全部いるのに、僕たちだけ誰もいなかったら、ほんとにまぬけに見えるじゃないか……」
「私、一緒には行けないわ」
ハーマイオニーが今度は赤くなった。
「だって、もう、ほかの人と行くことになってるの」
「そんなはずないよ！」ロンが言った。
「そんなこと、ネビルを追い払うために言ったんだよ！」
「あら、**そうかしら？**」
ハーマイオニーの目が危険な輝きを放った。
「**あなたは**、三年もかかってやっとお気づきになられたようですけどね、ロン、だからと言って、**ほかの誰も私が女の子だと気づかなかったわけじゃないわ！**」
ロンはハーマイオニーをじっと見た。それからまたニヤッと笑った。
「オッケー、オッケー。僕たち、君が女の子だと認める」ロンが言った。

「これでいいだろ？　さあ、僕たちと行くかい？」
「だから、言ったでしょ！」ハーマイオニーが本気で怒った。「ほかの人と行くんです！」
そして、ハーマイオニーは女子寮のほうへさっさと行ってしまった。
「あいつ、うそついてる」ロンはその後ろ姿を見ながらきっぱりと言った。
「うそじゃないわ」ジニーが静かに言った。
「じゃ、誰と？」ロンが声をとがらせた。
「言わないわ。あたし、関係ないもの」ジニーが言った。
「よーし」ロンはかなり参っているようだった。「こんなこと、やってられないぜ。ジニー、**おまえが**ハリーと行けばいい。僕はただ――」
「あたし、だめなの」ジニーも真っ赤になった。
「あたし――あたし、ネビルと行くの。ハーマイオニーに断られたとき、あたしを誘ったの。あたし……そうね……誘いを受けないと、ダンスパーティには行けないと思ったの。まだ四年生になっていないし」
ジニーはとてもみじめそうだった。
「あたし、夕食を食べにいくわ」

そう言うと、ジニーは立ち上がって、うなだれたまま、肖像画の穴のほうに歩いていった。
ロンは目を丸くしてハリーのほうを見た。
「あいつら、どうなっちゃってんだ？」ロンがハリーに問いかけた。
しかし、ハリーのほうはちょうど肖像画の穴をくぐってきたパーバティとラベンダーを見つけたところだった。思いきって行動を起こすなら、今だ。
「ここで、待ってて」
ロンにそう言うと、ハリーは立ち上がってまっすぐにパーバティのところに行き、聞いた。
「パーバティ？　僕とダンスパーティに行かない？」
パーバティはクスクス笑いの発作に襲われた。ハリーは、ローブのポケットに手を突っ込み、うまくいくように指でおまじないをしながら、笑いが収まるのを待った。
「ええ、いいわよ」
パーバティはやっとそう言うと、見る見る真っ赤になった。
「ありがとう」ハリーはホッとした。「ラベンダー――ロンと一緒に行かない？」
「ラベンダーはシェーマスと行くの」
パーバティが言った。そして二人でますますクスクス笑いをした。

ハリーはため息をついた。
「誰か、ロンと行ってくれる人、知らない？」
ロンに聞こえないように声を落として、ハリーが聞いた。
「ハーマイオニー・グレンジャーは？」パーバティが言った。
「ほかの人と行くんだって」
パーバティは驚いた顔をした。
「へぇぇぇっ……いったい誰？」パーバティは興味津々だ。
ハリーは肩をすぼめて言った。
「全然知らない。それで、ロンのことは？」
「そうね……」パーバティはちょっと考えた。
「私の妹なら……パドマだけど……レイブンクローの。よかったら、聞いてみるけど」
「うん。そうしてくれたら助かる。結果を知らせてくれる？」ハリーが言った。
ハリーはロンのところに戻った。このダンスパーティは、それほどの価値もないのに、余計な心配ばかりさせられると思った。そして、パドマ・パチルの鼻が、顔の真ん真ん中についていますようにと、心から願った。

第23章 クリスマス・ダンスパーティ

四年生には休暇中にやるべき宿題がどっさり出されたが、学期が終わったとき、ハリーは勉強する気になれず、クリスマスまでの一週間、思いきり遊んだ。ほかの生徒も同じだった。グリフィンドール塔は学期中に負けず劣らず混み合っていた。寮生がいつもより騒々しいので、むしろ塔が少し縮んだのではないかと思うくらいだった。

フレッドとジョージの「カナリア・クリーム」は大成功で、休暇が始まってから二、三日は、あちこちで突然ワッと羽の生える生徒が増えた。しかし、まもなくグリフィンドール生も知恵がつき、食べ物の真ん中にカナリア・クリームが入ってはいないかと、他人からもらった食べ物には細心の注意を払うようになった。ジョージは、フレッドと二人でもうほかの物を開発中だと、ハリーに打ち明けた。これからは、フレッドやジョージからポテトチップ一枚たりともらわないほうがいいと、ハリーは心に刻んだ。ダドリーの「ベロベロ飴」騒動を、ハリーはまだ忘れていなかった。

城にも、校庭にも、深々と雪が降っていた。ハグリッドの小屋は、砂糖にくるまれた生姜クッキーのようで、その隣のボーバトンの薄青い馬車は、粉砂糖のかかった巨大な冷えたかぼちゃのように見えた。ダームストラングの船窓は氷で曇り、帆やロープは真っ白に霜で覆われていた。厨房のしもべ妖精たちは、いつにもまして大奮闘し、こってりした体の温まるシチューやピリッとしたプディングを次々と出した。フラー・デラクールだけが文句を言った。

「オグワーツのたべもーのは、重過ぎまーす」

ある晩、大広間を出るとき、フラーが不機嫌そうにブツブツ言うのが聞こえた（ロンは、フラーに見つからないよう、ハリーの陰に隠れてこそこそ歩いていた）。

「わたし、パーティローブが着られなくなりまーす」

「あぁあら、それは悲劇ですこと」

フラーが玄関ホールのほうに出ていくのを見ながら、ハーマイオニーがピシャリと言った。

「あの子、まったく、何様だと思ってるのかしら」

「ハーマイオニー――君、誰と一緒にパーティに行くんだい？」ロンが聞いた。

ハーマイオニーがまったく予期していないときに聞けば、驚いた拍子に答えるのではないかと、ロンは何度も出し抜けにこの質問をしていた。しかし、ハーマイオニーはただしかめっ面をしてこう答えた。
「教えないわ。どうせあなた、私をからかうだけだもの」
「冗談だろう、ウィーズリー？」
背後でマルフォイの声がした。
「誰かが、あんなモノをダンスパーティに誘った？　出っ歯の『穢れた血』を？」
ハリーもロンも、サッと振り返った。ところがハーマイオニーは、マルフォイの背後の誰かに向かって手を振り、大声で言った。
「こんばんは、ムーディ先生！」
マルフォイは真っ青になって後ろに飛びのき、きょろきょろとムーディの姿を探した。しかし、ムーディはまだ、教職員テーブルでシチューを食べているところだった。
「小さなイタチがピックピクだわね、マルフォイ？」
ハーマイオニーが痛烈に言い放ち、ハリー、ロンと一緒に、思いっきり笑いながら大理石の階段を上がった。
「ハーマイオニー」
ロンが横目でハーマイオニーを見ながら、急に顔をしかめた。

「君の歯……」
「歯がどうかした？」ハーマイオニーが聞き返した。
「うーん、何だかちがうぞ……たった今気がついたけど……」
「もちろん、ちがうわ――マルフォイのやつがくれた牙を、私がそのままぶら下げているとでも思ったの？」
「ううん、そうじゃなくて、あいつが君に呪いをかける前の歯と何だかちがう……つまり……まっすぐになって、そして――そして、普通の大きさだ」
ハーマイオニーは突然いたずらっぽくニッコリした。すると、ハリーも気がついた。ハリーの覚えているハーマイオニーのニッコリとは全然ちがう。
「そう……マダム・ポンフリーのところに歯を縮めてもらいにいったとき、ポンフリー先生が鏡を持って、元の長さまで戻ったらストップと言いなさい、とおっしゃったの。そこで、私、ただ……少しだけ余分にやらせてあげたの」
ハーマイオニーはさらに大きくニッコリした。
「パパやママはあんまり喜ばないでしょうね。もうずいぶん前から、私が自分で短くするって、二人を説得してたんだけど、二人とも私に歯列矯正のブレースを続けさせたがってたの。二人とも、ほら、歯医者じゃない？　魔法で歯をどうにかなんて――あら！　ピッグウィジョンが戻ってきたわ！」

ロンの豆ふくろうが、つららの下がった階段の手すりのてっぺんでさえずりまくっていた。脚に、丸めた羊皮紙がくくりつけられていた。そばを通り過ぎる生徒たちがピッグを指差しては笑っている。三年生の女子学生たちが立ち止まって言った。

「ねえ、あのちびっ子ふくろう、見て！　かっわいいー！」

「あのバカ羽っ子！」

ロンが歯がみして階段をかけ上がり、ピッグウィジョンをパッとつかんだ。

「手紙は、受取人にまっすぐ届けるの！　ふらふらして見せびらかすんじゃないの！」

ピッグウィジョンはロンの握り拳の中から首を突き出して、うれしそうにホッホッと鳴いた。

三年生の女子学生たちは、ショックを受けたような顔をして見ていた。

「早く行けよ！」

ロンが女子学生にかみつくように言い、ピッグウィジョンを握ったまま拳を振り上げた。ピッグウィジョンは、「高い、高い」をしてもらったように、ますますうれしそうに鳴いた。

「ハリー、はい――受け取って」

ロンが声を低くして言った。三年生の女子学生たちは、憤慨した顔で走り去った。ロンがピッグウィジョンの脚からはずしたシリウスの返事を、ハリーはポケットにしまい込んだ。それから三人は、手紙を読むために急いでグリフィンドール塔に戻った。

談話室ではみんなお祭り気分で盛り上がり、ほかの人が何をしているかなど気にもとめない。ハリー、ロン、ハーマイオニーは、みんなから離れて窓のそばに座った。窓はだんだん雪で覆われて暗くなっていく。ハリーが手紙を読みあげた。

ハリー

おめでとう。ホーンテールをうまく出し抜いたんだね。「炎のゴブレット」に君の名前を入れた誰かさんは、きっと今ごろがっかりしているだろう！　私は「結膜炎の呪い」を使えと言うつもりだった。ドラゴンの一番の弱点は目だからね――。

「クラムはそれをやったのよ！」ハーマイオニーがささやいた。

――だが、君のやり方のほうがよかった。感心したよ。

しかし、ハリー、これで満足してはいけない。まだ一つしか課題をこなしていないのだ。試合に君を参加させたのが誰であれ、君を傷つけようとたくらんでいるなら、まだまだチャンスがあるわけだ。油断せずに、しっかり目を開けて――特に私たちが話題にしたあの人物が近くにいる間は――トラブルに巻き込まれないよう充分気をつけなさい。何か変わったことがあったら、必ず知らせなさい。連絡を絶やさないように。

シリウスより

「ムーディにそっくりだ」

手紙をまたローブにしまい込みながら、ハリーがひっそりと言った。

『油断大敵！』って。まるで、僕が目をつぶったまま歩いて、壁にぶつかるみたいじゃないか……」

「だけど、シリウスの言うとおりよ、ハリー」ハーマイオニーが言った。

「たしかに、まだ二つも課題が残ってるわ。ほんと、あの卵を調べるべきよ。ね。そしてあれがどういう意味なのか、考えはじめなきゃ……」

「ハーマイオニー、まだずーっと先じゃないか！」ロンがピシャリと言った。

「チェスしようか、ハリー？」
「うん、オーケー」
そう答えはしたが、ハーマイオニーの表情を読み取って、ハリーが言った。
「いいじゃないか。こんなやかましい中で、どうやって集中できる？　この騒ぎじゃ、卵の音だって聞こえやしないだろ」
「ええ、それもそうね」
ハーマイオニーはため息をつき、座り込んで二人のチェスを観戦した。むこう見ずで勇敢なポーンを二駒と、非常に乱暴なビショップを一駒使ってロンが王手をかける、わくわくするようなチェックメイトで試合は最高潮に達した。

クリスマスの朝、ハリーは突然目が覚めた。なぜ突然意識がはっきりしたのだろうと不思議に思いながら、ハリーは目を開けた。すると、大きな丸い緑の目をした何かが、暗闇の中からハリーを見つめ返していた。その何かが、あまりに近くにいたので、鼻と鼻がくっつきそうだった。
「**ドビー！**」
ハリーが叫び声を上げた。あわてて妖精から離れようとした拍子に、ハリーは危うくベッドから転げ落ちそうになった。
「やめてよ。びっくりするじゃないか！」
「ドビーはごめんなさいなのです！」
ドビーは長い指を口に当てて後ろに飛びのきながら、心配そうに言った。
「ドビーは、ただ、ハリー・ポッターに『クリスマスおめでとう』を言って、プレゼントを差し上げたかっただけなのでございます！　ハリー・ポッターは、ドビーがいつかハリー・ポッターに会いにきてもよいとおっしゃいました！」
「ああ、わかったよ」
心臓のドキドキは元に戻ったが、ハリーはまだ息をはずませていた。
「ただ――ただ、これからは、つっついて起こすとか何とかしてよね。あんなふうに僕をのぞき込まないで……」
ハリーは四本柱のベッドに張りめぐらされたカーテンを開け、ベッド脇の小机からめがねを取ってかけた。ハリーが叫んだので、ロン、シェーマス、ディーン、ネビルも起こされてしまっていた。四人とも自分のベッドのカーテンのすきまから、どろんとした目、くしゃくしゃ頭でのぞいている。

「誰かに襲われたのか、ハリー？」シェーマスが眠そうに聞いた。
「ちがうよ。ドビーなんだ」ハリーがもごもご答えた。「まだ眠っててよ」
「ンー……プレゼントだ！」
シェーマスは自分のベッドの足下に大きな山ができているのを見つけた。ロン、ディーン、ネビルも、どうせ起きてしまったのだから、プレゼントを開けるのに取りかかろうということになった。ハリーはドビーのほうに向きなおった。ドビーは、ハリーを驚かせてしまったことがまだ気がかりだという顔で、今度はハリーのベッドの脇におどおどと立っていた。ティーポット・カバーを帽子のようにかぶり、そのてっぺんの輪になったところに、クリスマス飾りのボールを結びつけている。
「ドビーは、ハリー・ポッターにプレゼントを差し上げてもよろしいでしょうか？」
ドビーはキーキー声でためらいがちに言った。
「もちろんさ」ハリーが答えた。「えーと……僕も君にあげるものがあるんだ」
うそだった。ドビーには何にも買ってはいなかった。しかし、急いでトランクを開け、くるくる丸めた飛びきり毛玉だらけの靴下を一足引っ張り出した。ハリーの靴下の中でも一番古く、一番汚らしい、からし色の靴下で、かつてはバーノンおじさんのものだった。ことさらに毛玉が多いのは、ハリーがこの靴下を一年以上「かくれん防止器」のクッションがわりに使っていたからだ。ハリーは「かくれん防止器」を引っ張り出し、ドビーに靴下を渡しながら言った。

「包むのを忘れてごめんね……」

ドビーは大喜びだった。

「ドビーはソックスが大好きです。大好きな衣服でございます！」

ドビーははいていた左右ちぐはぐな靴下を急いで脱ぎ、バーノンおじさんの靴下をはいた。

「ドビーは今、七つも持っているのでございます……でも……」

ドビーはそう言うと目を見開いた。靴下は引っ張り上げられるだけ引っ張り上げられ、ドビーの半ズボンのすそのすぐ下まで来ていた。

「お店の人がまちがえたでございます。ハリー・ポッター、二つともおんなじのをよこしたでございます！」

「ああ、ハリー、何たること。それに気づかなかったなんて！」

ロンが自分のベッドからハリーのほうを見てニヤニヤしながら言った。ロンのベッドは包み紙だらけになっている。

「ドビー、こうしよう――ほら――こっちの二つもあげるよ。そしたら君が全部を好きなように組み合わせればいい。それから、前に約束してたセーターもあげるよ」
ロンは、今、包みを開けたばかりのスミレ色の靴下一足と、ウィーズリーおばさんが送ってよこした手編みのセーターをドビーのほうに投げた。
ドビーは感激に打ちのめされた顔で、キーキー声で言った。
「旦那様は、なんてご親切な！」
大きな目にまた涙があふれそうになりながら、ドビーはロンに深々とおじぎした。
「ドビーは旦那様が偉大な魔法使いにちがいないと存じておりました。旦那様はハリー・ポッターの一番のお友達ですから。でも、ドビーは存じませんでした。旦那様がそれだけではなく、ハリー・ポッターと同じようにご親切で、気高くて、無欲な方だとは――」
「たかが靴下じゃないか」
ロンは耳元をかすかに赤らめたが、それでもまんざらでもない顔だった。
「わーっ、ハリー――」
ロンはハリーからのプレゼントを開けたところだった。チャドリー・キャノンズの帽子だ。
「かっこいい！」
ロンは早速かぶった。赤毛と帽子の色が恐ろしく合わなかった。

今度はドビーがハリーに小さな包みを手渡した。それは――靴下だった。
「ドビーが自分で編んだのでございます！」
妖精はうれしそうに言った。
「ドビーはお給料で毛糸を買ったのでございます！」
左用の靴下は鮮やかな赤で、箒の模様があり、右用の靴下は緑色で、スニッチの模様だった。
「これって……この靴下って、ほんとに……うん、ありがとう、ドビー」
ハリーはそう言うなり靴下をはいた。ドビーの目がまた幸せにうるんだ。
「ドビーはもう行かなければならないのでございます。厨房で、もうみんながクリスマス・ディナーを作っています！」
ドビーはそう言うと、ロンやほかのみんなにさようならと手を振りながら、急いで寝室を出ていった。
ハリーのほかのプレゼントは、ドビーのちぐはぐな靴下よりはずっとましなものだった――ダーズリー一家からの、ティッシュペーパー一枚という史上最低記録をのぞけばだが――。まだ「ベロベロ飴」のことを根に持っているのだろう、とハリーは思った。ハーマイオニーは『イギリスとアイルランドのクィディッチ・チーム』の本をくれたし、ロンは「クソ爆弾」のぎっしり詰まった袋、シリウスはペンナイフで、何でもこじ開ける道具とどんな結び目もほどく道具がついていた。ハグリッドは大きな菓子箱で、ハリーの好物がいっぱい詰まっていた――バーティ・ボッツの「百味ビーンズ」、「蛙チョコレート」、どんどんふくらむ「ドルーブル風船ガム」、「フィフィ・フィズビー」などだ。もちろん、いつものウィーズリーおばさんからの包みがあった。新しいセーター（緑色でドラゴンの絵が編み込んであった――チャーリーがホーンテールのことをおばさんにいろいろ話したのだろう）、それにお手製のクリスマス用ミンスパイがたくさん入っていた。

ハリーとロンは談話室でハーマイオニーと待ち合わせをして、三人で一緒に朝食に下りていった。午前中は、グリフィンドール塔でほとんどを過ごした。塔では誰もがプレゼントを楽しんでいた。それから大広間に戻り、豪華な昼食。少なくとも百羽の七面鳥、クリスマス・プディング、そしてクリベッジの魔法クラッカーが山ほどあった。

午後は三人で校庭に出た。まっさらな雪だ。ダームストラングやボーバトンの生徒たちが城に行き帰りする道だけが深い溝になっていた。ハーマイオニーは、ハリーとウィーズリー兄弟の雪合戦には加わらずに眺めていた。五時になると、ハーマイオニーはパーティの支度があるので部屋に戻ると言った。

「エーッ、三時間もいるのかよ？」
ロンが信じられないという顔でハーマイオニーを見た。一瞬気を抜いたツケが回ってきた。ジョージが投げた大きな雪玉が、ロンの顔を横からバシッと強打した。
「誰と行くんだよー？」
ハーマイオニーの後ろからロンが叫んだが、ハーマイオニーはただ手を振って、石段を上がり城へと消えた。
今日はダンスパーティでごちそうが出るので、クリスマス・ティーはなかった。七時になると、もう雪玉のねらいを定めることもできなくなってきたので、みんな雪合戦をやめ、ぞろぞろと談話室に戻った。「太った婦人」は下の階から来た友人のバイオレットと一緒に額に納まり、二人ともほろ酔い機嫌だった。絵の下のほうに、空になったウィスキー・ボンボンの箱がたくさん散らばっていた。
『レアリー・ファイト、電豆球』。そうだったわね！」
「太った婦人」は合言葉を聞くと、クスクス笑ってパッと開き、みんなを中に入れた。
ハリー、ロン、シェーマス、ディーン、ネビルは、寝室でドレスローブに着替え、みんな自意識過剰になって照れていたが、一番意識していたのはロンだった。部屋の隅の姿見に映る自分の姿を眺めてぼうぜんとしていた。どう見ても、ロンのローブが女性のドレスに見えるのは、どうしようもない事実だった。少しでも男っぽく見せようと躍起になって、ロンはえりとそで口のレースに「切断の呪文」をかけた。これがかなりうまくいき、少なくともロンは「レースなし」の姿になった。ただし、呪文の詰めが甘く、えりやそで口がみじめにぼろぼろのまま、みんなと階下に下りていった。

「君たち二人とも、どうやって同学年一番の美女を獲得したのか、僕、いまだにわからないなぁ」ディーンがボソボソ言った。

「動物的魅力ってやつだよ」

ロンは、ぼろぼろのそで口の糸を引っ張りながら、憂うつそうに言った。

談話室は、いつもの黒いローブの群れではなく、色とりどりの服装であふれ返り、いつもとは様子がちがっていた。パーバティは寮の階段下でハリーを待っていた。とてもかわいい。ショッキング・ピンクのパーティドレスローブに、長い黒髪を三つ編みにして金の糸を編み込み、両方の手首には金のブレスレットが輝いていた。クスクス笑いをしていないので、ハリーはホッとした。

「君――あの――すてきだよ」ハリーはぎこちなくほめた。

「ありがとう」
パーバティが言った。それから、「パドマが玄関ホールで待ってるわ」とロンに言った。
「うん」
ロンはきょろきょろしながら言った。
「ハーマイオニーはどこだろう？」
パーバティは、知らないわとばかり肩をすくめた。
「それじゃ、下に行きましょうか、ハリー？」
「オーケー」
そう答えながら、ハリーは、このまま談話室に残っていられたらいいのに、と思った。肖像画の穴から出る途中、フレッドがハリーを追い越しながらウィンクした。
玄関ホールも生徒でごった返していた。大広間のドアが開放される八時を待って、みんなうろうろしている。自分とちがう寮のパートナーと組む生徒は、お互いを探して、人混みの中を縫うように歩いていた。パーバティは妹のパドマを見つけて、ハリーとロンのところへ連れてきた。
「こんばんは」
明るいトルコ石色のローブを着たパドマは、パーバティに負けないくらいかわいい。しかし、ロンをパートナーにすることにはあまり興味がないように見えた。パドマの黒い瞳が、ロンを上から下まで眺め回したあげく、ぼろぼろのえりとそで口をじっと見た。

「やあ」

ロンは挨拶したが、パドマには目もくれず、人混みをじっと見回していた。

「あっ、まずい……」

ロンはひざを少しかがめてハリーの陰に隠れた。フラー・デラクールが通り過ぎるところだった。シルバーグレーのサテンのパーティドレスローブを着たフラーは輝くばかりで、レイブンクローのクィディッチ・キャプテン、ロジャー・デイビースを従えていた。二人の姿が見えなくなってから、ロンはやっとまっすぐ立ち、みんなの頭の上から人混みを眺め回した。

「ハーマイオニーはいったいどこだろう？」ロンがまた言った。

スリザリンの一群が地下牢の寮の談話室から階段を上がって現れた。マルフォイが先頭だ。黒いビロードの詰めえりローブを着たマルフォイは、英国国教会の牧師のようだとハリーは思った。パンジー・パーキンソンが、フリルだらけの淡いピンクのパーティドレスローブを着て、マルフォイの腕にしがみついていた。クラッブとゴイルは、二人ともグリーンのローブで、苔むした大岩のようだった。どちらもパートナーが見つからなかったらしく、ハリーはちょっといい気分になった。

正面玄関の樫の扉が開いた。ダームストラングの生徒が、カルカロフ校長と一緒に入ってくるのをみんなが振り返って見た。一行の先頭はクラムで、ブルーのローブを着た、ハリーの知らないかわいい女の子を連れている。一行の頭越しに、外の芝生がハリーの目に入った。城のすぐ前の芝生が魔法で洞窟のようになり、中に豆電球ならぬ妖精の光が満ちていた——何百という生きた妖精が、魔法で作られたバラの園に座ったり、サンタクロースとトナカイのような形をした石像の上をひらひら飛び回ったりしている。

すると、マクゴナガル先生の声が響いた。

「代表選手はこちらへ！」

パーバティはニッコリしながら腕輪をはめなおした。パーバティとハリーは、ロンとパドマに「またあとでね」と声をかけて前に進み出た。ペチャクチャしゃべっていた人垣が割れて、二人に道をあけた。

マクゴナガル先生は赤いタータンチェックのドレスローブを着て、帽子の縁には、かなり見栄えの悪いアザミの花輪を飾っていた。先生は代表選手に、ほかの生徒が全部入場するまで、ドアの脇で待つように指示した。代表選手は、生徒が全部着席してから列を作って大広間に入場することになっていた。フラー・デラクールとロジャー・デイビースはドアに一番近いところに陣取った。デイビースはフラーをパートナーにできた幸運にくらくらして、目がフラーにくぎづけになっていた。セドリックとチョウもハリーの近くにいたが、ハリーは二人と話をしないですむように目をそらしていた。その目が、ふとクラムの隣にいる女の子をとらえた。ハリーの口があんぐり開いた。

ハーマイオニーだった。

しかしまったくハーマイオニーには見えない。髪をどうにかしたらしく、ぼさぼさと広がった髪ではなく、つやつやとなめらかな髪だ。頭の後ろでねじり、優雅なシニヨンに結い上げてある。ふんわりした薄青色の布地のローブで、立ち居振る舞いもどこかちがっていた——たぶん、いつも背負っている二十冊くらいの本がないのでちがって見えるだけかもしれない。それに、ほほ笑んでいる——緊張気味のほほ笑み方なのはたしかだが——しかし、前歯が小さくなっているのがますますはっきりわかった。どうして今まで気づかなかったのか、ハリーはわからなかった。

「こんばんは、ハリー！　こんばんは、パーバティ！」ハーマイオニーが挨拶した。

パーバティはあからさまに信じられないという顔で、ハーマイオニーを見つめていた。パーバティだけではない。大広間の扉が開くと、図書館でクラムをつけ回していたファンたちは、ハーマイオニーを恨みがましい目で見ながら、ツンツンして前を通り過ぎた。パンジー・パーキンソンは、マルフォイと一緒に前を通り過ぎるとき、ハーマイオニーを穴の開くほど見つめたし、マルフォイでさえ、ハーマイオニーを侮辱する言葉が一言も見つからないようだった。しかし、ロンは、ハーマイオニーの顔も見ずに前を通り過ぎた。

みんなが大広間の席に落ち着くと、マクゴナガル先生が代表選手とパートナーたちに、それぞれ組になって並び、先生のあとについてくるようにと言った。指示に従って大広間に入ると、みんなが拍手で迎えた。代表選手たちは、大広間の一番奥に置かれた、審査員が座っている大きな丸テーブルに向かって歩いた。

大広間の壁はキラキラと銀色に輝く霜で覆われ、星の瞬く黒い天井の下には、何百というヤドリギや蔦の花綱がからんでいた。各寮のテーブルは消えてなくなり、かわりに、ランタンのほのかな灯りに照らされた、十人ほどが座れる小さなテーブルが、百あまり置かれていた。

ハリーは自分の足につまずかないよう必死だった。パーバティはうきうきと楽しそうで、一人一人に笑いかけた。パーバティがぐいぐい引っ張っていくので、ハリーは、まるで自分がドッグショーの犬になって、パーバティに引き回されているような気がした。審査員テーブルに近づいたとき、ロンとパドマの姿が目に入った。ロンはハーマイオニーが通り過ぎるのを、目をすぼめて見ていた。パドマはふくれっ面だった。

代表選手たちが審査員テーブルに近づくと、ダンブルドアはうれしそうにほほ笑んだが、カルカロフはクラムとハーマイオニーが近づくのを見て、驚くほどロンとそっくりの表情を見せた。ルード・バグマンは、今夜は鮮やかな紫に大きな黄色の星を散らしたローブを着込み、生徒たちと一緒になって、夢中で拍手していた。マダム・マクシームは、いつもの黒い繻子のドレスではなく、ラベンダー色の流れるような絹のガウンをまとい、上品に拍手していた。しかし、クラウチ氏は――ハリーは突然気づいた――いない。審査員テーブルの五人目の席には、パーシー・ウィーズリーが座っていた。

代表選手がそれぞれのパートナーとともに審査員のテーブルまで来ると、パーシーは自分の隣の椅子を引いて、ハリーに目配せした。ハリーはその意味を悟って、パーシーの隣に座った。パーシーは真新しい濃紺のドレスローブを着て、鼻高々の様子だった。

「昇進したんだ」

ハリーに聞く間も与えず、パーシーが言った。その声の調子は、「宇宙の最高統治者」に選ばれたとでも発表したかのようだった。

「クラウチ氏個人の補佐官だ。僕は、クラウチ氏の代理でここにいるんですよ」

「あの人、どうして来ないの？」

ハリーが聞いた。宴会の間中、鍋底の講義をされたらたまらないと思った。

「クラウチ氏は、残念ながら体調がよくない。まったくよくない。ワールドカップ以来ずっと調子がおかしい。それも当然――働き過ぎですね。もう若くはない――もちろん、まださえているし、昔と変わらないすばらしい頭脳だ。しかし、ワールドカップは魔法省全体にとっての一大不祥事だったし、クラウチ氏個人も、あのブリンキーとか何とかいう屋敷しもべ妖精の不始末で、大きなショックを受けられた。当然、クラウチ氏はそのあとすぐ、しもべを解雇しましたが。しかし――まあ、なんですよ、クラウチ氏は年を取ってきてるわけだし、世話をする人が必要だ。しもべがいなくなってから、家の中のことは確実に快適ではなくなったと、クラウチ氏も気がついただろうね。それに、この対抗試合の準備はあるし、ワールドカップのあとのごたごたの始末をつけないといけなかったし――あのスキーターっていういやな女がうるさくかぎ回ってるし――ああ、お気の毒に。クラウチ氏は今、静かにクリスマスを過ごしていらっしゃる。当然の権利ですよ。自分の代理を務める信頼できる者がいることをご存じなのが、僕としてはうれしいですね」

ハリーは、クラウチ氏がパーシーを「ウェーザビー」と呼ばなくなったかどうか聞いてみたくてたまらなかったが、何とか思いとどまった。

金色に輝く皿には、まだ何のごちそうもなかったが、小さなメニューが一人一人の前に置かれていた。ハリーは、どうしていいかはっきりわからないまま、メニューを取り上げて周りを見回した。ウェイターはいなかった。しかし、ダンブルドアは、自分のメニューをじっくり眺め、自分の皿に向かって、はっきりと、「ポークチョップ」と言った。

すると、ポークチョップが現れた。そうか、と合点して、同じテーブルに座った者は、それぞれ自分の皿に向かって注文を出した。この新しい、より複雑な食事の仕方を、ハーマイオニーはどう思うだろうかと、ハリーはちらりとハーマイオニーを見た――屋敷しもべ妖精にとっては、これはずいぶん余分な労力がいるはずだが？――しかし、ハーマイオニーはこの時にかぎってS・P・E・Wのことを考えていないようだった。ビクトール・クラムとすっかり話し込んでいて、自分が何を食べているのかさえ気がつかないようだった。

そういえば、ハリーは、クラムが話すのを実際に聞いたことはなかった。しかし、今はたしかに話している。しかも、夢中になって。

「ええ、ヴぉくたちのところにも城があります。こんなに大きくはないし、こんなに居心地よくないです、と思います」

クラムはハーマイオニーに話していた。
「ヴぉくたちのところは四階建てです。そして、魔法を使う目的だけに火をおこします。しかし、ヴぉくたちの校庭はここよりも広いです――でも冬には、ヴぉくたちのところはヴぉとんど日光がないので、ヴぉくたちは楽しんでいないです。しかし、夏には、ヴぉくたちは毎日飛んでいます。湖や山の上を――」
「これ、これ、ビクトール！」
カルカロフは笑いながら言ったが、冷たい目は笑っていない。
「それ以上は、もう明かしてはいけないよ。さもないと、君のチャーミングなお友達に、私たちの居場所がはっきりわかってしまう！」
ダンブルドアがほほ笑んだ。目がキラキラしている。
「イゴール、そんなに秘密主義じゃと……誰も客に来てほしくないのかと思ってしまうじゃろうが」
「はて、ダンブルドア」
カルカロフは黄色い歯をむき出せるだけむき出して言った。
「我々は、それぞれ、自らの領地を守ろうとするのではないですかな？　我々に託された学びの殿堂を、意固地なまでにガードしているのでは？　我々のみが自らの学校の秘密を知っているという誇りを持ち、それを守ろうとするのは、正しいことではないですかな？」

「おお、わしはホグワーツの秘密のすべてを知っておるなどと、夢にも思わんぞ、イゴール」

ダンブルドアは和気あいあいと話した。

「たとえば、つい今朝のことじゃがの、トイレに行く途中、曲がるところをまちがえての、これまでに見たこともない、見事に均整の取れた部屋に迷い込んでしもうた。そこにはほんにすばらしい、おまるのコレクションがあっての。もっとくわしく調べようと、もう一度行ってみると、その部屋は跡形もなかったのじゃ。しかし、わしは、これからも見逃さぬよう気をつけようと思うておる。もしかすると、朝の五時半にのみ近づけるのかもしれんて。さもなければ、上弦、下弦の月のときのみ現れるのか――いや、求める者の膀胱が、ことさらに満ちているときかもしれんのう」

ハリーは食べかけのグラーシュシチューの皿に、プーッと噴き出してしまった。パーシーは顔をしかめたが、まちがいなく――とハリーは思った――ダンブルドアがハリーに向かってちょこんとウィンクした。

一方、フラー・デラクールはロジャー・デイビースに向かって、ホグワーツの飾りつけをけなしていた。

「こんなの、なーんでもありませーん」

大広間の輝く壁をぐるりと見回し、軽蔑したようにフラーが言った。

「ボーバトンの宮殿では、クリースマスに、お食事のあいーだ、周りには、ぐるーりと氷の彫刻が立ちまーす。もちろーん、彫刻は、とけませーん……まるでおーきなダイヤモンドの彫刻のようで、ピーカピカ輝いて、あたりを照らしていまーす。そして、お食事は、とーてもすばらしいでーす。そして、森のニンフの聖歌隊がいて、お食事の間、歌を奏でまーす。こんな、見苦しーい鎧など、わたーしたちの廊下にはありませーん。もしーも、ポルターガイストがボーバトンに紛れ込むようなことがあーれば、追い出されまーす。コムサ！」

フラーはがまんならないというふうに、テーブルをピシャリとたたいた。

ロジャー・デイビースは、魂を抜かれたような顔で、フラーが話すのを見つめていた。フォークを口に運んでも、ほおに当たってばかりいる。デイビースはフラーの顔を見つめるのに忙しくて、フラーの話など一言もわかっていないのではないか、とハリーは思った。

「そのとおりだ」

デイビースはあわててそう言うと、フラーのまねをして、テーブルをピシャリとたたいた。

「コムサ！　うん」

ハリーは大広間を見回した。ハグリッドが教職員テーブルの一つに座っている。以前に着たことがある、あのやぼったい毛のもこもこした茶色の背広をまた着込んでいる。そして、こちらの審査員テーブルをじっと見つめていた。ハグリッドが小さく手を振るのが見えたので、ハリーはあたりを見回した。マダム・マクシームが手を振り返している。指のオパールがろうそくの光にきらめいた。

ハーマイオニーが、今度はクラムに自分の名前の正しい発音を教えていた。クラムは「ハーミィーオウン」と呼び続けていたのだ。

「ハー－マイ－オ－ニー」

ハーマイオニーがゆっくり、はっきり発音した。

「ハーム－オウン－ニニー」

「まあまあね」

ハリーが見ているのに気づいて、ハーマイオニーがニコッとしながら言った。

食事を食べ尽くしてしまうと、ダンブルドアが立ち上がり、生徒たちにも立ち上がるようにうながした。そして、杖を一振りすると、テーブルはズイーッと壁際に退き、広いスペースができた。それから、ダンブルドアは右手の壁に沿ってステージを立ち上げた。ドラム一式、ギター数本、リュート、チェロ、バグパイプがそこに設置された。

いよいよ「妖女シスターズ」が、熱狂的な拍手に迎えられてドヤドヤとステージに上がった。全員異常に毛深く、着ている黒いローブは、芸術的に破いたり、引き裂いたりしてあった。それぞれが楽器を取り上げた。夢中でシスターズに見入っていたハリーは、これからのことをほとんど忘れていたが、突然、テーブルのランタンがいっせいに消え、ほかの代表選手たちが、パートナーと一緒に立ち上がったのに気づいた。

「さあ！」

パーバティが声を殺してうながした。

「私たち、踊らないと！」

ハリーは立ち上がりざま、自分のローブのすそを踏んづけた。「妖女シスターズ」は、スローな物悲しい曲を奏ではじめた。ハリーは、誰の目も見ないようにしながら、煌々と照らされたダンスフロアに歩み出た（シェーマスとディーンがハリーに手を振り、からかうように笑っているのが見えた）。次の瞬間、パーバティがハリーの両手をつかむや否や、片方の手を自分の腰に回し、もう一方の手をしっかり握りしめた。

その場でスローなターンをしながら（パーバティがリードしていた）、恐れていたほどひどくはないな、とハリーは思った。ハリーは観客の頭の上のほうを見つめ続けた。まもなく、観客のほうも大勢ダンスフロアに出てきたので、代表選手はもう注目の的ではなくなった。ネビルとジニーがすぐそばで踊っていた――ネビルが足を踏むので、ジニーがしょっちゅう痛そうにすくむのが見えた――ダンブルドアはマダム・マクシームとワルツを踊っていた。まるで大人と子供で、ダンブルドアの三角帽子の先が、やっとマダム・マクシームのあごをくすぐる程度だった。しかし、マダム・マクシームは巨大な体の割に、とても優雅な動きだった。マッドーアイ・ムーディは、シニストラ先生と、ぎこちなく二拍子のステップを踏んでいたが、シニストラ先生は義足に踏まれないように神経質になっていた。

「いい靴下だな、ポッター」

ムーディがすれちがいながら、「魔法の目」でハリーのローブを透視し、うなるように言った。

「あ――ええ、屋敷妖精のドビーが編んでくれたんです」ハリーが苦笑いした。

「あの人、**気味が悪い！**」

ムーディがコツコツ遠ざかってから、パーバティがヒソヒソ声で言った。

「あの目は、**許されるべき**じゃないと思うわ！」

バグパイプが最後の音を震わせるのを聞いて、ハリーはホッとした。「妖女シスターズ」が演奏を終え、大広間は再び拍手に包まれた。ハリーはパーバティをサッと離した。

「座ろうか？」

「あら――でも――これ、とってもいい曲よ！」

パーバティが言った。「妖女シスターズ」がずっと速いテンポの新しい曲を演奏しはじめていた。

「僕は好きじゃない」

ハリーはうそをついて、パーバティをダンスフロアから連れ出し、フレッドとアンジェリーナのそばを通って――この二人は元気を爆発させて踊っていたので、けがをさせられてはかなわないと、みんな遠巻きにしていた――ロンとパドマの座っているテーブルに行った。

「調子はどうだい？」

テーブルに座ってバタービールの栓を抜きながら、ハリーがロンに聞いた。

ロンは答えない。近くで踊っているハーマイオニーとクラムを、ギラギラとにらんでいた。パドマは腕組みし足を組んで座っていたが、片方の足が音楽に合わせてヒョイヒョイ拍子を取っていた。ときどきふてくされてロンを見たが、ロンはまったくパドマを無視していた。パーバティもハリーの隣に座ったが、こっちも腕と足を組んだ。しかし、まもなくボーバトンの男の子がパーバティにダンスを申し込んだ。

「かまわないかしら？　ハリー？」パーバティが聞いた。

「え？」

ハリーはその時、チョウとセドリックを見ていた。

「何でもないわ」

パーバティはプイとそう言うと、ボーバトンの男の子と行ってしまった。曲が終わっても、パーバティは戻ってこなかった。

ハーマイオニーがやってきて、パーバティが去ったあとの席に座った。ダンスのせいで、ほのかに紅潮していた。

「やあ」ハリーが言った。ロンは何も言わなかった。

「暑くない？」

ハーマイオニーは手で顔をあおぎながら言った。

「ビクトールが何か飲み物を取りにいったところよ」

ロンが、じろりとハーマイオニーをねめつけた。

「ビクトールだって？」ロンが言った。「ビッキーって呼んでくれって、まだ言わないのか？」
ハーマイオニーは驚いてロンを見た。
「どうかしたの？」ハーマイオニーが聞いた。
「そっちがわからないんなら」ロンが辛辣な口調で言った。「こっちが教えるつもりはないね」
ハーマイオニーはロンをまじまじと見た。それからハリーを見た。ハリーは肩をすくめた。
「ロン、何が――？」
「あいつは、ダームストラングだ！」
ロンが吐き捨てるように言った。
「ハリーと張り合ってる！　ホグワーツの敵だ！　君――君は――」
ロンは、明らかに、ハーマイオニーの罪の重さを充分言い表す言葉を探していた。
「敵とべたべたしている。君のやってることはそれなんだ！」
ハーマイオニーはぽかんと口を開けた。
「バカ言わないで！」
しばらくしてハーマイオニーが言った。
「敵ですって！　まったく――あの人が到着したとき、あんなに大騒ぎしてたのはどこのどなたさん？　サインを欲しがったのは誰なの？　寮にあの人のミニチュア人形を持ってる人は誰？」
ロンは無視を決め込んだ。
「二人で図書館にいるときにでも、お誘いがあったんだろうね？」
「ええ、誘われたわ」
ハーマイオニーのピンクのほおが、ますます紅くなった。
「それがどうしたっていうの？」
「何があったんだ？――あいつを『反吐』に入れようとでもしたのか？」
「そんなことしないわ！　本気で知りたいなら、あの人――あの人、毎日図書館に来ていたのは、私と話がしたいからだった、と言ったの。だけど、そうする勇気がなかったって！」
ハーマイオニーはこれだけを一気に言い終えると、ますます真っ赤になり、パーバティのローブと同じ色になった。
「へー、そうかい――それがヤツの言い方ってわけだ」ロンがねちっこく言った。
「それって、どういう意味？」
「見え見えだろ？　あいつはカルカロフの生徒じゃないか？　君が誰といつも一緒か、知ってる……あいつはハリーに近づこうとしてるだけだ――ハリーの内部情報をつかもうとしてるか

――それとも、ハリーに充分近づいて呪いをかけようと――」

ハーマイオニーは、ロンに平手打ちを食らったような顔をした。口を開いたとき、声が震えていた。

「言っとくけど、あの人は、私にただの一言もハリーのことを聞いたりしなかったわ。ただの一言も――」

ロンは電光石火、矛先を変えた。

「それじゃあいつは、あの卵の謎を解くのに、君の助けを借りたいと思ってるんだ！　図書館でイチャイチャしてるとき、君たち、知恵を出し合ってたんだろう――」

「私、あの人が卵の謎を考える手助けなんか、絶対にしないわ！」

ハーマイオニーは烈火のごとく怒った。

「絶対によ！　よくもそんなことが言えるわね――私、ハリーに試合に勝ってほしいのよ。そのことは、ハリーが知ってるわ。そうでしょう、ハリー？」

「それにしちゃ、おかしなやり方で応援してるじゃないか」ロンが嘲った。

「そもそも、この試合は、外国の魔法使いと知り合いになって、友達になることが目的のはずよ！」

ハーマイオニーが激しい口調で言った。
「ちがうね！」ロンが叫んだ。「勝つことが目的さ！」
周囲の目が集まりはじめた。
「ロン」ハリーが静かに言った。「ハーマイオニーがクラムと一緒に来たこと、僕、何とも思っちゃいないよ――」
しかし、ロンはハリーの言うことも無視した。
「行けよ。ビッキーを探しにさ。君がどこにいるのか、あいつ、探してるだろうぜ」
ロンが言った。
「**あの人をビッキーなんて呼ばないで！**」
ハーマイオニーはパッと立ち上がり、憤然とダンスフロアを横切り、人混みの中に消えた。
ロンはハーマイオニーの後ろ姿を、怒りと満足の入りまじった顔で見つめていた。
「私とダンスする気があるの？」パドマがロンに聞いた。
「ない」
ロンは、ハーマイオニーの行ったあとをまだにらみつけていた。
「そう」

パドマはバシッと言うと、立ち上がってパーバティのところに行った。パーバティと一緒にいたボーバトンの男の子は、あっという間に友達を一人調達してきた。その早業。ハリーは、これはまちがいなく「呼び寄せ呪文」で現れたにちがいないと思った。

「ハーム－オウン－ニニーはどこ？」声がした。

クラムがバタービールを二つつかんでハリーたちのテーブルに現れたところだった。

「さあね」

ロンがクラムを見上げながら、取りつく島もない言い方をした。

「見失ったのかい？」

クラムはいつものむっつりした表情になった。

「でヴぁ、もし見かけたら、ヴぉくが飲み物を持っていると言ってください」

そう言うと、クラムは背中を丸めて立ち去った。

「ビクトール・クラムと友達になったのか？　ロン？」

パーシーがもみ手しながら、いかにももったいぶった様子で、せかせかとやってきた。

「けっこう！　そう、それが大事なんだよ――国際魔法協力が！」

ハリーの迷惑をよそに、パーシーはパドマの空いた席にサッと座った。審査員テーブルには今や誰もいない。ダンブルドア校長はスプラウト先生と、ルード・バグマンはマクゴナガル先生と踊っていた。マダム・マクシームはハグリッドと二人、生徒たちの間をワルツで踊り抜け、ダンスフロアに幅広く通り道を刻んでいた。カルカロフはどこにも見当たらない。

曲が終わると、みんながまた拍手した。ハリーは、ルード・バグマンがマクゴナガル先生の手にキスして、人混みをかき分けて戻ってくるのを見た。その時、フレッドとジョージがバグマンに近づいて声をかけるのが見えた。

「あいつら何をやってるんだ？　魔法省の高官に、ご迷惑なのに」

パーシーはフレッドとジョージをいぶかしげに眺めながら、歯がみした。

「敬意のかけらも……」

ルード・バグマンは、しかし、まもなくフレッドとジョージを振り払い、ハリーを見つけると、手を振ってテーブルにやってきた。

「弟たちがおじゃまをしませんでしたでしょうか、バグマンさん？」

パーシーが間髪を容れずに言った。

「え？　ああ、いやいや！」バグマンが言った。

「いや何、あの子たちは、ただ、自分たちが作った『だまし杖』についてちょっと話してただけだ。販売方法について私の助言がもらえないかとね。ゾンコの『いたずら専門店』の私の知り合いに紹介しようと、あの子たちに約束したが……」

パーシーはこれがまったく気に入らない様子だった。家に帰ったら、すぐさまウィーズリーおばさんにこのことを言いつけるだろう。絶対そうだ、とハリーは思った。一般市場に売り出すというのなら、どうやらフレッドとジョージの計画は、最近ますます大がかりになっているようだ。

バグマンはハリーに何か聞こうと口を開きかけたが、パーシーが横合いから口を出した。

「バグマンさん、対校試合はどんな具合でしょう？　私どもの部では、かなり満足しております――『炎のゴブレット』のちょっとしたミスは」――パーシーはハリーをちらりと見た――「もちろん、やや残念ではありますが、しかし、それ以後はとても順調だと思いますが、いかがですか？」

「ああ、そうだね」バグマンは楽しげに言った。

「これまでとてもおもしろかった。バーティ殿はどうしているかね？　来られないとは残念至極」

「ああ、クラウチさんはすぐにも復帰なさると思いますよ」

パーシーはもったいぶって言った。

「まあ、それまでの間の穴埋めを、僕が喜んで務めるつもりです。もちろん、ダンスパーティに出席するだけのことではありませんがね――」

パーシーは陽気に笑った。

「いやいや、それどころか、クラウチさんのお留守中、いろんなことが持ち上がりましてね。それを全部処理しなければならなかったのですよ――アリ・バシールが空飛ぶじゅうたんを密輸入しようとして捕まったのはお聞きおよびでしょう？　それに、トランシルバニア国に『国際決闘禁止条約』への署名をするよう説得を続けていますしね。年明けにはむこうの『魔法協力部長』との会合がありますし――」

「ちょっと歩こうか」ロンがハリーにボソボソッと言った。

「パーシーから離れよう……」

飲み物を取りに行くふりをしてハリーとロンはテーブルを離れ、ダンスフロアの端を歩き、玄関ホールに抜け出した。正面の扉が開けっ放しになっていた。正面の石段を下りていくと、バラの園に飛び回る妖精の光が、瞬き、きらめいた。石段を下りきると、そこは潅木のしげみに囲まれ、くねくねとした散歩道がいくつも延び、大きな石の彫刻が立ち並んでいた。ハリーの耳に、噴水のような水音が聞こえてきた。あちらこちらに彫刻をほどこしたベンチが置かれ、人が座っていた。ハリーとロンはバラの園に延びる小道の一つを歩きだしたが、あまり歩かないうちに、聞き覚えのある不快な声が聞こえてきた。

「イゴール……我輩は何も騒ぐ必要はないと思うが」

「セブルス、何も起こっていないふりをすることはできまい！」

カルカロフが盗み聞きを恐れるかのように、不安げな押し殺した声で言った。

「この数か月の間に、ますますはっきりしてきた。私は真剣に心配している。否定できることではない――」

「なら、逃げろ」スネイプがそっけなく言った。

「逃げろ。我輩が言い訳を考えてやる。しかし、我輩はホグワーツに残る」

スネイプとカルカロフが曲がり角にさしかかった。スネイプは杖を取り出していた。意地の悪い表情をむき出しにして、スネイプはバラのしげみをバラバラに吹き飛ばしていた。あちこちのしげみから悲鳴が上がり、黒い影が飛び出してきた。

「ハッフルパフ、十点減点だ、フォーセット！」

スネイプがうなった。女の子がスネイプの脇を走り抜けていくところだった。

「さらに、レイブンクローも十点減点だ、ステビンズ！」

男の子が女の子のあとを追ってかけていくところだった。
「ところでおまえたち二人は何をしているのだ？」
小道の先にハリーとロンの姿を見つけたスネイプが聞いた。カルカロフが、二人がそこに立っているのを見て、わずかに動揺したのを、ハリーは見逃さなかった。カルカロフの手が神経質に山羊ひげに伸び、指に巻きつけはじめた。
「歩いています」ロンが短く答えた。
「規則違反ではありませんね？」
「なら、歩き続けろ！」
スネイプはうなるように言うと、二人の脇をサッと通り過ぎた。後ろ姿に長い黒マントがひるがえっていた。カルカロフは急いでスネイプのあとに続いた。ハリーとロンは小道を歩き続けた。
「カルカロフはなんであんなに心配なんだ？」ロンがつぶやいた。
「それに、いつからあの二人は、イゴール、セブルスなんて、名前で呼び合うほど親しくなったんだ？」ハリーがいぶかった。
二人は大きなトナカイの石像の前に出た。そのむこうに、噴水が水しぶきを輝かせて高々と上がっているのが見えた。石のベンチに、二つの巨大なシルエットが見えた。月明かりに噴水を眺めている。そして、ハリーはハグリッドの声を聞いた。

「あなたを見たとたん、俺にはわかった」

ハグリッドの声は変にかすれていた。

ハリーとロンはその場に立ちすくんだ。じゃまをしてはいけない場面のような気がする。何となく……。ハリーは小道を振り返った。すると、近くのバラのしげみに半分隠されて、フラー・デラクールとロジャー・デイビースが立っているのが見えた。ハリーはロンの肩をつついて、あごで二人のほうを差した。その方向からなら、気づかれずにこっそり立ち去れるという意味だ(ハリーには、フラーとデイビースはお取り込み中のように見えた)。しかし、フラーの姿にロンは恐怖で目を見開き、頭をブルブルッと横に振り、ハリーをトナカイの後ろの暗がりの奥深くに引っ張り込んだ。

「何がわかったの。アグリッド?」

マダム・マクシームの低い声には、はっきりと甘えた響きがあった。

ハリーは絶対に聞きたくなかった。こんな状況を盗み聞きされたら、ハグリッドがいやがるだろうとわかっていた——僕なら絶対いやだもの——できることなら、指で耳栓をして大声で鼻歌を歌いたい。しかし、それはとうていできない相談だ。かわりにハリーは、石のトナカイの背中をはっているコガネムシに意識を集中しようとした。しかし、コガネムシでは、ハグリッドの次の言葉が耳に入らなくなるほどおもしろいとは言えなかった。

「わかったんだ……あなたが俺とおんなじだって……あなたのおふくろさんですかい？　親父さんですかい？」

「わたくし――わたくし、何のことかわかりませんわ、アグリッド」

「俺の場合はおふくろだ」ハグリッドは静かに言った。

「おふくろは、イギリスで最後の一人だった。もちろん、おふくろのこたぁ、あんまりよく覚えてはいねえが……。いなくなっちまったんだ。俺が三つぐれえのとき。あんまり母親らしくはなかった。まあ……あの連中はそういう性質ではねえんだろう。おふくろがどうなったのか、わからねえ……死んじまったのかもしれねえし……」

マダム・マクシームは何も言わない。そしてハリーは、思わずコガネムシから目を離し、トナカイの角のむこう側を見た。耳を傾けて……。ハリーはハグリッドが子供のころの話をするのを聞いたことがなかった。

「俺の親父は、おふくろがいなくなると、胸が張り裂けっちまってなあ。ちっぽけな親父だった。俺が六つになるころにゃ、もう、親父が俺にうるさく言ったりすっと、親父を持ち上げて、たんすのてっぺんに乗っけることができた。そうすっと、親父はいつも笑ったもんだ……」
ハグリッドの太い声がくぐもった。マダム・マクシームは、身じろぎもせず聞いていた。銀色の噴水をじっと見つめているのだろう。
「親父が俺を育ててくれた……でも死んじまったよ。ああ。俺が学校に入ってまもなくだった。それからは、俺は一人で何とかやっていかにゃならんかった。ダンブルドアが、ほんによーくしてくれたよ。ああ。俺に親切になあ……」
ハグリッドは大きな水玉の絹のハンカチを取り出し、ブーッと鼻をかんだ。
「そんで……とにかく……俺のことはもういい。あなたはどうなんですかい？　どっち方なんで？」
しかし、マダム・マクシームは突然立ち上がった。
「冷えるわ」と言った――しかし、天気がどうであれ、マダム・マクシームの声ほど冷たくはなかった。
「わたくし、もう、中にあいります」
「は？」ハグリッドが放心したように言った。
「いや、行かねえでくれ！　俺は――俺はこれまで俺と同類の人に会ったことがねえ！」

「同類のいったい何だと言いたいのでーすか？」
マダム・マクシームは氷のような声だ。
ハリーはハグリッドに答えないほうがいいと伝えたかった。無理な願いだとわかっても、言わないで、と心で叫びながら、ハリーは暗がりに突っ立ったままだった――願いはやはり通じなかった。
「同類の半巨人だ。そうだとも！」ハグリッドが言った。
「おお、何ということを！」
マダム・マクシームが叫んだ。おだやかな夜の空気を破り、その声は霧笛のように響き渡った。ハリーは背後で、フラーとロジャーがバラのしげみから跳び上がる音を聞いた。
「こーんなに侮辱されたことは、あじめてでーす！　あん巨人！　わたくしが？　わたくしは――わたくしは、おねがうといだけでーす！」
マダム・マクシームは荒々しく去っていった。怒ってしげみをかき分けながら歩き去ったあとには、色とりどりの妖精の群れがワッと空中に立ち昇った。ハグリッドはそのあとを目で追いながらベンチに座ったままだった。ハグリッドの表情を見るには、あたりがあまりに暗かった。それから、一分ほどもたったろうか。ハグリッドは立ち上がり、大股に歩き去った。城のほうにではなく、真っ暗な校庭を、自分の小屋の方向に向かって。

「行こう」

ハリーはロンに向かってそっと言った。

「さあ、行こう……」

しかし、ロンは動こうとしない。

「どうしたの？」ハリーはロンを見た。

ロンは振り返ってハリーを見た。深刻な表情だった。

「知ってたか？」ロンがささやいた。

「ハグリッドが半巨人だってこと？」

「ううん」ハリーは肩をすくめた。

「それがどうかした？」

ロンの表情から、ハリーは、自分がどんなに魔法界のことを知らないかがはっきりしたと、改めて思い知らされた。ダーズリー一家に育てられたので、魔法使いならあたりまえのことでも、ハリーには驚くようなことがたくさんあった。そうした驚きも、学校で一年一年を過ごすうちに少なくなってきていた。ところが、今また、友達の母親が巨人だったと知ったときに、たいがいの魔法使いなら「それがどうかした？」などと言わないのだとわかった。
「中に入って説明するよ」ロンが静かに言った。「行こうか……」
フラーとロジャー・デイビースはいなくなっていた。もっと二人きりになれるしげみに移動したのだろう。ハリーとロンは大広間に戻った。パーバティとパドマは、ボーバトンの男の子たちに囲まれて、今はもう遠くのテーブルに座っていたし、ハーマイオニーはクラムともう一度ダンスしていた。ハリーとロンはダンスフロアからずっと離れたテーブルに座った。
「それで？」
ハリーがロンをうながした。
「巨人のどこが問題なの？」
「そりゃ、連中は……連中は……」
ロンは言葉に詰まってもたもたした。
「あんまりよくない」
ロンは中途半端な言い方をした。
「気にすることないだろ？」ハリーが言った。
「ハグリッドは何にも悪くない！」

「それはわかってる。でも……驚いたなぁ……ハグリッドがだまっていたのも無理ないよ」
ロンが首を振りながら言った。
「僕、ハグリッドが子供のとき、たまたま悪質な『肥らせ呪文』に当たるか何かしたんじゃないかって、そう思ってた。僕、そのこと言いたくなかったんだけど……」
「だけど、ハグリッドの母さんが巨人だと何が問題なの？」ハリーが聞いた。
「うーん……ハグリッドのことを知ってる人にはどうでもいいんだけど。だって、ハグリッドは危険じゃないって知ってるから」
ロンが考えながら話した。
「だけど……ハリー、連中は、巨人は狂暴なんだ。ハグリッドも言ってたけど、そういう性質なんだ。トロールと同じで……とにかく殺すのが好きでさ。それはみんな知ってる。ただ、もうイギリスにはいないけど」
「どうなったわけ？」
「うん。いずれにしても絶滅しつつあったんだけど、それに闇祓いにずいぶん殺されたし。でも、外国には巨人がいるらしい……だいたい山に隠れて……」
「マクシームは、いったい誰をごまかすつもりなのかなぁ」

審査員のテーブルに一人つくねんと、醒めた表情で座っているマダム・マクシームを見ながら、ハリーが言った。

「ハグリッドが半巨人なら、あの人も絶対そうだ。骨太だって……あの人より骨が太いのは恐竜ぐらいなもんだよ」

二人だけの片隅で、ハリーとロンは、それからパーティが終わるまでずっと、巨人について語り合った。二人ともダンスをする気分にはなれなかった。ハリーはチョウとセドリックのほうをあまり見ないようにした。見れば何かをけとばしたい気持ちにかられるからだ。

「妖女シスターズ」が演奏を終えたのは真夜中だった。みんなが最後に盛大な拍手を送り、玄関ホールへの道をたどりはじめた。ダンスパーティがもっと続けばいいのにという声があちこちから聞こえたが、ハリーはベッドに行けるのがとてもうれしかった。ハリーにとっては、今夜はあまり楽しい宵ではなかった。

二人が玄関ホールに出ると、クラムがダームストラングの船に戻る前に、ハーマイオニーがクラムにおやすみなさいを言っているのが見えた。ハーマイオニーはロンにひやりと冷たい視線を浴びせ、一言も言わずにロンのそばを通り過ぎ、大理石の階段を上っていった。ハリーとロンはそのあとをついていったが、階段の途中で、ハリーは誰かが呼ぶ声を聞いた。

「おーい、ハリー！」
セドリック・ディゴリーだった。ハリーは、チョウが階段下の玄関ホールでセドリックを待っているのを見た。
「うん？」
ハリーのほうにかけ上がってくるセドリックに、ハリーは冷たい返事をした。
セドリックは何か言いたそうだったが、ロンのいるところでは言いたくないように見えた。ロンは機嫌の悪い顔で、肩をすくめ、一人で階段を上っていった。
「いいか……」
セドリックはロンがいなくなると、声を落として言った。
「君にはドラゴンのことを教えてもらった借りがある。あの金の卵のことだけど、開けたとき、君の卵はむせび泣くか？」
「ああ」ハリーが答えた。
「そうか……風呂に入れ、いいか？」
「えっ？」
「風呂に入れ。そして――えーと――卵を持っていけ。そして――えーと――とにかくお湯の中でじっくり考えるんだ。そうすれば考える助けになる……信じてくれ」

ハリーはセドリックをまじまじと見た。

「こうしたらいい」セドリックが続けた。

「監督生の風呂場がある。六階の『ボケのボリス』の像の左側、四つ目のドアだ。合言葉は『パイン・フレッシュ、松の香さわやか』だ。もう行かなきゃ……おやすみを言いたいからね――」

セドリックはハリーにニコッと笑い、急いで階段を下りてチョウのところに戻った。

ハリーはグリフィンドール塔に一人で戻った。とっても変な助言だったなあ。風呂がなんで泣き卵の謎を解く助けになるんだろう？　セドリックはからかっているんだろうか？　チョウが、僕と比較してセドリックをさらに好きになるように、僕をまぬけに見せようとしているのだろうか？

「太った婦人」と友達のバイが穴の前の肖像画の中で寝息を立てていた。ハリーは二人を起こすため、「フェアリー・ライト、豆電球！」と叫ばなければならなかった。それで起こされてしまった二人は、相当おかんむりだった。

談話室に上がっていくと、ロンとハーマイオニーが火花を散らして口論中だった。間を三メートルもあけて立ち、双方真っ赤な顔で叫び合っている。

「ええ、ええ、お気に召さないんでしたらね、解決法はわかってるでしょう？」
ハーマイオニーが叫んだ。優雅なシニョンは今や垂れ下がり、怒りで顔がゆがんでいる。
「ああ、そうかい？」ロンが叫び返した。
「言えよ。何だい」
「今度ダンスパーティがあったら、ほかの誰かが私に申し込む前に申し込みなさいよ。最後の手段じゃなくって！」
ハーマイオニーがきびすを返し、女子寮の階段を荒々しく上っていく間、ロンは水から上がった金魚のように、口をパクパクさせていた。ロンが振り返ってハリーを見た。
「まあな」
ロンは雷に打たれたような顔でブツブツ言った。
「つまり――要するにだ――まったく的はずれもいいとこだ――」
ハリーは何も言わなかった。正直に言うことで、せっかく元どおりになった大切なロンとの仲を壊したくはなかった――しかし、ハリーにはなぜか、ハーマイオニーのほうが、ロンより的を射ているように思えた。

第24章 リータ・スキーターの特ダネ

クリスマスの翌日は、みんな朝寝坊した。グリフィンドールの談話室はこれまでとは打って変わって静かだったし、気だるい会話もあくびでとぎれがちだった。ハーマイオニーの髪はまた元に戻ってぼさぼさだった。ダンスパーティのために「スリーク・イージーの直毛薬」を大量に使ったのだと、ハーマイオニーはハリーに打ち明けた。

「だけど、面倒くさくって、とても毎日やる気にならないわ」

ゴロゴロのどを鳴らしているクルックシャンクスの耳の後ろをカリカリかきながら、ハーマイオニーは事もなげに言った。

ロンとハーマイオニーは、二人の争点には触れないと、暗黙の了解に達したようだった。お互いにばかていねいだったが、仲よくしていた。ハリーとロンは、偶然耳にしたマダム・マクシームとハグリッドの会話を、すぐさまハーマイオニーに話して聞かせた。しかし、ハーマイオニーは、ハグリッドが半巨人だというニュースに、ロンほどショックを受けてはいなかった。

「まあね、そうだろうと思っていたわ」
ハーマイオニーは肩をすくめた。
「もちろん、純巨人でないことはわかってた。だって、ほんとの巨人なら、身長六メートルもあるもの。だけど、巨人のことになるとヒステリーになるなんて、どうかしてるわ。全部が全部恐ろしいわけないのに……狼人間に対する偏見と同じことね……単なる思い込みだわ」
ロンは何か痛烈に反撃したそうな顔をしたが、ハーマイオニーとまた一悶着起こすのはごめんだと思ったらしく、ハーマイオニーが見ていないときに、「つき合いきれないよ」と頭を振るだけで満足したようだった。
休暇が始まってから一週間無視し続けていた宿題を、思い出す時が来た。クリスマスが終わってしまった今、誰もが気が抜けていた――ハリー以外は。ハリーは（これで二度目だが）少し不安になりはじめていた。
困ったことに、クリスマスを境に、二月二十四日はぐっと間近に迫って見えた。それなのに、ハリーはまだ何も金の卵の謎を解き明かす努力をしていない。ハリーは、寮の寝室に上がるたびに、トランクから卵を取り出し、開けて、何かわかるのではないかと願いながら一心にその音を聞くことにした。三十丁ののこぎり楽器が奏でる音以外に何か思いつかないかと、必死で考えたが、こんな音は今まで聞いたことがない。ハリーは卵を閉じ、勢いよく振って、何か音が変化しているかとまた開けてみるのだが、何の変化もない。卵に質問してみたり、泣き声に負けないくらい大声を出してみたりしたが、何も起こらない。ついには卵を部屋のむこうに放り投げた――それでどうにかなると思ったわけではないが。

セドリックがくれたヒントを忘れたわけではなかった。しかし、今は、セドリックに対して打ち解けない気持ちだ。できればセドリックの助けは借りたくないという思いが強かった。セドリックが本気でハリーに手を貸したいのなら、もっとはっきり教えてくれたはずだ。僕は、セドリックに第一の課題そのものずばりを教えたじゃないか――セドリックの考える公正なお返しは、僕に「風呂に入れ」と言うだけなのか。いいとも。そんなくだらない助けなら僕はいらない――どっちにしろ、チョウと手をつないで廊下を歩いているやつの手助けなんか、いるもんか。

そうこうするうちに、新学期の一日目が始まり、ハリーは授業に出かけた。教科書や羊皮紙、羽根ペンはいつものように重かったが、そればかりでなく、気がかりな卵が胃に重くのしかかり、まるで卵までも持ち歩いているかのようだった。

校庭はまだ深々と雪に覆われ、温室の窓はびっしりと結露して、「薬草学」の授業中、外が見えなかった。こんな天気に「魔法生物飼育学」の授業を受けるのは、誰も気が進まなかった。しかし、ロンの言うとおり、スクリュートのおかげでみんな充分に暖かくなれるかもしれない。スクリュートに追いかけられるとか、激烈な爆発でハグリッドの小屋が火事になるとか。

ハグリッドの小屋にたどり着いてみると、白髪を短く刈り込み、あごが突き出た老魔女が、戸口に立っていた。

「さあ、お急ぎ。鐘はもう五分前に鳴ってるよ」

雪道でなかなか先に進まない生徒たちに、魔女が大声で呼びかけた。

「あなたは誰ですか？」ロンが魔女を見つめた。

「ハグリッドはどこ？」

「わたしゃ、グラブリー－プランク先生」魔女は元気よく答えた。

「『魔法生物飼育学』の代用教師だよ」

「ハグリッドはどこなの？」ハリーも大声で同じことを聞いた。

「あの人は気分が悪くてね」魔女はそれしか言わなかった。

低いふゆかいな笑い声がハリーの耳に入ってきた。振り返ると、ドラコ・マルフォイとスリザリン生が到着していた。どの顔も上機嫌で、グラブリー－プランク先生を見ても誰も驚いていない。

「こっちへおいで」

グラブリー－プランク先生は、ボーバトンの巨大な馬たちが震えている囲い地に沿って、ずんずん歩いていった。ハリー、ロン、ハーマイオニーは、魔女について歩きながら、ハグリッドの小屋を振り返った。カーテンが全部閉まっている。ハグリッドは病気で、たった一人であそこにいるのだろうか？

「ハグリッドはどこが悪いのですか？」

ハリーは急いでグラブリー－プランク先生に追いつき、聞いた。

「気にしなくていいよ」

余計なお世話だとでも言いたげな答えだった。

「でも気になります」ハリーの声に熱がこもった。

「いったいどうしたのですか？」

グラブリー－プランク先生は聞こえないふりをした。ボーバトンの馬が寒さに身を寄せ合って立っている囲い地を過ぎ、禁じられた森の端に立つ一本の木のところへ、先生はみんなを連れてきた。その木には、大きな美しいユニコーンがつながれていた。

「おおおおおー！」

ユニコーンを見ると、大勢の女子学生が思わず声を上げた。

「まあ、なんてきれいなんでしょう！」
ラベンダー・ブラウンがささやくように言った。
「あの先生、どうやって手に入れたのかしら？　捕まえるのはとっても難しいはずよ！」
ユニコーンの輝くような白さに、周りの雪さえも灰色に見えるほどだった。ユニコーンは金色のひづめで神経質に地をかき、角のある頭をのけぞらせていた。
「男の子は下がって！」
グラブリー－プランク先生は腕をサッと伸ばし、ハリーの胸のあたりでがっしり行く手をさえぎり、大声で言った。
「ユニコーンは女性の感触のほうがいいんだよ。女の子は前へ。気をつけて近づくように。さあ、ゆっくりと……」
先生も女子学生もゆっくりとユニコーンに近づき、男の子は囲い地の柵のそばに立って眺めていた。
グラブリー－プランク先生にこちらの声が届かなくなるとすぐ、ハリーがロンに言った。
「ハグリッドはどこが悪いんだと思う？　まさかスクリュートに――？」
「襲われたと思ってるなら、ポッター、そうじゃないよ」

マルフォイがねっとりと言った。
「ただ、恥ずかしくて、あのでかい醜い顔が出せないだけさ」
「何が言いたいんだ？」ハリーが鋭い声で聞き返した。
マルフォイはローブのポケットに手を突っ込み、折りたたんだ新聞を一枚引っ張り出した。
「ほら」マルフォイが言った。
「こんなことを君に知らせたくはないけどね、ポッター……」
ハリーが新聞をひったくり、広げて読むのを、マルフォイはニタニタしながら見ていた。ロン、シェーマス、ディーン、ネビルは、ハリーの後ろから新聞をのぞき込んで一緒に読んだ。新聞記事の冒頭に、いかにもうさんくさそうに見えるハグリッドの写真がのっていた。

ダンブルドアの「巨大な」過ち

本紙の特派員、リータ・スキーターは、「ホグワーツ魔法魔術学校の変人校長、アルバス・ダンブルドアは、常に、あえて問題のある人物を教職員に任命してきた」との記事を寄せた。

本年九月、校長は、「マッドーアイ」と呼ばれる、呪い好きで悪名高い元闇祓いのアラスター・ムーディを、「闇の魔術に対する防衛術」の教師として迎えた。この人選は、魔法省の多くの役人の眉をひそめさせた。ムーディは身近で急に動く者があれば、誰かれ見境なく攻撃する習性があるからだ。そのマッドーアイ・ムーディでさえ、ダンブルドアが「魔法生物飼育学」の教師に任命した半ヒトに比べれば、まだ責任感のあるやさしい人物に見える。

三年生のときホグワーツを退校処分になったと自ら認めるルビウス・ハグリッドは、それ以来、ダンブルドアが確保してくれた森番としての職を享受してきた。ところが、昨年、ハグリッドは、校長に対する不可思議な影響力を行使し、あまたの適任候補を尻目に、「魔法生物飼育学」の教師という座まで射止めてしまった。

危険を感じさせるまでに巨大で、獰猛な顔つきのハグリッドは、新たに手にした権力を利用し、恐ろしい生物を次々とくり出して、自分が担当する生徒を脅している。ダンブルドアの見て見ぬふりをよいことに、ハグリッドは、多くの生徒が「怖いのなんのって」と認めるところの授業で、何人かの生徒を負傷させている。

「僕はヒッポグリフに襲われましたし、友達のビンセント・クラップは、レタス食い虫にひどくかまれました」四年生のドラコ・マルフォイはそう言う。「僕たちはみんな、ハグリッドをとても嫌っています。でも怖くて何も言えないのです」とも語った。

しかし、ハグリッドは威嚇作戦の手をゆるめる気はさらさらない。先月、「日刊予言者新聞」の記者の取材に答えて、ハグリッドは、「尻尾爆発スクリュート」と自ら命名した、マンティコアと火蟹とをかけ合わせた危険極まりない生物を飼育していると認めた。魔法生物の新種を創り出すことは、周知のとおり「魔法生物規制管理部」が常日頃厳しく監視している行為だ。どうやらハグリッドは、そんな些細な規制など自分には関わりなしと考えているらしい。

「俺はただちょいと楽しんでいるだけだ」ハグリッドはそう言って、あわてて話題を変えた。

「日刊予言者新聞」は、さらに、極めつきの、ある事実をつかんでいる。ハグリッドは、純血の魔法使い――そのふりをしてきたが――ではなかった。しかも、純粋のヒトですらない。母親は、本紙のみがつかんだところによれば、なんと、女巨人のフリドウルファで、その所在は、今現在不明である。

血に飢えた狂暴な巨人たちは、前世紀に仲間内の戦争で互いに殺し合い、絶滅寸前となった。生き残ったほんの一握りの巨人たちは、「名前を言ってはいけないあの人」に与し、恐怖支配時代に起きたマグル大量殺戮事件の中でも最悪の事件にかかわっている。

「名前を言ってはいけないあの人」に仕えた巨人の多くは、暗黒の勢力と対決した闇祓いたちに殺されたが、フリドウルファはその中にはいなかった。海外の山岳地帯に今なお残る、巨人の集落に逃れたとも考えられる。「魔法生物飼育学」の授業での奇行が何かを語っているとすれば、フリドウルファの息子は、母親の狂暴な性質を受け継いでいると言える。

運命のいたずらか、ハグリッドは、「例のあの人」を失墜させ、自分の母親をふくむ「例のあの人」の支持者たちを日陰の身に追いやった、あの男の子との親交を深めてきたとの評判である。おそらく、ハリー・ポッターは、巨大な友人に関する、ふゆかいな真実を知らないのだろう――しかし、アルバス・ダンブルドアは、ハリー・ポッター、ならびにそのほかの生徒たちに、半巨人と交わることの危険性について警告する義務があることは明白だ。

記事を読み終えたハリーは、ロンを見上げた。ロンはぽかんと口を開けていた。
「なんでわかったんだろう？」ロンがささやいた。
ハリーが気にしていたのは、そのことではなかった。
『僕たちはみんな、ハグリッドをとても嫌っています』だって？　どういうつもりだ？」
ハリーはマルフォイに向かって吐き捨てるように言った。
「こいつが――」ハリーはクラッブを指差しながら言った。「――レタス食い虫にひどくかまれた？　でたらめだ。あいつらには歯なんかないのに！」
クラッブはいかにも得意げに、ニタニタ笑っていた。
「まあ、これでやっと、あのデカブツの教師生命もおしまいだな」
マルフォイの目がギラギラ光っていた。
「半巨人か……それなのに、僕なんか、あいつが小さいときに『骨生え薬』を一瓶飲み干したのかと思っていた……どこの親だって、これは絶対気に入らないだろうな……ヤツが子供たちを食ってしまうと心配するだろうよ。ハ、ハ、ハ……」
「よくも――」

「そこの生徒、ちゃんと聞いてるの？」

グラブリー－プランク先生の声が、男子学生のほうに飛んできた。

女の子たちは、みんなユニコーンの周りに集まってなでていた。ハリーはユニコーンのほうに目を向けたが、何も見てはいなかった。怒りのあまり、「日刊予言者新聞」を持った両手が震えていた。グラブリー－プランク先生は、遠くの男子学生にも聞こえるように大声で、ユニコーンのさまざまな魔法特性を列挙しているところだった。

「あの女の先生にずっといてほしいわ！」

授業が終わり、昼食をとりにみんなで城に向かう途中、パーバティ・パチルが言った。

「『魔法生物飼育学』はこんな感じだろうって、私が思っていたのに近いわ……ユニコーンのようなちゃんとした生き物で、怪物なんかじゃなくって……」

「ハグリッドはどうなるんだい？」

城への石段を上りながら、ハリーが怒った。

「どうなるかですって？」パーバティが声を荒らげた。

「森番に変わりないでしょう？」

ダンスパーティ以来、パーバティはハリーにいやに冷淡だった。ハリーは、パーバティのことをもう少し気にかけてやるべきだったのだろうと思ったが、どっちにしろパーバティは楽しくやっていたようだ。この次、いつか週末にホグズミードに行くときには、ボーバトンの男の子と会う約束になっているのよと、チャンスさえあれば誰かれなく吹聴していたのはたしかだ。

「とってもいい授業だったわ」

大広間に入るとき、ハーマイオニーが言った。

「ユニコーンについて、私、グラブリー－プランク先生の教えてくださったことの半分も知らなかっ――」

「これ、見て！」

うなるようにそう言うと、ハリーは「日刊予言者新聞」をハーマイオニーの鼻先に突きつけた。記事を読みながら、ハーマイオニーはあんぐりと口を開けた。ロンの反応とそっくり同じだった。

「あのスキーターっていやな女、なんでわかったのかしら？　ハグリッドがあの女に話したと思う？」

「思わない」

ハリーは先に立ってグリフィンドールのテーブルのほうにどんどん進み、怒りに任せてドサッと腰を下ろした。

「僕たちにだって一度も話さなかったろ？　さんざん僕の悪口を聞きたかったのに、ハグリッドが言わなかったから、腹を立てて、ハグリッドに仕返しするつもりでかぎ回っていたんだろうな」

「ダンスパーティで、ハグリッドがマダム・マクシームに話しているのを聞いたのかもしれない」

ハーマイオニーが静かに言った。

「それだったら、僕たちがあの庭でスキーターを見てるはずだよ！」ロンが言った。

「とにかく、スキーターは、もう学校には入れないことになってるはずだ。ハグリッドが言ってた。ダンブルドアが禁止したって……」

「スキーターは透明マントを持ってるのかもしれない」ハリーが言った。

チキン・キャセロールを鍋から自分の皿に取り分けながら、ハリーは怒りで手が震え、そこら中にこぼした。

「あの女のやりそうなことだ。草むらに隠れて盗み聞きするなんて」

「あなたやロンがやったと同じように？」ハーマイオニーが言った。

「僕らは盗み聞きしようと思ったわけじゃない！」ロンが憤慨した。
「ほかにどうしようもなかっただけだ！　バカだよ、まったく。誰が聞いているかわからないのに、自分の母親が巨人だって話すなんて！」
「ハグリッドに会いにいかなくちゃ！」ハリーが言った。
「今夜、『占い学』のあとだ。戻ってきてほしいって、ハグリッドに言うんだ……。君もハグリッドに戻ってほしいって、そう思うだろう？」
ハリーはキッとなってハーマイオニーを見た。
「私――そりゃ、初めてきちんとした『魔法生物飼育学』らしい授業を受けて、新鮮に感じたことはたしかだわ――でも、ハグリッドに戻ってほしい。もちろん、そう思うわ！」
ハリーの激しい怒りの視線にたじろぎ、ハーマイオニーはあわてて最後の言葉をつけ加えた。
そこで、その日の夕食後、三人はまた城を出て、凍てつく校庭を、ハグリッドの小屋へと向かった。小屋の戸をノックすると、ファングのとどろくようなほえ声が応えた。
「ハグリッド、僕たちだよ！」
ハリーはドンドンと戸をたたきながら叫んだ。
「開けてよ！」

ハグリッドの応えはなかった。ファングが哀れっぽく鼻を鳴らしながら、戸をガリガリ引っかく音が聞こえた。しかし、戸は開かない。それから十分ほど、三人は戸をガンガンたたいた。ロンは小屋を回り込んで、窓をバンバンたたいた。それでも何の反応もない。

「どうして私たちをさけるの？」

ついにあきらめて、城に向かって戻る道々、ハーマイオニーが言った。

「ハグリッドが半巨人だってこと、まさか、ハグリッドったら、私たちがそれを気にしてると思ってるわけじゃないでしょうね？」

しかし、ハグリッドはそれを気にしているようだった。その週、ハグリッドの姿はどこにも見当たらなかった。食事のときも教職員テーブルに姿を見せず、校庭で森番の仕事をしている様子もなかった。「魔法生物飼育学」は、グラブリー－プランク先生が続けて教えた。マルフォイは、事あるごとに満足げにほくそ笑んだ。

「混血の仲よしがいなくてさびしいのか？」

マルフォイは、ハリーが反撃できないように、誰か先生が近くにいるときだけをねらってハリーにささやいた。

「エレファントマンに会いたいだろう？」

一月半ばにホグズミード行きが許された。ハリーが行くつもりだと言ったので、ハーマイオニーは驚いた。

「せっかく談話室が静かになるのよ。このチャンスを利用したらいいのにと思って」

ハーマイオニーが言った。

「あの卵に真剣に取り組むチャンスよ」

「ああ。僕――僕、あれがどういうことなのか、もう相当いいとこまでわかってるんだ」

ハリーはうそをついた。

「ほんと？」ハーマイオニーは感心したように言った。

「すごいわ！」

ハリーは罪悪感で内臓がよじれる思いだったが、無視した。何といっても、卵のヒントを解く時間はまだ五週間もある。まだまだ先だ……それに、ホグズミードに行けば、ハグリッドにばったり出会って、戻ってくれるように説得するチャンスもあるかもしれない。

土曜日が来た。ハリーはロン、ハーマイオニーと連れ立って城を出、冷たい、湿った校庭を、校門のほうへと歩いた。湖に停留しているダームストラングの船のそばを通るとき、ビクトール・クラムがデッキに現れるのが見えた。水泳パンツ一枚の姿だ。やせてはいるが、見かけよりずっとタフらしい。船の縁によじ登り、両腕を伸ばしたかと思うと、まっすぐ湖に飛び込んだ。

「狂ってる！」

クラムの黒い頭髪が湖の中央に浮き沈みするのを見つめながら、ハリーが言った。

「凍えちゃう。一月だよ！」

「あの人はもっと寒いところから来ているの」ハーマイオニーが言った。

「あれでもけっこう暖かいと感じてるんじゃないかしら」

「ああ、だけど、その上、大イカもいるしね」

ロンの声は、ちっとも心配そうではなかった――むしろ、何か期待しているようだった。ハーマイオニーはそれに気づいて顔をしかめた。

「あの人、ほんとにいい人よ」ハーマイオニーが言った。

「ダームストラング生だけど、あなたが考えているような人とはまったくちがうわ。ここのほうがずっと好きだって、私にそう言ったの」

ロンは何にも言わなかった。ダンスパーティ以来、ロンはビクトール・クラムの名を一度も口にしなかったが、クリスマスの翌日、ハリーはベッドの下に小さな人形の腕が転がっているのを見つけた。ポッキリ折れた腕は、どう見ても、ブルガリアのクィディッチ・ユニフォームを着たミニチュア人形の腕だった。

雪でぬかるんだハイストリート通りを、ハリーは目を凝らしてハグリッドの姿を探しながら歩いた。どの店にもハグリッドがいないことがわかると、ハリーは「三本の箒」に行こうと提案した。

パブは相変わらず混み合っていた。しかし、テーブルをひとわたり、ざっと見回しただけで、ハグリッドの姿がないことがわかった。ハリーはがっくり消沈して、ロン、ハーマイオニーと一緒にカウンターに行き、マダム・ロスメルタにバタービールを注文した。こんなことなら、寮に残って、卵の泣きわめく声を聞いていたほうがましだったと、ハリーは暗い気持ちになった。

「あの人、いったいいつ、お役所で仕事をしてるの？」

突然ハーマイオニーがヒソヒソ声で言った。

「見て！」

ハーマイオニーはカウンターの後ろにある鏡を指差していた。ハリーがのぞくと、ルード・バグマンが映っていた。大勢の小鬼に囲まれて、薄暗い隅のほうに座っている。バグマンは小鬼に向かって、低い声で早口にまくしたてている。小鬼は全員腕組みして、何やら恐ろしげな雰囲気だ。

たしかにおかしい、とハリーは思った。今週は三校対抗試合がないし、審査の必要もないのに、週末にバグマンが「三本の箒」にいる。ハリーは鏡のバグマンを見つめた。バグマンはまた緊張している。あの夜、森に「闇の印」が現れる直前に見た、バグマンのあの緊張ぶりと同じだ。しかしその時、ちらりとカウンターを見たバグマンが、ハリーを見つけて立ち上がった。

「すぐだ。すぐだから！」

ハリーは、バグマンが小鬼に向かってぶっきらぼうにそう言うのを聞いた。そして、バグマンは急いでハリーのほうにやってきた。少年のような笑顔が戻っていた。

「ハリー！」バグマンが声をかけた。

「元気か？　君にばったり会えるといいと思っていたよ！　すべて順調かね？」

「はい。ありがとうございます」ハリーが答えた。

「ちょっと、二人だけで話したいんだが、どうかね、ハリー？」バグマンが頼み込んだ。

「君たち、お二人さん、ちょっとだけはずしてくれるかな？」

「アー――オッケー」

ロンはそう言うと、ハーマイオニーと二人でテーブルを探しにいった。

バグマンは、マダム・ロスメルタから一番遠いカウンターの隅に、ハリーを引っ張っていった。

「さーて、ハリー、ホーンテールとの対決は見事だった。まずはもう一度おめでとうだ」

バグマンが言った。

「実にすばらしかった」

「ありがとうございます」

バグマンはそんなことが言いたかったのではないと、ハリーにはわかった。お祝いを言うだけなら、ロンやハーマイオニーの前でもかまわないはずだ。しかし、バグマンは特に急いで手の内を明かすような気配ではなかった。カウンターの奥の鏡をちらりとのぞいて、小鬼を見ているようだ。小鬼は全員、目尻の吊り上がった暗い目で、だまってバグマンとハリーを見つめていた。

「まったく悪夢だ」

ハリーが小鬼を見つめているのに気づいたバグマンが、声をひそめて言った。

「連中の言葉ときたら、お粗末で……クィディッチ・ワールドカップでのブルガリア勢を思い出してしまうよ……。しかしブルガリア勢のほうは、少なくともほかのヒト類にわかるような手話を使った。こいつらは、ちんぷんかんぷんのゴブルディグック語でべらべらまくし立てる……私の知っているゴブルディグック語は『ブラドヴァック』の一語だけだ。『つるはし』だがね。連中の前でこの単語は使いたくない。脅迫していると思われると困るからね」
バグマンは低音の効いた声で短く笑った。
「小鬼はいったい何が望みなんですか？」
小鬼がまだバグマンをにらみ続けているのに気づいて、ハリーが聞いた。
「あー――それはだ……」
バグマンは急にそわそわしだした。
「あいつらは……あー……バーティ・クラウチを探しているんだ」
「どうしてこんなところで探すんですか？」ハリーが聞いた。
「クラウチさんは、ロンドンの魔法省でしょう？」
「あー……実は、どこにいるか、私にはわからんのだ」
バグマンが言った。
「何というか……仕事に出てこなくなったのだ。もう二、三週間欠勤している。助手のパーシーという若者は、病気だと言うんだがね。ふくろう便で指示を送ってくるらしいが。だが、このことは、ハリー、誰にも言わないでくれるかな？　何しろ、リータ・スキーターがまだあっちこっちかぎ回っているんでね。バーティの病気のことを知ったら、まちがいなく、何か不吉な記事にでっち上げる。バーティがバーサ・ジョーキンズと同じに行方不明だとか何とか」
「バーサ・ジョーキンズのことは、何かわかったのですか？」ハリーが聞いた。
「いや」
バグマンはまたこわばった顔をした。
「もちろん捜索させているが……」（遅いぐらいだ、とハリーは思った）「しかし、不思議なこともあるものだ。バーサはたしかにアルバニアに到着している。何せ、そこでまたいとこに会っている。それから、またいとこの家を出て、おばさんに会いに南に向かった……そしてその途中、影も形もなく消えた。何が起こったやらさっぱりわからん……かけ落ちするタイプには見えないんだが。たとえばの話だが……いや、しかし……。何だい、こりゃ？　小鬼とバーサの話などして。私が聞きたかったのは」
バグマンは声を落とした。
「金の卵はどうしてるかね？」
「あの……まあまあです」ハリーは言葉をにごした。
バグマンはハリーのごまかしを見抜いたようだった。
「いいかい、ハリー」

バグマンは（声を低めたまま）言った。

「私は何もかも気の毒だと思っている……君はこの試合に引きずり込まれた。自分から望んだわけでもないのに……もし、（バグマンの声がさらに低くなり、ハリーは耳を近づけないと聞き取れなかった）……もし私に何かできるなら……君をちょっとだけあと押ししてやれたら……私は君が気に入ってね……あのドラゴンとの対決はどうだい！……さあ、一言言ってくれたら」

ハリーはバグマンのバラ色の丸顔や、大きい赤ん坊のような青い目を見上げた。

「自分一人の力で謎を解くことになっているでしょう？」

ハリーは、「魔法ゲーム・スポーツ部」の部長がルールを破っていると非難がましく聞こえないように気を配り、なにげない調子で言った。

「いや……それは、そうだが」

バグマンがじれったそうに言った。

「しかし――いいじゃないか、ハリー――みんなホグワーツに勝たせたいと思っているんだから」

「セドリックにも援助を申し出られましたか？」ハリーが聞いた。

バグマンのつやつやした顔が、かすかにゆがんだ。

「いいや」バグマンが言った。
「私は――ほら、さっきも言ったように、君が気に入ったんだ。だからちょっと助けてやりたいと……」
「ええ、ありがとうございます」ハリーが言った。
「でも、僕、卵のことはほとんどわかりました……あと二、三日あれば、解決です」
なぜバグマンの申し出を断るのか、ハリーにはよくわからなかった。ただ、バグマンはハリーにとって、まったく赤の他人といってもよい。だから、バグマンの助けを受けるのは、ロンや、ハーマイオニー、シリウスの忠告を聞くことより、ずっと八百長に近いような気がしただけだ。
バグマンは、ほとんど侮辱されたような顔をした。しかし、その時フレッドとジョージが現れたので、それ以上何も言えなくなった。
「こんにちは、バグマンさん」フレッドが明るい声で挨拶した。
「僕たちから何かお飲み物を差し上げたいのですが？」
「あー……いや」
バグマンは残念そうな目つきで、もう一度ハリーを見た。
「せっかくだが、お二人さん」

バグマンは、ハリーに手ひどく振られたような顔でハリーを眺めていたが、フレッドとジョージも、バグマンと同じくらい残念そうな顔をしていた。

「さて、急いで行かないと」バグマンが言った。

「それじゃあ。ハリー、がんばれよ」

バグマンは急いでパブを出ていった。小鬼は全員椅子からスルリと下りて、バグマンのあとを追った。ハリーはロンとハーマイオニーのところへ戻った。

「何の用だったんだい？」ハリーが椅子に座るや否や、ロンが聞いた。

「金の卵のことで、助けたいって言った」ハリーが答えた。

「そんなことしちゃいけないのに！」

ハーマイオニーはショックを受けたような顔をした。

「審査員の一人じゃない！　どっちにしろ、ハリー、あなたもうわかったんでしょう？——そうでしょう？」

「あ……まあね」ハリーが言った。

「バグマンが、あなたに八百長を勧めてたなんて、ダンブルドアが知ったら、きっと気に入らないと思うわ！」

ハーマイオニーは、まだ、絶対に納得できないという顔をしていた。
「バグマンが、セドリックもおんなじように助けたいって思っているならいいんだけど！」
「それが、ちがうんだ。僕も質問した」ハリーが言った。
「ディゴリーが援助を受けているかいないかなんて、どうでもいいだろ？」
ロンが言った。ハリーも内心そう思った。
「あの小鬼たち、あんまり和気あいあいの感じじゃなかったわね」
バタービールをすすりながら、ハーマイオニーが言った。
「こんなところで、何していたのかしら？」
「クラウチを探してる。バグマンはそう言ったけど」ハリーが言った。
「クラウチはまだ病気らしい。仕事に来てないんだって」
「パーシーが一服盛ってるんじゃないか」ロンが言った。
「もしかしたら、クラウチが消えれば、自分が『国際魔法協力部』の部長に任命されるって思ってるんだ」
ハーマイオニーが、「そんなこと、冗談にも言うもんじゃないわ」という目つきでロンをにらんだ。

「変ね。小鬼がクラウチさんを探すなんて……普通なら、あの連中は『魔法生物規制管理部』の管轄でしょうに」
「でも、クラウチはいろんな言葉がしゃべれるし」ハリーが言った。
「たぶん、通訳が必要なんだろう」
「今度はかわいそうな『小鬼ちゃん』の心配かい？」
ロンがハーマイオニーに言った。
「S・P・U・Gか何か始めるのかい？　醜い（U）小鬼（G）を守る会とか？」
「お・あ・い・に・く」
ハーマイオニーが皮肉たっぷりに言った。
「小鬼には保護はいりません。ビンズ先生のおっしゃったことを聞いていなかったの？　小鬼の反乱のこと？」
「聞いてない」ハリーとロンが同時に答えた。
「つまり、小鬼たちは魔法使いに太刀打ちできる能力があるのよ」
ハーマイオニーがまた一口バタービールをすすった。
「あの連中はとっても賢いの。自分たちのために立ち上がろうとしない屋敷しもべ妖精とはちがってね」
「お、わ」ロンが入口を見つめて声を上げた。
リータ・スキーターが入ってきたところだった。今日はバナナ色のローブを着ている。長い爪をショッキング・ピンクに染め、いつもの腹の出たカメラマンを従えている。飲み物を買い、カメラマンと二人でほかの客をかき分け、近くのテーブルにやってきた。近づいてくるリータ・スキーターを、ハリー、ロン、ハーマイオニーがギラギラとにらみつけた。
スキーターは何かとても満足げに、早口でしゃべっている。
「……あたしたちとあんまり話したくないようだったわねえ、ボゾ？　さーて、どうしてか、あんた、わかる？　あんなにぞろぞろ小鬼を引き連れて、何してたんざんしょ？　観光案内だとさ……バカ言ってるわ……あいつはまったくうそがへたなんだから。何か臭わない？　ちょっとほじくってみようか？『魔法ゲーム・スポーツ部、失脚した元部長、ルード・バグマンの不名誉』……なかなか切れのいい見出しじゃないか、ボゾ――あとは、見出しに合う話を見つけるだけざんす――」
「また誰かを破滅させるつもりか？」ハリーが大声を出した。
何人かが声のほうを振り返った。リータ・スキーターは、声の主を見つけると、宝石縁のめがねの奥で、目を見開いた。
「ハリー！」リータ・スキーターがニッコリした。
「すてきざんすわ！　こっちに来て一緒に――」
「おまえなんか、いっさいかかわりたくない。三メートルの箒を中に挟んだっていやだ」
ハリーはカンカンに怒っていた。
「いったい何のために、ハグリッドにあんなことをしたんだ？」
リータ・スキーターは、眉ペンシルでどぎつく描いた眉を吊り上げた。
「読者には真実を知る権利があるのよ。ハリー、あたくしはただ自分の役目を――」
「ハグリッドが半巨人だって、それがどうだっていうんだ？」ハリーが叫んだ。
「ハグリッドは何にも悪くないのに！」
酒場中がしんとなっていた。マダム・ロスメルタはカウンターのむこうで目を凝らしていた。注いでいる蜂蜜酒が大だるま瓶からあふれているのにも気づいていないらしい。
リータ・スキーターの笑顔がわずかに動揺したが、たちまち取りつくろって笑顔に戻った。ワニ革バッグのとめ金をパチンと開き、自動速記羽根ペンＱＱＱを取り出し、リータ・スキーターはこう言った。

「ハリー、君の知っているハグリッドについてインタビューさせてくれない？　『筋骨隆々に隠された顔』ってのはどうざんす？　君の意外な友情とその裏の事情についてざんすけど。君はハグリッドが父親がわりだと思う？」

突然ハーマイオニーが立ち上がった。手にしたバタービールのジョッキを手榴弾のように握りしめている。

「あなたって、最低の女よ」

ハーマイオニーは歯を食いしばって言った。

「記事のためなら、何にも気にしないのね。誰がどうなろうと。たとえルード・バグマンだって――」

「お座りよ。バカな小娘のくせして。わかりもしないのに、わかったような口をきくんじゃない」

ハーマイオニーをにらみつけ、リータ・スキーターは冷たく言った。

「ルード・バグマンについちゃ、あたしゃね、あんたの髪の毛が縮み上がるようなことをつかんでいるんだ……もっとも、もう縮み上がっているようざんすけど――」

ハーマイオニーのぼさぼさ頭をちらりと見て、リータ・スキーターが捨てゼリフを吐いた。

「行きましょう」ハーマイオニーが言った。

「さあ、ハリー――ロン……」

三人は席を立った。大勢の目が、三人の出ていくのを見つめていた。出口に近づいたとき、ハリーはちらりと振り返った。リータ・スキーターの自動速記羽根ペンＱＱＱが取り出され、テーブルに置かれた羊皮紙の上を、飛ぶように往ったり来たりしていた。

「ハーマイオニー、あいつ、きっと次は君をねらうぜ」

急ぎ足で帰る道々、ロンが心配そうに低い声で言った。

「やるならやってみろだわ！」

ハーマイオニーは怒りに震えながら、挑むように言った。

「目に物見せてやる！　バカな小娘？　私が？　絶対にやっつけてやる。最初はハリー、次にハグリッド……」

「リータ・スキーターを刺激するなよ」ロンが心配そうに言った。

「ハーマイオニー、僕、本気で言ってるんだ。あの女、君の弱みを突いてくるぜ――」

「私の両親は『日刊予言者新聞』を読まないから、私は、あんな女に脅されて隠れたりしないわ！」

ハーマイオニーがどんどん早足で歩くので、ハリーとロンはついていくだけでやっとだった。ハリーにとって、ハーマイオニーがこんなに怒ったのを見るのは、ドラコ・マルフォイの横面をピシャリと張ったとき以来だった。

「それに、ハグリッドはもう逃げ隠れしてちゃダメ！　あんな、ヒトのできそこないみたいな女のことでおたおたするなんて、**絶対**ダメ！　さあ、**行くわよ！**」

ハーマイオニーは突然走りだした。二人を従え、帰り道を走り続け、羽の生えたイノシシ像が一対立っている校門をかけ抜け、校庭を突き抜けて、ハグリッドの小屋へと走った。

小屋のカーテンはまだ閉まったままだった。三人が近づいたので、ファングがほえる声が聞こえた。

「ハグリッド！」

玄関の戸をガンガンたたきながら、ハーマイオニーが叫んだ。

「ハグリッド、いいかげんにして！　そこにいることはわかってるわ！　あなたのお母さんが巨人だろうと何だろうと、誰も気にしてないわ、ハグリッド！　リータみたいなくさった女にやられてちゃダメ！　ハグリッド、ここから出るのよ。こんなことしてちゃ――」

ドアが開いた。ハーマイオニーは「ああ、やっと！」と言いかけて、突然口をつぐんだ。ハーマイオニーに面と向かって立っていたのは、ハグリッドではなく、アルバス・ダンブルドアだった。
「こんにちは」
ダンブルドアは三人にほほ笑みかけながら、心地よく言った。
「私たち――あの――ハグリッドに会いたくて」
ハーマイオニーの声が小さくなった。
「おお、わしもそうじゃろうと思いましたぞ」
ダンブルドアは目をキラキラさせながら言った。
「さあ、お入り」
「あ……あの……はい」ハーマイオニーが言った。
ハーマイオニー、ロン、ハリーの三人は、小屋に入った。ハリーが入るなり、ファングが飛びついて、めちゃめちゃほえながらハリーの耳をなめようとした。ハリーはファングを受け止めながら、あたりを見回した。
ハグリッドは、大きなマグカップが二つ置かれたテーブルの前に座っていた。ひどかった。顔は泣いてまだらになり、両目は腫れ上がり、髪の毛にいたっては、これまでの極端から反対の極端へと移り、なでつけるどころか、今や、からみ合った針金のかつらのように見えた。

「やあ、ハグリッド」ハリーが挨拶した。
ハグリッドは目を上げた。
「よう」ハグリッドはしわがれた声を出した。
「もっと紅茶が必要じゃの」
ダンブルドアは三人が入ったあとで戸を閉め、杖を取り出してくるくるっと回した。空中に、紅茶をのせた回転テーブルが現れ、ケーキをのせた皿も現れた。ダンブルドアはテーブルの上に回転テーブルをのせ、みんながテーブルに着いた。ちょっと間を置いてから、ダンブルドアが言った。
「ハグリッド、ひょっとして、ミス・グレンジャーが叫んでいたことが聞こえたかね？」
ハーマイオニーはちょっと赤くなったが、ダンブルドアはハーマイオニーにほほ笑みかけて言葉を続けた。
「ハーマイオニーもハリーもロンも、ドアを破りそうなあの勢いから察するに、今でもおまえと親しくしたいと思っているようじゃ」
「もちろん、僕たち、今でもハグリッドと友達でいたいと思ってるよ！」
ハリーがハグリッドを見つめながら言った。

「あんなブスのスキーターばばぁの言うことなんか――すみません。先生」
ハリーはあわてて謝り、ダンブルドアの顔を見た。
「急に耳が聞こえなくなってのう、ハリー、今何と言うたか、さっぱりわからん」
ダンブルドアは天井を見つめ、手を組んで親指をくるくるもてあそびながら言った。
「あの――えーと――」
ハリーはおずおずと言った。
「僕が言いたかったのは――ハグリッド、あんな――女が――ハグリッドのことを何て書こうと、僕たちが気にするわけないだろう？」
コガネムシのような真っ黒なハグリッドの目から、大粒の涙が二粒あふれ、もじゃもじゃひげをゆっくりと伝って落ちた。
「わしが言ったことの生きた証拠じゃな、ハグリッド」
ダンブルドアはまだじっと天井を見上げたまま言った。
「生徒の親たちから届いた、数えきれないほどの手紙を見せたじゃろう？　自分たちが学校にいたころのおまえのことをちゃんと覚えていて、もし、わしがおまえをクビにしたら、一言言わせてもらうと、はっきりそう書いてよこした――」

「全部が全部じゃねえです」ハグリッドの声はかすれていた。
「みんながみんな、俺が残ることを望んではいねえです」
「それはの、ハグリッド、世界中の人に好かれようと思うのなら、残念ながらこの小屋にずっと長いこと閉じこもっているほかあるまい」
ダンブルドアは半月めがねの上から、今度は厳しい目を向けていた。
「わしが校長になってから、学校運営のことで、少なくとも週に一度はふくろう便が苦情を運んでくる。かといって、わしはどうすればよいのじゃ？　校長室に立てこもって、誰とも話さんことにするかの？」
「そんでも――先生は半巨人じゃねえ！」ハグリッドがしわがれた声で言った。
「ハグリッド。じゃ、僕の親せきはどうなんだい！」
ハリーが怒った。
「ダーズリー一家なんだよ！」
「よいところに気づいた」ダンブルドア校長が言った。
「わしの兄弟のアバーフォースは、山羊に不適切な呪文をかけた咎で起訴されての。あらゆる新聞に大きく出た。しかしアバーフォースが逃げ隠れしたかの？　いや、しなかった。頭をしゃんと上げ、いつものとおり仕事をした！　もっとも、字が読めるのかどうか定かではない。したがって、勇気があったということにはならんかもしれんがのう……」

「戻ってきて、教えてよ、ハグリッド」

ハーマイオニーが静かに言った。

「お願いだから、戻ってきて。ハグリッドがいないと、私たちほんとにさびしいわ」

ハグリッドがゴクッとのどを鳴らした。涙がボロボロとほおを伝い、もじゃもじゃのひげを伝った。ダンブルドアが立ち上がった。

「辞表は受け取れぬぞ、ハグリッド。月曜日に授業に戻るのじゃ」

ダンブルドアが言った。

「明日の朝八時半に、大広間でわしと一緒に朝食じゃ。言い訳は許さぬぞ。それではみな、元気での」

ダンブルドアは、ファングの耳をカリカリするのにちょっと立ち止まり、小屋を出ていった。その姿を見送り、戸が閉まると、ハグリッドはごみバケツのふたほどもある両手に顔をうずめてすすり泣きはじめた。ハーマイオニーはハグリッドの腕を軽くたたいてなぐさめた。やっと顔を上げたハグリッドは、目を真っ赤にして言った。

「偉大なお方だ。ダンブルドアは……偉大なお方だ……」
「うん、そうだね」
ロンが言った。
「ハグリッド、このケーキ、一つ食べてもいいかい？」
「ああ、やってくれ」
ハグリッドは手の甲で涙をぬぐった。
「ん。あのお方が正しい。そうだとも――おまえさんら、みんな正しい……俺はバカだった……俺の父ちゃんは、俺がこんなことをしてるのを見たら、恥ずかしいと思うにちげぇねえ……」
またしても涙があふれ出たが、ハグリッドはさっきよりきっぱりと涙をぬぐった。
「父ちゃんの写真を見せたことがなかったな？　どれ……」
ハグリッドは立ち上がって洋だんすのところへ行き、引き出しを開けて写真を取り出した。ハグリッドと同じくくしゃくしゃっとした真っ黒な目の、小柄な魔法使いが、ハグリッドの肩に乗っかってニコニコしていた。そばのりんごの木から判断して、ハグリッドは優に二メートル豊かだが、顔にはひげがなく、若くて、丸くて、つるつるだった――せいぜい十一歳だろう。
「ホグワーツに入学してすぐに撮ったやつだ」ハグリッドはしわがれ声で言った。

「親父は大喜びでなあ……俺が魔法使いじゃねえかもしれんと思ってたからな。ほれ、おふくろのことがあるし……うん、まあ、もちろん、俺はあんまり魔法がうまくはなかったな。うん……しかし、少なくとも、親父は俺が退学になるのを見ねえですんだ。死んじまったからな。二年生んときに……」

「親父が死んでから、俺を支えてくれなさったのがダンブルドアだ。森番の仕事をくださった……人をお信じなさる、あの方は。誰にでもやり直しのチャンスをくださる……そこが、ダンブルドアとほかの校長とのちがうとこだ。才能さえあれば、ダンブルドアは誰でもホグワーツに受け入れなさる。みんなちゃんと育つってことを知ってなさる。たとえ家系が……その、なんだ……そんなに立派じゃねえくてもだ。しかし、それが理解できねえやつもいる。生まれ育ちを盾にとって、批判するやつが必ずいるもんだ……骨が太いだけだなんて言うやつもいるな――『自分は自分だ。恥ずかしくなんかねえ』ってきっぱり言って立ち上がるより、ごまかすんだ。『恥じることはないぞ』って、俺の父ちゃんはよく言ったもんだ。『そのことでおまえをたたくやつがいても、そんなやつはこっちが気にする価値もない』ってな。親父は正しかった。俺がバカだった。あの女のことも、もう気にせんぞ。約束する。骨が太いだと……よう言うわ」

ハリー、ロン、ハーマイオニーはそわそわと顔を見合わせた。ハグリッドがマダム・マクシームに話しているのを聞いてしまったと認めるくらいなら、ハリーは「尻尾爆発スクリュート」五十匹を散歩に連れていくほうがましだと思った。しかしハグリッドは、自分が今、変なことを口走ったとも気づかないらしく、しゃべり続けていた。

「ハリー、あのなぁ」

父親の写真から目を上げたハグリッドが言った。目がキラキラ輝いている。

「おまえさんにはじめて会ったときなぁ、昔の俺に似てると思った。父ちゃんも母ちゃんも死んで、おまえさんはホグワーツなんかでやっていけねえと思っちょった。覚えとるか？　そんな資格があるのかどうか、おまえさんは自信がなかったなぁ……ところが、ハリー、どうだ！　学校の代表選手だ！」

ハグリッドはハリーをじっと見つめ、それから真顔で言った。

「ハリーよ、俺が今、心から願っちょるのが何だかわかるか？　おまえさんに勝ってほしい。ほんとうに勝ってほしい。みんなに見せてやれ……純血じゃなくてもできるんだってな。自分の生まれを恥じることはねえんだ。ダンブルドアが正しいんだっちゅうことを、みんなに見せてやれる。魔法ができる者なら誰でも入学させるのが正しいってな。ハリー、あの卵はどうなってる？」

「大丈夫」ハリーが言った。「ほんとに大丈夫さ」

ハグリッドのしょぼくれた顔が、パッと涙まみれの笑顔になった。

「それでこそ、俺のハリーだ……目に物見せてやれ。ハリー、みんなに見せてやれ。みんなを負かしっちまえ」

ハグリッドにうそをつくのは、ほかの人にうそをつくのと同じではなかった。午後も遅くなって、ロンとハーマイオニーと一緒に城に戻ったハリーの目に、ハリーが試合で優勝する姿を想像したときに見せた、ひげもじゃハグリッドのあのうれしそうな顔が焼きついていた。その夜は、意味のわからない卵がハリーの良心に一段と重くのしかかった。ベッドに入るとき、ハリーの心は決まっていた――プライドを一時忘れ、セドリックのヒントが役に立つかどうかを試してみる時がきた。

第25章　玉子と目玉

金の卵の謎を解き明かすのに、どのくらいの時間、風呂に入る必要があるのか見当がつかないので、ハリーは好きなだけ時間が取れるよう、夜になってから実行することにした。これ以上セドリックに借りを作るのは気が進まなかったが、ハリーは監督生用の浴室を使うことにした。かぎられた人しか入れない場所なので、そこなら誰かにじゃまされることも少ないはずだ。

浴室行きを、ハリーは綿密に計画した。前に一度、真夜中にベッドを抜け出し、禁止区域で管理人のフィルチに捕まったことがあるが、もう二度とあの経験はしたくない。もちろん、「透明マント」は欠かせない。さらに、用心のため、「忍びの地図」も持っていくことにした。ハリーの持っている規則破り用の道具の中では、透明マントの次に役立つのがこの地図だ。ホグワーツ全体の地図で、近道や秘密の抜け道も描いてあるし、もっとも重要なのは、城内にいる人が、廊下を動く小さな点で示され、それぞれの点に名前がついていることだった。誰かが浴室に近づけば、ハリーにはこれで前もってわかる。

木曜の夜、ハリーはこっそりベッドを抜け出し、透明マントをかぶり、そうっと下に下りていった。ハグリッドがハリーにドラゴンを見せてくれたあの夜と同じように、ハリーは肖像画が開くのを、内側で待った。今夜はロンが外側にいて、「太った婦人」に合言葉を言った（「バナナ・フリッター」）。「がんばれよ」談話室にはい上がりながら、ロンはすれちがいに出ていくハリーにささやいた。

今夜は、透明マントを着ていると動きにくかった。片腕に重い卵を抱え、もう一方の手で地図を目の前に掲げているからだ。しかし、月明かりに照らされた廊下は閑散としていたし、肝心なところで地図をチェックすることで、出会いたくない人物に出会わないですんだ。「ボケのボリス」の像――手袋の右左をまちがえて着けている、ぼうっとした魔法使いだ――にたどり着くと、ハリーは目指す扉を見つけ、近づいて寄りかかり、セドリックに教えてもらったとおり、「パイン・フレッシュ」と合言葉を唱えた。

ドアがきしみながら開いた。ハリーは中にすべり込み、内側からかんぬきをかけ、透明マントを脱いで周りを見回した。

第一印象は、こんな浴室を使えるなら、それだけで監督生になる価値がある、ということだった。ろうそくの灯った豪華なシャンデリアが一つ、白い大理石造りの浴室をやわらかく照らしている。床の真ん中に埋め込まれた、長方形のプールのような浴槽も白大理石だ。浴槽の周囲に、百本ほどの金の蛇口があり、取っ手のところに一つ一つ色のちがう宝石がはめ込まれている。飛び込み台もあった。窓には真っ白なリンネルの長いカーテンがかけられ、浴室の隅にはふわふわの白いタオルが山のように積まれていた。壁には金の額縁の絵が一枚かけてある。ブロンドの人魚の絵だ。岩の上でぐっすり眠っている。寝息を立てるたびに、長い髪がその顔の上でひらひら揺れた。

ハリーは透明マントと卵、地図を下に置き、あたりを見回しながらもっと中に入った。足音が壁にこだました。

浴室はたしかにすばらしかったが――それに、蛇口をいくつかひねってみたいという気持ちも強かったが――ここに来てみると、セドリックが自分を担いだのではないかという気持ちが抑えきれなかった。これがいったいどうして卵の謎を解くのに役立つというんだ？

それでも、ハリーは、ふわふわのタオルを一枚と、透明マント、地図、卵を水泳プールのような浴槽の脇に置き、ひざまずいて蛇口を一、二本ひねってみた。

湯と一緒に、蛇口によってちがう種類の入浴剤の泡が出てくることがすぐわかった。しかも、これまでハリーが経験したことがないような泡だった。ある蛇口からは、サッカーボールほどもあるピンクとブルーの泡が噴き出し、別の蛇口からは雪のように白い泡が出てきた。白い泡は細かくしっかりとしていて、試しにその上に乗ったら、体を支えて浮かしてくれそうだった。三本目の蛇口からは香りの強い紫の雲が出てきて、水面にたなびいた。

ハリーは蛇口を開けたり閉めたりして、しばらく遊んだ。とりわけ、勢いよく噴き出した湯が、水面を大きく弧を描いて飛びはねる蛇口が楽しかった。

やがて、深い浴槽も湯と大小さまざまな泡で満たされた（これだけ大きい浴槽にしては、かなり短い時間でいっぱいになった）。ハリーは蛇口を全部閉め、ガウン、スリッパ、パジャマを脱ぎ、湯に浸かった。

浴槽はとても深く、足がやっと底に届くほどで、ハリーは浴槽の端から端まで二、三回泳ぎ、それから、浴槽の縁まで泳いで戻り、立ち泳ぎをして、卵をじっと見た。泡立った温かい湯の中を、色とりどりの湯気が立ち昇る中で泳ぐのはすごく楽しかったが、抜き手を切っても頭は切れず、何のひらめきも思いつきも出てこなかった。

ハリーは腕を伸ばして、濡れた手で卵を持ち上げ、開けてみた。泣きわめくようなかん高い悲鳴が浴室いっぱいに広がり、大理石の壁に反響したが、相変わらずわけがわからない。それどころか、反響でよけいわかりにくかった。

卵をパチンと閉じ、フィルチがこの音を聞きつけるのではないかと、ハリーは心配になった。もしかしたら、それがセドリックのねらいだったのでは――その時、誰かの声がした。ハリーは驚いて跳び上がり、その拍子に卵が手を離れて、浴室の床をカンカンと転がっていった。

「わたしなら、それを水の中に入れてみるけど」

ハリーはショックで、しこたま泡を飲み込んでしまった。咳き込みながら立ち上がったハリーは、憂うつな顔をした女の子のゴーストが蛇口の上にあぐらをかいて座っているのを見た。いつもは、三階下のトイレの、S字パイプの中ですすり泣いている「嘆きのマートル」だった。

「マートル！」

ハリーは憤慨した。

「ぼ――僕は、裸なんだよ！」

泡が厚く覆っていたので、それはあまり問題ではなかった。しかし、ハリーがここに来たときからずっと、マートルが蛇口の中からハリーの様子をうかがっていたのではないかと、いやな感じがしたのだ。

「あんたが浴槽に入るときは目をつぶってたわ」

マートルは分厚いめがねの奥でハリーに向かって目をパチパチさせた。

「ずいぶん長いこと、会いにきてくれなかったじゃない」
「うん……まあ……」
ハリーは、マートルに頭以外は絶対何にも見えないように、少しひざを曲げた。
「君のいるトイレには、僕、行けないだろ？　女子トイレだもの」
「前は、そんなこと気にしなかったじゃない」
マートルがみじめな声で言った。
「しょっちゅうあそこにいたじゃない」
そのとおりだった。ただ、それは、ハリー、ロン、ハーマイオニーが、隠れて「ポリジュース薬」を煎じるのに、マートルのいる故障中のトイレが好都合だったからだ。ポリジュース薬は禁じられた魔法薬で、ハリーとロンがそれを飲み、一時間だけクラッブとゴイルに変身して、スリザリンの談話室に入り込むことができたのだ。
「あそこに行ったことで、叱られたんだよ」
ハリーが言った。それも半分ほんとうだった。ハリーがマートルのトイレから出てくるところを、パーシーに捕まったことがあった。
「そのあとは、もうあそこに行かないほうがいいと思ったんだ」

「ふーん……そう……」
マートルはむっつりとあごのにきびをつぶした。
「まあ……とにかく……卵は水の中で試すことだわね……セドリック・ディゴリーはそうやったわ」
「セドリックのこともぞき見してたのか？」
ハリーは憤然と言った。
「どういうつもりなんだ？　夜な夜なこっそりここに来て、監督生が風呂に入るところを見てるのか？」
「ときどきね」
マートルがちょっといたずらっぽく言った。
「だけど、出てきて話をしたことはないわ」
「光栄だね」
ハリーは不機嫌な声を出した。
「目をつぶってて！」
マートルがめがねをきっちり覆うのを確認してから、ハリーは浴槽を出て、タオルをしっかり巻きつけて、卵を取りに行った。
ハリーが湯に戻ると、マートルは指の間からのぞいて「さあ、それじゃ……水の中で開けて」と言った。
ハリーは泡だらけの湯の中に卵を沈めて、開けた……すると、今度は泣き声ではなかった。ゴボゴボという歌声が聞こえてきた。水の中なので、ハリーには歌の文句が聞き取れない。
「あんたも頭を沈めるの」
マートルはハリーに命令するのが楽しくてたまらない様子だ。
「さあ！」
ハリーは大きく息を吸って、湯にもぐった――すると今度は、泡がいっぱいの湯の中で、大理石の浴槽の底に座ったハリーの耳に、両手に持った卵から、不思議な声のコーラスが聞こえてきた。

探しにおいで　声を頼りに
地上じゃ歌は　歌えない
探しながらも　考えよう

我らが捕らえし　大切なもの
探す時間は　一時間
取り返すべし　大切なもの
一時間のその後は――もはや望みはありえない
遅すぎたなら　そのものは　もはや二度とは戻らない

ハリーは浮上して、泡だらけの水面から顔を出し、目にかかった髪を振り払った。
「聞こえた？」マートルが聞いた。
「うん……『探しにおいで　声を頼りに……』そして、探しにいく理由は……待って。もう一度聞かなきゃ……」ハリーはまたもぐった。
卵の歌をそれから三回水中で聞き、ハリーはやっと歌詞を覚えた。それからしばらく立ち泳ぎをしながら、ハリーは必死で考えた。マートルは腰かけてハリーを眺めていた。
「地上では声が使えない人たちを探しにいかなくちゃならない……」
ハリーはしゃべりながら考えていた。
「うーん……誰なんだろう？」

「鈍いのね」

こんなに楽しそうな「嘆きのマートル」を見るのは初めてだった。ポリジュース薬ができ上がった日に、ハーマイオニーがそれを飲んで顔に毛が生え、猫のしっぽが生えたときも、やはり楽しそうだったが。

ハリーは考えながら浴室を見回した……水の中でしか声が聞こえないのなら、水中の生物だと考えれば筋道が立つ。マートルにこの考えを話すと、マートルはハリーに向かってニヤッと笑った。

「そうね。ディゴリーもそう考えたわ。そこに横になって、長々とひとり言を言ってた。長々とね……もう泡がほとんど消えていたわ……」

「水中か……」

ハリーは考えた。

「マートル……湖には何が棲んでる？　大イカのほかに」

「そりゃ、いろいろだわ」マートルが答えた。

「わたし、ときどき行くんだ……仕方なく行くこともあるわ。うっかりしてるときに、急に誰かがトイレを流したりするとね……」

嘆きのマートルがトイレの中身と一緒にパイプを通って湖に流されていく様子を想像しないようにしながら、ハリーが言った。

「そうだなあ、人の声を持っている生物がいるかい？　待てよ――」

ハリーは絵の中で寝息を立てている人魚に目をとめた。

「マートル、湖には水中人がいるんだろう？」

「ウゥゥ、やるじゃない」

マートルの分厚いめがねがキラキラした。

「ディゴリーはもっと長くかかったわ！　しかも、あの女が」――マートルは憂うつな顔に大嫌いだという表情を浮かべて、人魚のほうをぐいとあごでしゃくった――「起きてるときだったんだ。クスクス笑ったり、見せびらかしたり、鰭をパタパタ振ったりしてさ……」

「そうなんだね？」

ハリーは興奮した。

「第二の課題は、湖に入って水中人を見つけて、そして……そして……」

ハリーは急に自分が何を言っているのかに気づいた。すると、誰かが突然ハリーの胃袋の栓を引き抜いたかのように、興奮が一度に流れ去った。ハリーは水泳が得意ではなかった。あまり練習したことがなかったのだ。ダドリーは小さいときに水泳訓練を受けたが、ペチュニアおばさんもバーノンおじさんも、ハリーには訓練を受けさせようとしなかった。まちがいなく、ハリーがいつかおぼれればよいと願っていたのだろう。浴槽プールを二、三回往復するくらいならいい。しかし、あの湖はとても大きいし、とても深い……それに、水中人はきっと湖底に棲んでいるはずだ……。

「マートル」

ハリーは考えながらしゃべっていた。

「どうやって息をすればいいのかなあ？」

するとマートルの目に、またしても急に涙があふれた。

「ひどいわ！」

マートルはハンカチを探してローブをまさぐりながらつぶやいた。

「何が？」ハリーは当惑した。

「わたしの前で『息をする』って言うなんて！」

マートルのかん高い声が、浴室中にガンガン響いた。

「わたしはできないのに……わたしは息をしてないのに……もう何年も……」

マートルはハンカチに顔をうずめ、グスグス鼻をすすった。
ハリーは、マートルが自分の死んだことに対していつも敏感だったということを思い出した。しかし、ハリーが知っているほかのゴーストは、誰もそんな大騒ぎはしない。
「ごめんよ」
ハリーはいらいらしながら言った。
「そんなつもりじゃ――ちょっと忘れてただけだ……」
「ええ、そうよ。マートルが死んだことなんか、簡単に忘れるんだわ」
マートルはのどをゴクンと鳴らし、泣き腫らした目でハリーを見た。
「生きてるときだって、わたしがいなくても誰もさびしがらなかった。わたしの死体だって、何時間も何時間も気づかれずに放っておかれた――わたし知ってるわ。あそこに座ってみんなを待ってたんだもの。オリーブ・ホーンビーがトイレに入ってきたわ――『マートル、あんた、またここにいるの？　すねちゃって』そう言ったの。『ディペット先生が、あんたを探してきなさいっておっしゃるから――』そして、オリーブはわたしの死体を見たわ……うううー、オリーブは死ぬまでそのことを忘れなかった。わたしが忘れさせなかったもの……取り憑いて、思い出させてやった。そうよ。オリーブの兄さんの結婚式のこと、覚えてるけど――」

しかし、ハリーは聞いていなかった。水中人の歌のことをもう一度考えていたのだ。
「我らが捕らえし　大切なもの」僕のものを何か盗むように聞こえる。僕が取り返さなくちゃならない何かを。何を盗むんだろう？
「――そして、もちろん、オリーブは魔法省に行って、わたしがストーカーするのをやめさせようとしたわ。だからわたしはここに戻って、トイレに棲まなければならなくなったの」
「よかったね」
ハリーは上の空の受け答えをした。
「さあ、僕、さっきよりずいぶんいろいろわかった……また目を閉じてよ。出るから」
ハリーは浴槽の底から卵を取り上げ、浴槽からはい出て体をふき、元どおりパジャマとガウンを着た。
「いつかまた、わたしのトイレに来てくれる？」
ハリーが透明マントを取り上げると、嘆きのマートルが悲しげに言った。
「ああ……できたらね」
内心ハリーは、今度マートルのトイレに行くときは、城の中のほかのトイレが全部詰まったときだろうなと考えていた。

「それじゃね、マートル……助けてくれてありがとう」

「バイバイ」

マートルが憂うつそうに言った。ハリーが透明マントを着ているとき、マートルが蛇口の中に戻っていくのが見えた。

暗い廊下に出て、ハリーは忍びの地図を調べ、誰もいないかどうかチェックした。大丈夫だ。フィルチとミセス・ノリスを示す点は、フィルチの部屋にあるので安全だ……上の階のトロフィールームを跳ね回っているピーブズ以外は、何も動いている様子がない……ハリーがグリフィンドール塔に戻ろうと、一歩踏み出したちょうどその時、地図上の何かが目にとまった……とてもおかしな何かが。

動いているのはピーブズだけではなかった。左下の角の部屋で、一つの点があっちこっちと飛びまわっている――スネイプの研究室だ。しかし、その点の名前は「セブルス・スネイプ」ではない……「バーテミウス・クラウチ」だ。

ハリーはその点を見つめた。クラウチ氏は、仕事にもクリスマス・ダンスパーティにも来られないほど病気が重いはずだ――何をしているのだろう？　ホグワーツに忍び込んで、夜中の一時に？　点があっちこっちで止まりながら部屋の中をぐるぐる動き回っているのを、ハリーはじっと見つめていた……。

ハリーは迷った。考えた……そして、ついに好奇心に勝てなかった。行き先を変え、ハリーは反対方向の一番近い階段へと進んだ。クラウチ氏が何をしているのかを見るつもりだ。

ハリーはできるだけ静かに階段を下りた。それでも、床板がきしむ音やパジャマのこすれる音に、肖像画の顔がいくつか、不思議そうに振り向いた。

階下の廊下を忍び足で進み、真ん中あたりで壁のタペストリーをめくり、より狭い階段を下りた。二階下まで下りられる近道だ。ハリーは地図をちらちら見ながら、考え込んだ……クラウチ氏のような規則を遵守する品行方正な人が、こんな夜中に他人の部屋をコソコソ歩くのは、どう考えても腑に落ちない……。

階段を半分ほど下りたその時、クラウチ氏の奇妙な行動にばかり気を取られ、自分のことが上の空だったハリーは、突然、だまし階段にずぶりと片足を突っ込んでしまった。ネビルがいつも飛び越すのを忘れて引っかかる階段だ。

ハリーはぶざまにグラッとよろけ、まだ風呂でぬれたままの金の卵が、抱えていた腕をすべり抜けた――ハリーは身を乗り出して何とか取り押さえようとしたが遅かった。卵は長い階段を一段一段、バス・ドラムのような大音響を上げて落ちていった――透明マントがずり落ちた――ハリーがあわてて押さえたとたん、今度は忍びの地図が手を離れ、六段下まですべり落ちた。階段にひざ上まで沈んだハリーには届かないところだ。

金の卵は階段下のタペストリーを突き抜けて廊下に落ち、パックリ開いて、廊下中に響く大きな泣き声を上げた。ハリーは杖を取り出し、何とか忍びの地図に触れて、白紙に戻そうとしたが、遠すぎて届かない――。

透明マントをきっちり巻きつけなおし、ハリーは身を起こして耳を澄ました。ハリーの目は恐怖で引きつっていた……ほとんど瞬髪を容れず――。

「ピーブズ！」

紛れもなく、管理人フィルチの狩の雄叫びだ。バタバタとかけつけてくるフィルチの足音がだんだん近くなる。怒りでゼイゼイ声を張り上げている。

「この騒ぎは何だ？　城中を起こそうっていうのか？　取っ捕まえてやる。ピーブズ。取っ捕まえてやる。おまえは……こりゃ、何だ？」

フィルチの足音が止まった。金属と金属が触れ合うカチンという音がして、泣き声が止まった――フィルチが卵を拾って閉じたのだ。ハリーはじっとしていた。片足をだまし階段にがっちり挟まれたまま、聞き耳を立てた。今にもフィルチが、タペストリーを押し開けて、ピーブズを探すだろう……そして、ピーブズはいないのだ……しかし、フィルチが階段を上がってくれば、忍びの地図が目に入る……透明マントだろうが何だろうが、地図には「ハリー・ポッター」の位置が、まさに今いる位置に示されている。

「卵？」

階段の下で、フィルチが低い声で言った。

「チビちゃん！」――ミセス・ノリスが一緒にいるにちがいない――「こりゃあ、三校対抗試合のヒントじゃないか！　代表選手の所持品だ！」

ハリーは気分が悪くなった。心臓が早鐘を打っている――。

「ピーブズ！」

フィルチがうれしそうに大声を上げた。

「おまえは盗みを働いた！」

フィルチがタペストリーをめくり上げた。ハリーはぶくぶくたるんだフィルチの恐ろしい顔と、飛び出た二つの薄青い目とが、誰もいない（ように見える）階段をにらんでいるのが見えた。

「隠れてるんだな」

フィルチが低い声で言った。

「さあ、取っ捕まえてやるぞ、ピーブズ……三校対抗試合のヒントを盗みに入ったな、ピーブズ……これでダンブルドアはおまえを追い出すぞ。くされこそ泥ポルターガイストめ……」

ガリガリの汚れ色の飼い猫を足下に従え、フィルチは階段を上りはじめた。ミセス・ノリスのランプのような目が、飼い主そっくりのその目が、しっかりとハリーをとらえていた。ハリーは前にも、透明マントが猫には効かないのではないかと思ったことがある……。古ぼけた、ネルのガウンを着たフィルチがだんだん近づいてくるのを、ハリーは、不安で気分が悪くなりながら見つめていた——挟まれた足を必死で引っ張ってはみたが、かえって深く沈むばかりだった——もうすぐだ。フィルチが地図を見つけるか、僕にぶつかるのは——。

「フィルチか？　何をしている？」

ハリーのところより数段下で、フィルチは立ち止まり、振り返った。階段下に立っている姿は、ハリーのピンチをさらに悪化させることのできる唯一の人物——スネイプだ。長い灰色の寝巻きを着て、スネイプはひどく怒っていた。

「スネイプ教授、ピーブズです」

フィルチが毒々しくささやいた。

「あいつがこの卵を、階段の上から転がして落としたのです」

スネイプは急いで階段を上り、フィルチのそばで止まった。ハリーは歯を食いしばった。心臓のドキドキという大きな音が、今にもハリーの居場所を教えてしまうにちがいない。

「ピーブズだと？」

フィルチの手にした卵を見つめながら、スネイプが低い声で言った。

「しかし、ピーブズは我輩の研究室に入れまい……」

「卵は教授の研究室にあったのでございますか？」

「もちろん、ちがう」

スネイプがバシッと言った。

「バンバンという音と、泣き叫ぶ声が聞こえたのだ――」

「はい、教授、それは卵が――」

「――我輩は調べに来たのだ――」

「――ピーブズめが投げたのです。教授――」

「――そして、研究室の前を通ったとき、松明の火がともり、戸棚の扉が半開きになっているのを見つけたのだ！　誰かが引っかきまわしていった！」

「しかし、ピーブズめにはできないはずで――」

「そんなことはわかっておる！」
スネイプがまたバシッと言った。
「我輩の研究室は、呪文で封印してある。魔法使い以外は破れん！」
スネイプはハリーの体をまっすぐに通り抜ける視線で階段を見上げた。それから下の廊下を見下ろした。
「フィルチ、一緒に来て侵入者を捜索するのだ」
「私は――はい、教授――しかし――」
フィルチの目は、ハリーの体を通過して、未練たっぷりに階段を見上げた。ピーブズを追い詰めるチャンスを逃すのは無念だ、という顔だ。
「行け」とハリーは心の中で叫んだ。
「スネイプと一緒に行け……行くんだ……」
ミセス・ノリスがフィルチの足の間からじいっと見ている……ハリーのにおいをかぎつけたにちがいない、とハリーははっきりそう思った……どうしてあんなにいっぱい、香りつきの泡をお風呂に入れてしまったんだろう？
「お言葉ですが、教授」

フィルチは哀願するように言った。
「校長は今度こそ私の言い分をお聞きくださるはずです。ピーブズが生徒の物を盗んでいるのです。今度こそ、あいつをこの城から永久に追い出す、またとないチャンスになるかもしれません――」
「フィルチ、あんな下劣なポルターガイストなどどうでもよい。問題は我輩の研究室だ――」
コツッ、コツッ、コツッ。
スネイプはぱったり話をやめた。スネイプもフィルチも、階段の下を見下ろした。二人の頭の間のわずかなすきまから、マッドーアイ・ムーディが足を引きずりながら階段下に姿を現すのがハリーの目に入った。寝巻きの上に古ぼけた旅行用マントをはおり、いつものようにステッキにすがっている。
「パジャマパーティかね？」ムーディは上を見上げてうなった。
「スネイプ教授も私も、物音を聞きつけたのです、ムーディ教授」
フィルチがすぐさま答えた。
「ポルターガイストのピーブズめが、いつものように物を放り投げていて――それに、スネイプ教授は誰かが教授の研究室に押し入ったのを発見され――」

「だまれ！」

スネイプが歯を食いしばったままフィルチに言った。

ムーディは階段下へと一歩近づいた。ムーディの「魔法の目」がスネイプに移り、それから、紛れもなく、ハリーに注がれた。

ハリーの心臓が激しく揺れた。**ムーディは透明マントを見透す**……ムーディだけがこの場の奇妙さを完全に見透せる……スネイプは寝巻き姿、フィルチは卵を抱え、そしてハリーは、その二人より上の段に足を取られている。ムーディのゆがんだ裂け目のような口が、驚いてパックリ開いた。数秒間、ムーディとハリーは互いの目をじっと見つめた。それからムーディは口を閉じ、青い「魔法の目」を再びスネイプに向けた。

「スネイプ、今聞いたことはたしかか？」

ムーディが考えながらゆっくり聞いた。

「誰かが君の研究室に押し入ったと？」

「たいしたことではない」スネイプが冷たく言った。

「いいや」ムーディがうなった。

「たいしたことだ。君の研究室に押し入る動機があるのは誰だ？」

「おそらく、生徒の誰かだ」
スネイプが答えた。スネイプのねっとりしたこめかみに、青筋がピクピク走るのをハリーは見た。
「以前にもこういうことがあった。我輩の個人用の薬材棚から、魔法薬の材料がいくつか紛失した……生徒が何人か、禁じられた魔法薬を作ろうとしたにちがいない……」
「魔法薬の材料を探していたというんだな？　え？」ムーディが言った。
「ほかに何か研究室に隠してはいないな？　え？」
ハリーは、スネイプの土気色の顔の縁が汚いれんが色に変わり、こめかみの青筋がますます激しくピクピクするのを見た。
「我輩が何も隠していないのは知ってのとおりだ、ムーディ」
スネイプは低い、危険をはらんだ声で答えた。
「君自身がかなり徹底的に調べたはずだ」
ムーディの顔がニヤリとゆがんだ。
「闇祓いの特権でね、スネイプ。ダンブルドアがわしに警戒せよと――」
「そのダンブルドアは、たまたま我輩を信用なさっているのですがね」

スネイプは歯がみした。
「ダンブルドアが我輩の研究室を探れと命令したなどという話は、我輩には通じない！」
「それは、ダンブルドアのことだ。君を信用する」
ムーディが言った。
「人を信用する方だからな。やり直しのチャンスを与える人だ。しかしわしは――洗っても落ちないしみがあるものだ、というのが持論だ。けっして消えないしみというものがある。どういうことか、わかるはずだな？」
スネイプは突然奇妙な動きを見せた。発作的に右手で左の前腕をつかんだのだ。まるで左腕が痛むかのように。
ムーディが笑い声を上げた。
「ベッドに戻れ、スネイプ」
「君にどこへ行けと命令される覚えはない」
スネイプは歯がみしたままそう言うと、自分に腹を立てるかのように右手を離した。
「我輩にも、君と同じに、暗くなってから校内を歩き回る権利がある！」
「勝手に歩き回るがよい」

ムーディの声はたっぷりと脅しが効いていた。
「そのうち、どこか暗い廊下で君と出会うのを楽しみにしている……ところで、何か落とし物だぞ……」
ムーディは、ハリーより六段下の階段に転がったままの「忍びの地図」を指していた。ハリーは恐怖でグサリと刺し貫かれたような気がした。スネイプとフィルチが振り返って地図を見た。ハリーは慎重さをかなぐり捨て、ムーディの注意を引こうと、透明マントの下で両腕を上げ、懸命に振りながら、声を出さずに言った。
「それ僕のです！　僕の！」
スネイプが地図に手を伸ばした。わかったぞ、という恐ろしい表情を浮かべている――。
「アクシオ！　羊皮紙よ来い！」
羊皮紙は宙を飛び、スネイプが伸ばした指の間をかいくぐり、階段を舞い下り、ムーディの手に収まった。
「わしの勘ちがいだ」
ムーディが静かに言った。
「わしの物だった――前に落とした物らしい――」

しかし、スネイプの目は、フィルチの腕にある卵から、ムーディの手にある地図へと矢のように走った。ハリーにはわかった。スネイプは、スネイプにだけわかるやり方で二つを結びつけているのだ……。

「ポッターだ」スネイプが低い声で言った。

「何かね？」

地図をポケットにしまい込みながら、ムーディが静かに言った。

「ポッターだ！」

スネイプが歯ぎしりした。そしてくるりと振り返り、突然ハリーが見えたかのように、ハリーがいる場所をはったとにらんだ。

「その卵はポッターの物だ。羊皮紙もポッターのだ。以前に見たことがあるから我輩にはわかる！　ポッターがいるぞ！　ポッターだ。透明マントだ！」

スネイプは目が見えないかのように、両腕を前に突き出し、階段を上りはじめた。スネイプの特大の鼻の穴が、ハリーをかぎ出そうとさらに大きくなっている――足を挟まれたまま、ハリーは後ろにのけぞって、スネイプの指先に触れまいとした。しかし、もはや時間の問題だ――。

「そこには何もないぞ、スネイプ！」ムーディが叫んだ。

「しかし、校長には謹んで伝えておこう。君の考えが、いかにすばやくハリー・ポッターに飛躍したかを！」

「どういう意味だ？」

スネイプがムーディを振り返ってうなった。スネイプが伸ばした両手は、ハリーの胸元からほんの数センチのところにあった。

「ダンブルドアは、誰がハリーに恨みを持っているのか、大変興味があるという意味だ！」

ムーディが足を引きずりながら、さらに階段下に近づいた。

「わしも興味があるぞ、スネイプ……大いにな……」

松明がムーディの傷だらけの顔をチラチラと照らし、傷痕も、大きくそぎ取られた鼻も、いっそう際立って見えた。

スネイプはムーディを見下ろした。ハリーのほうからはスネイプの表情が見えなくなった。しばらくの間、誰も動かず、何も言わなかった。それから、スネイプがゆっくりと手を下ろした。

「我輩はただ」

スネイプが感情を抑え込んだ冷静な声で言った。

「ポッターがまた夜遅く徘徊しているなら……それは、ポッターの嘆かわしい習慣だ……やめさせなければならんと思っただけだ。あの子の、あの子自身の――安全のためにだ」
「なるほど」
ムーディが低い声で言った。
「ポッターのためを思ったと、そういうわけだな？」
一瞬、間があいた。スネイプとムーディはまだにらみ合ったままだ。ミセス・ノリスが大きくニャアと鳴いた。フィルチの足下からじいっと目を凝らし、風呂上がりの泡の匂いの源をかぎ出そうとしているようだ。
「我輩はベッドに戻ろう」スネイプはそれだけを言った。
「今晩君が考えた中では、最高の考えだな」ムーディが言った。
「さあ、フィルチ、その卵をわしに渡せ――」
「ダメです！」
卵がまるで初めて授かった自分の息子でもあるかのように、フィルチは離さなかった。
「ムーディ教授、これはピーブズの窃盗の証拠です！」
「その卵は、ピーブズに盗まれた代表選手の物だ」ムーディが言った。
「さあ、渡すのだ」

スネイプはすばやく階段を下り、無言でムーディの脇を通り過ぎた。フィルチはミセス・ノリスをチュッチュッと呼んだ。ミセス・ノリスはほんのしばらく、ハリーのほうをじっと見ていたが、きびすを返して主人のあとに従った。

ハリーはまだ動悸が治まらないまま、スネイプが廊下を立ち去る音を聞き、フィルチが卵をムーディに渡して姿を消すのを見ていた。フィルチがミセス・ノリスにボソボソと話しかけていた。

「いいんだよ、チビちゃん……朝になったらダンブルドアに会いにいこう……ピーブズが何をやらかしたか、報告しよう……」

扉がバタンと閉まった。残されたハリーは、ムーディを見下ろしていた。ムーディはステッキを一番下の階段に置き、体を引きずるように階段を上り、ハリーのほうにやってきた。一段おきに、コツッという鈍い音がした。

「危なかったな、ポッター」ムーディがつぶやくように言った。

「ええ……僕――あの……ありがとうございました」ハリーが力なく言った。

「これは何かね？」

ムーディがポケットから忍びの地図を引っ張り出して広げた。

「ホグワーツの地図です」
ムーディが早く階段から引っ張り出してくれないかと思いながら、ハリーは答えた。足が強く痛みだしていた。
「たまげた」
地図を見つめて、ムーディがつぶやいた。「魔法の目」がぐるぐる回っている。
「これは……これは、ポッター、たいした地図だ！」
「ええ、この地図……とても便利です」
ハリーは痛みで涙が出てきた。
「あの――ムーディ先生。助けていただけないでしょうか――？」
「何？　おう！　ふむ……どうれ……」
ムーディはハリーの腕を抱えて引っ張った。だまし階段から足が抜け、ハリーは一段上に戻った。
ムーディはまだ地図を眺めていた。
「ポッター……」
ムーディがゆっくり口を開いた。

「スネイプの研究室に誰が忍び込んだか、もしや、おまえ、見なんだか？　この地図の上でという意味だが？」
「え……あの、見ました……」
ハリーは正直に言った。
「クラウチさんでした」
ムーディの「魔法の目」が、地図の隅々まで飛ぶように眺めた。そして、突然警戒するような表情が浮かんだ。
「クラウチとな？　それは――それはたしかか？　ポッター？」
「まちがいありません」ハリーが答えた。
「ふむ。やつはもうここにはいない」
「魔法の目」を地図の上に走らせたまま、ムーディが言った。
「クラウチ……それは、まっこと――まっこと、おもしろい……」
ムーディは地図をにらんだまま、それから一分ほど何も言わなかった。ハリーは、このニュースがムーディにとって何か特別な意味があるのだとわかった。それが何なのか知りたくてたまらなかった。聞いてみようか？　ムーディはちょっと怖い……でも、たった今、ムーディは僕を大変な危機から救ってくれた……。

「あの……ムーディ先生……クラウチさんは、どうしてスネイプの研究室を探し回っていたのでしょう？」

ムーディの「魔法の目」が地図から離れ、プルプル揺れながらハリーを見すえた。鋭く突き抜けるような視線だ。答えるべきか否か、どの程度ハリーに話すべきなのか、ムーディはハリーの品定めをしているようだった。

「ポッター、つまり、こういうことだ」

ムーディがやっとぼそりと口を開いた。

「老いぼれマッドーアイは闇の魔法使いを捕らえることに取り憑かれている、と人は言う……しかし、わしなどはまだ小者よ……**まったくの小者よ**……バーティ・クラウチに比べれば」

ムーディは地図を見つめたままだった。ハリーはもっと知りたくてうずうずした。

「ムーディ先生？」ハリーはまた聞いた。

「もしかして……関係があるかどうか……クラウチさんは、何かが起こりつつあると考えたのでは……」

「どんなことかね？」ムーディが鋭く聞いた。

ハリーはどこまで言うべきか迷った。ムーディに、ハリーにはホグワーツの外に情報源があると、悟られたくなかった。それがシリウスに関する質問に結びついたりすると危険だ。

「わかりません」ハリーがつぶやいた。

「最近変なことが起こっているでしょう？　『日刊予言者新聞』にのっています……ワールドカップでの『闇の印』とか、『死喰い人』とか……」

ムーディはちぐはぐな目を、両方とも見開いた。

「おまえは聡い子だ、ポッター」

そう言うと、ムーディの「魔法の目」はまた忍びの地図に戻った。

「クラウチもその線を追っているのだろう」

ムーディがゆっくりと言った。

「たしかにそうかもしれない……最近奇妙なうわさが飛び交っておる――リータ・スキーターがあおっていることもたしかだが。どうも、人心が動揺しておる」

ゆがんだ口元にぞっとするような笑いが浮かんだ。

「いや、わしが一番憎いのは」

ムーディはハリーにというより、自分自身に言うようにつぶやいた。「魔法の目」が地図の左下にくぎづけになっている。

「野放しになっている『死喰い人』よ……」

ハリーはムーディを見つめた。ムーディが言ったことが、ハリーの考えるような意味だとしたら？

「さて、ポッター、今度はわしがおまえに聞く番だ」

ムーディが感情抜きの言い方をした。

ハリーはドキリとした。こうなると思った。ムーディは、あやしげな魔法の品であるこの地図をどこで手に入れたか、と聞くにちがいない――どうしてハリーの手に入ったかの経緯を話せば、ハリーばかりでなく、ハリーの父親も、フレッド、ジョージ・ウィーズリーも、去年「闇の魔術に対する防衛術」を教えたルーピン先生も巻き込むことになる。ムーディは地図をハリーの目の前で振った。ハリーは身構えた――。

「これを貸してくれるか？」

「え？」

ハリーはこの地図が好きだった。しかし、ムーディが地図をどこで手に入れたかと聞かなかったので、大いにホッとした。それに、ムーディに借りがあるのもたしかだ。

「ええ、いいですよ」
「いい子だ」ムーディがうなった。
「これはわしの役に立つ……これこそ、わしが求めていたものかもしれん……よし、ポッター、ベッドだ、さあ、行くか……」
二人で一緒に階段を上った。ムーディは、こんなお宝は見たことがないというふうに、まだ地図に見入っていた。ムーディの部屋の入口まで二人はだまって歩いた。部屋の前で、ムーディは目を上げてハリーを見た。
「ポッター、おまえ、『闇祓い』の仕事に就くことを、考えたことがあるか？」
「いいえ」ハリーはぎくりとした。
「考えてみろ」ムーディは一人うなずきながら、考え深げにハリーを見た。
「うむ、まっこと……。ところで……おまえは、今夜、卵を散歩に連れ出したわけではあるまい？」
「あの――いいえ」
ハリーはニヤリとした。
「ヒントを解こうとしていました」

ムーディはハリーにウィンクした。「魔法の目」が、またぐるぐる回った。

「いいアイデアを思いつくには、夜の散歩ほどよいものはないからな、ポッター……。また明日会おう……」

ムーディはまたしても「忍びの地図」を眺めながら自分の部屋に入り、ドアを閉めた。

ハリーは想いにふけりながら、ゆっくりとグリフィンドール塔に戻った。スネイプのこと、クラウチのこと、それらがどういう意味を持つのだろう……。クラウチは、好きなときにホグワーツに入り込めるなら、どうして仮病を使っているんだ？　スネイプの研究室に、何が隠してあると思ったんだ？

それに、ムーディは僕が闇祓いになるべきだと考えた！　おもしろいかもしれない……。

しかし、十分後、卵と透明マントを無事トランクに戻して、そっと四本柱のベッドにもぐり込んでから、ハリーは考えなおした。自分の仕事にすべきかどうかは、ほかの闇祓いたちが、どのぐらい傷だらけかを調べてからにしよう。

つづく

J.K. ローリング 作

不朽の人気を誇る「ハリー・ポッター」シリーズの著者。1990年、旅の途中の遅延した列車の中で「ハリー・ポッター」のアイデアを思いつくと、全7冊のシリーズを構想して執筆を開始。1997 年に第1巻『ハリー・ポッターと賢者の石』が出版、その後、完結までにはさらに10年を費やし、2007年に第7巻となる『ハリー・ポッターと死の秘宝』が出版された。シリーズは現在85の言語に翻訳され、発行部数は6億部を突破、オーディオブックの累計再生時間は10億時間以上、制作された8本の映画も大ヒットとなった。また、シリーズに付随して、チャリティのための短編『クィディッチ今昔』と『幻の動物とその生息地』(ともに慈善団体〈コミック・リリーフ〉と〈ルーモス〉を支援)、『吟遊詩人ビードルの物語』(〈ルーモス〉を支援)も執筆。『幻の動物とその生息地』は魔法動物学者ニュート・スキャマンダーを主人公とした映画「ファンタスティック・ビースト」シリーズが生まれるきっかけとなった。大人になったハリーの物語は舞台劇『ハリー・ポッターと呪いの子』へと続き、ジョン・ティファニー、ジャック・ソーンとともに執筆した脚本も、書籍化された。その他の児童書に『イッカボッグ』(2020年)『クリスマス・ピッグ』(2021年)があるほか、ロバート・ガルブレイスのペンネームで発表し、ベストセラーとなった大人向け犯罪小説「コーモラン・ストライク」シリーズも含め、その執筆活動に対し多くの賞や勲章を授与されている。J.K. ローリングは、慈善信託〈ボラント〉を通じて多くの人道的活動を支援するほか、性的暴行を受けた女性の支援センター〈ベイラズ・プレイス〉、子供向け慈善団体〈ルーモス〉の創設者でもある。

J.K. ローリングに関するさらに詳しい情報はjkrowlingstories.comで。

松岡佑子（まつおかゆうこ） 訳

翻訳家。国際基督教大学卒、モントレー国際大学院大学国際政治学修士。日本ペンクラブ会員。スイス在住。訳書に「ハリー・ポター」シリーズ全7巻のほか、「少年冒険家トム」シリーズ、映画オリジナル脚本版「ファンタスティック・ビースト」シリーズ、『ブーツをはいたキティのはなし』、『とても良い人生のために』『イッカボッグ』『クリスマス・ピッグ』（以上静山社）がある。

静山社ペガサス文庫

ハリー・ポター 8
ハリー・ポターと炎（ほのお）のゴブレット〈新装版（しんそうばん）〉4-2

2024年8月6日　第 1 刷発行

作者　J.K.ローリング
訳者　松岡佑子
発行者　松岡佑子
発行所　株式会社静山社
〒102-0073 東京都千代田区九段北1-15-15
電話・営業 03-5210-7221
https://www.sayzansha.com
装画　ダン・シュレシンジャー
装丁　城所 潤（ジュン・キドコロ・デザイン）
印刷・製本　中央精版印刷株式会社

本書の無断複写複製は著作権法により例外を除き禁じられています。
また、私的使用以外のいかなる電子的複写複製も認められておりません。
落丁・乱丁の場合はお取り替えいたします。

© Yuko Matsuoka 2024 ISBN 978-4-86389-867-7　Printed in Japan
Published by Say-zan-sha Publications Ltd.

「静山社ペガサス文庫」創刊のことば

小さくてもきらりと光る、星のような物語を届けたい――一九七九年の創業以来、静山社が抱き続けてきた願いをこめて、少年少女のための文庫「静山社ペガサス文庫」を創刊します。

読書は、みなさんの心に眠っている想像の羽を広げ、未知の世界へいざないます。読書体験をとおしてつちかわれた想像力は、楽しいとき、苦しいとき、悲しいとき、どんなときにも、みなさんに勇気を与えてくれるでしょう。

ギリシャ神話に登場する天馬・ペガサスのように、大きなつばさとたくましい足、しなやかな心で、みなさんが物語の世界を、自由にかけまわってくださることを願っています。

二〇一四年

静山社